Dayu Zai Huai
——Li Yun Zhong-Duanpian Xiaoshuoji

大鱼在淮
——李云中短篇小说集

时代出版传媒股份有限公司
安徽文艺出版社

李 云 ◎著

李云，1964年10月出生。安徽省作家协会副主席、秘书长。中国作家协会会员，鲁迅文学院学员。曾有小说、诗歌、散文在《人民日报》《光明日报》《人民文学》《诗刊》《小说月报原创版》《诗选刊》《江南》《中国作家》《北京文学》《小说林》《长江文艺·好小说》《大家》《新华文摘》《小说选刊》《作品与争鸣》等刊物刊发选载，有作品在《人民日报》《人民文学》征文获奖并入选多种年鉴和选本，被评为2019年度封面新闻"名人堂"全国十大诗人，2021年度十佳华语诗人，中篇小说《大鱼在淮》《一枪毙命》分别获安徽省政府文学奖，小说《去老塘》获十三届《小说选刊》年度奖，出版诗集《水路》《一切皆由悲喜》，发表电影剧本《山鹰高飞》（安徽省委宣传部扶持项目）、《第六号银像》（省委宣传重点扶持项目院线电影）、《俺是一个兵》等，出版长篇小说《山鹰行动》、中短篇小说集《大鱼在淮》、诗歌评论集《好诗在这里》《李云电影文学剧本》，长篇报告文学《一条大河波浪宽》（与他人合作）。

大鱼在淮
——李云中短篇小说集

李 云 ◎著

Dayu Zai Huai
——Li Yun Zhong-Duanpian Xiaoshuoji

时代出版传媒股份有限公司
安徽文艺出版社

图书在版编目（CIP）数据

大鱼在淮：李云中短篇小说集/李云著.—合肥：安徽文艺出版社,2023.9
ISBN 978-7-5396-7731-6

Ⅰ.①大… Ⅱ.①李… Ⅲ.①中篇小说－小说集－中国－当代②短篇小说－小说集－中国－当代 Ⅳ.①I247.7

中国国家版本馆CIP数据核字(2023)第042772号

出 版 人：姚 巍
责任编辑：韩 露　宋晓津　　　装帧设计：余 超　张诚鑫

......

出版发行：安徽文艺出版社　　www.awpub.com
地　　址：合肥市翡翠路1118号　邮政编码：230071
营 销 部：(0551)63533889
印　　制：安徽新华印刷股份有限公司　(0551)65859551

......

开本：880×1230　1/32　印张：10　字数：200千字
版次：2023年9月第1版
印次：2023年9月第1次印刷
定价：68.00元(精装)

......

(如发现印装质量问题，影响阅读，请与出版社联系调换)

版权所有，侵权必究

序言

故事背后的小说力量

许春樵

小说在唐朝叫"传奇",明代是茶楼酒肆说书人的"话本",好看耐读,一波三折,出人意料,吊人胃口,是小说的独门绝活。所以,写小说先得要会写故事,故事关过不了,小说家的身份就定不了,相当于没拿到从业资格证。李云的小说在构思故事和设计情节上,变幻、反转、错位等"戏剧化"的意志异常坚定,并形成了自己一以贯之的写作姿势,故事好看是李云写小说最初解决的难题。

好故事要靠好题材支撑,好的题材意味着小说成功了一半,《伏羊咩咩》就是一个实证。小镇古寺,僧人果慈于宰羊的伏羊节,在救羊和救人的两个维度里谱写了一曲惊天地、泣鬼神的悲歌,小说中跪求水羊、拯救胎羊的场面惊心动魄、扣人心弦,风筝和大毛在雪天坟场谢幕的场景,其情节的杀伤力强势提升了小说的故事效率。独特题材,另类体验,《伏羊咩咩》的原创性就此坐实。好故事注定了要超越读者的日常经验和心理预期,剑走偏锋的叙述选择里,读者看不清出剑的姿态,看不出故事情节的走向,"高于生活"的"高"就在这里。《大鱼在淮》是一部具有先锋特质的小说。要平衡好人与事、虚与实的关系,故事既要有现实的逻辑支持,又要有想象性的虚构,一桩无中生有的男女情事牵引出妞儿扔手表、傻三在水底捞手表事件,通神不通人的傻三游走于人与神之间,愣是将世道人心、善恶是非演绎得风生水起。小说结尾处不傻的村主任傻了,傻子宝柱不傻了,他沿着淮河去找母亲了,这一反转性设计既控制了故事质量,又超越了读者的阅读想象。同样在《去老塘》中,窑神杜海泉因井下不可抗逆的事故放任了两位工友死在自己面前,其后他在与工友的遗孤石碾和竹笋的恩怨纠葛中,以自己的生命为代价救出了两个孩子,在完成了自我精神救赎的同时,将故事的戏剧性效果推向了极端。《一枪毙命》里设计了两重故事圈套,即开枪哑火的伍皂与战友张武,儿子伍神与张武一家的两代恩仇,一明一暗,一虚一实,爱恨叠加,真假交织,故事密码深藏在错综复杂的情节转换与跌宕起伏的人物命运中,阅读过程成了破译小说真相的一次侦缉与勘探,小说故事扑朔迷离、云谲波诡。《丧筋》虽没有惊天动地的故事,却有着独具一格的情节布局和人物设计,小说中的王鸣和方子雄的冲突,是两个好人之间的对立,故事本身缺少尖锐的对抗性,但小说写出了丝丝入扣、引人入胜的难度,彼此毁灭的悲剧性结局完全突破了公众的阅读预期。李云的小说故事设计具有"迷宫式"的故意,人物和情节走向在不确定、反经验、非线性中呈现出丰富性、复杂性、多向性并提供了足够的故事诱惑。

读小说就是读故事,所以中外作家都把"故事为王"作为小说写作的起点,但小说仅有好故事是不够的,故事是小说的载体,思想才是小说的终极价值。作家用小说表明自己对现实、对情感、对人性的独立思考、发现与判断,作家借小说向生活表态,真正的好小说是好故事背后思想的力量。李云是在经历了人生风雨、世事沧桑后拿起笔写小说的,所以他的小说中有一种刺痛灵魂的人性体验和人生领悟,思考的深度水到渠成。《伏羊咩咩》看起来写了一个"放下屠刀,立地成佛"的故事,而这部小说的突破性意义在于,在神性(佛性)与人性冲突之下,更多地写出了神性(佛性)对人性的拯救与修正。苦水寺住持果慈跪求水羊的执着与坚定感动了全镇,一店一跪由一个人下跪到一大片人下跪,果慈普度众生、悲天悯人的情怀也感化了唯利是图而又不失仗义的胡镇长,最终胡镇长辞官为民,果慈虽然没能救活白血病的风筝,但救活了她的灵魂,果慈引领她在无助和无望中焕发出信心、乐观和阳光。《大鱼在淮》可以看作是《伏羊咩咩》的姊妹篇,高烧留下残疾的傻三在人的世界里被冷落、被歧视、被欺侮,但在动物的世界里被呵护、被关注、被同情,乌鸦、大鱼是他生命中的知音,也是他精神上的伙伴,这个通神不通人的傻三是一个特殊的符号,他反衬出人的世界里的冷漠残酷和幽暗,人与人的倾轧、角力、内卷、相互伤害以至于只有在"不人"的动物世界里才找到了精神避难所。大鱼和乌鸦是一个隐喻和象征,友善、仁慈、悲悯、平等、安全。李云在人性与神性、现实与非现实的二维空间里表达了他对世道人心的深刻反思和对人性向善的深度焦虑与等待。"人性归位,灵魂复活"是李云小说的两个核心主题。《去老塘》之所以能够产生广泛影响,这与贴近生活的零距离、精准白描以及接地气的质感息息相关,小说的深刻性在于写出了窑神杜海泉以生命为代价完成了自我救赎和灵魂上岸,在一个"作恶无罪,作假无愧"的年头,人大多不计后果地活着,所以,忏悔与赎罪就显得异常迫切又极其可贵。《丧舫》里的王鸣住在瓦岗湖船上,拒绝上岸,他要为采煤塌陷的十二个冤魂守灵,他和同学方子雄的人性挣扎与坚守在同归于尽的惨烈中成全了精神解脱与灵魂获救。《一枪毙命》中执行死刑令的伍皂枪没响,直接导致前程尽毁,小说没挑明缘由,但显然与战友张武脱不了干系,转业当上了公安局局长的张武私自放了伍皂违法的儿子伍神,又送去当兵、转业,安排工作,资助下海做生意,他用大半辈子的时间去为自己救赎,但得到的回报是干儿子伍神害死了自己的儿子霸占了儿媳。小说意蕴丰富而繁复,但最终还是指向了对人性和灵魂的拷问,张武的自我救赎几乎是不讲原则、不讲法律、不讲逻辑,所以,替父亲复仇的伍神成了黑老大,成了命案在身的罪犯,张武的灵魂没有上岸,干儿子的人性没有归位。这是一个反向抒写与思考的小说,它从生活另一面揭示了现实挤压下人性归位、灵魂上岸的困境与难度。作家是杞人忧天的人,他们总是不遗余力地探索和寻找人生的方向和人性的出路。《爷要一杆枪》的人生出路在于革命,《渔光曲》里阿婆和孙子乔松的精神故乡在大湖中的荒岛上,祖孙俩在喂养野牛和白鹭中找到了精神家园,而开发和环保的宏大叙事以一场熊熊大火毁灭了他们生活中的最后一片净土。

  李云的小说苦心经营着故事,而且用力很猛,但他的小说最终是在故事的后面抵达他在思想和认知层面的价值目标。

  20世纪小说技术发生了革命性的变化,西方现代派小说是以颠覆性姿态出场的,李云小说在时代潮流裹挟下,先锋的影子时常闪现,这本集子里最突出的是《大鱼在淮》,小说用两个叙述人讲述同一个故事,父与子角色的交叉置换不断改变着叙事节奏与情节结构,傻三与大鱼、乌鸦和羊的人神交流,亦真亦假,如梦似幻,小说的调性流露出明显的魔幻现实主义色彩。《渔光曲》里阿香婆在荒岛喂养野牛和水鸟的故事,在想象与虚构中建构心理真实,与《大鱼在淮》一样,是现实与超现实的叠加融合。李云小说还原现场的能力体现在扎实的情景与细节描写中,河水污染的情景、杀羊血腥的气息、湖面诗意的景象、水底玄幻的感觉、井下深邃的惊恐,阅读时逼真而富于感染力的情境体验极其尖锐。人物语言的地域化、性格化在李云小说中得到了足够的重视与提炼,民间俚语、底层俗语,随手拈来,俯拾皆是,既复制原生态生活,又塑造人物形象,如小呆、一丈青、杜海泉等人物语言的性格色彩尤为鲜明。李云小说的叙述语言在状物造型的同时,自觉强化语言的叙事张力,隐喻、反讽、通感、夸张、想象等现代技术熟练把握、自由驾驭,如"烈日炎炎,风好像死在来的途中了""只是阿香婆觉得自己的笑有些寡淡和潦草",这些叙事语言是典型的经验想象、情感过滤后的语言。

李云小说起步晚于诗歌,为了结构故事和挖掘故事背后的小说力量,他做出了异常艰苦的努力,因而取得了高于预期的成绩,他的小说被《小说选刊》《北京文学》《中篇小说月报》《作品与争鸣》《新华文摘》等相继转载,又连续获安徽社科奖(文学奖)。

然而,"艺无止境",对于技术最为复杂、挑战极为艰巨的小说文体,李云显然还有着技术改进的空间。最突出的一点是,如何解决故事主线与辅线、主要人物和次要人物之间的协调与合理性的问题,也就是用墨多少、用力大小的把握与选择。尤其中短篇小说,辅线围绕主线,次要人物服务主要人物,剪裁恰当与均衡的自觉意识需要一个作家长期修炼。《去老塘》的主辅、主次关系拧得很紧,是一个技术比较完整的小说。主题性写作的最大风险就是复制和图解一个权威的既定的历史观和价值观,这容易使小说滑向作家"被埋没"的无我中,《爷要一杆枪》算是一个提醒。

李云的故事能力、叙事能力、认知能力合成了写好小说的整体实力,在广阔的生活阅历和丰富的生活经验支持下,李云小说如果拥有了量的积累,打造出自己牢固而稳定的小说状态,他将会给读者带来新的惊喜。

许春樵

(中国作家协会全委会委员、安徽省文联副主席、安徽省作家协会主席、著名作家、评论家)

目录

序言　故事背后的小说力量　许春樵／1

伏羊咩咩／1

大鱼在淮／42

爷要一杆枪／95

一枪毙命／137

丧舫／182

去老塘／204

渔光曲／233

附录

《去老塘》

《去老塘》编辑点评／267

《去老塘》获十三届《小说选刊》年度大奖授奖
　　词／268

《去老塘》获十三届《小说选刊》年度大奖授答
　　谢感言　李　云／269

来自地心深处的光亮　苗秀侠／271

深井中拾起的人性光辉之石
  ——读短篇小说《去老塘》有感 查冰钰 / 274

《大鱼在淮》
一件"难怼"的事 李 云 / 279
现实批判、乡土特色与志异叙事
  ——评李云的中篇小说《大鱼在淮》 汪树东 / 283

《一枪毙命》
枪之外，命之中 李 云 / 290

《爷要一杆枪》
铿锵诗意爷的枪
  ——浅评李云《爷要一杆枪》 马书玉 / 292

《渔光曲》
《渔光曲》编辑点评 / 302
《渔光曲》评论家点评 / 303

后记 / 307

伏 羊 咩 咩

一

果慈走在去苦水寺的路上。

尚未入夏,不代表天气不热,还在暮春时节,天气就突然燠热起来。从远处看,通往苦水镇的省级公路如一截被人丢弃的猪大肠,乱糟糟的,好像爬满了苍蝇。近瞧那些蠕动的苍蝇是各色运货的车辆,以及行色匆匆的各色人等。

此时,僧人果慈戴着一顶斗笠,着一身杏黄色的僧衣,拖着有些疲惫的步子,坚定地向苦水寺方向跋涉。他没有向过往的车子招手,他一心要步行到那里,从九华山坐车到肃州县城他用去了四个小时,从县城去苦水寺,他又耗去了两个多小时,汗水在暑气和烈日的眷顾下,早浸湿了他的前胸后背,但他依旧不紧不慢地走着。

在果慈的眼中,呼啸而过的车子,大多载的是羊,再不就是各种香料。羊有黑的、花的、土黄的,更多的是灰白的,羊们都睁大润起水雾的大眼,温良地看着一掠而过的村庄、田野和远坡的绿草,不叫不闹地一路向北,到那个苦水镇上去赴死。那香料是辣椒粉、八角粉、茴香粉,还有黄酒和生姜,如果和载羊的车不小心相撞,那就热闹了:惊慌的羊叫声、逮羊人的吆喝声、被香料刺激起的喷嚏声……让这截"猪大肠"瞬时像炸开了锅一般。

只是今天果慈没有遇见这般情景,他见到的只是不少朝苦水镇颠颠急走的流浪狗。流浪狗的基因里有去苦水镇赶美食节的记忆因子,根深蒂固,代代相传。它们低着头三三两两结伴而行,走得欢快而又十分小心,因为专门有人会把它们用药毒了、用弩射了、电了、套了,或者扒了皮当羊肉卖。当然,果慈不知这些狗是在赶赴一个节日——伏羊节,因为他离开苦水镇已经有十五年了。

肃州苦水镇是胎记一样不容果慈轻易忘记的。阔别故土的日子,在江南九华山寮房里,他常常会想起皖北的小镇,常常会在梦里泪流满面,尤其是刚去九华山的日子,那时他才十岁。今天刚一踏上这块皖北大地,他就有了莫名的激动和悲伤。飞入耳际的鸟语、牛哞和侉腔侉调的乡音,让他激动得有些颤抖,他很想告诉行人和原野万物,"我回来了",可他只能噤声,因为他已没有什么亲人可以倾诉,而且他是个出家人,是释家的弟子,对于过去的家已不可再留恋了。老家那三间倒塌的土坯房,可能早就没有了。父亲是随村里人在一个春寒料峭的阴雨天去城里卖血的,回村是高粱熟了的秋季。父亲和村里其他人一样感染了艾滋病,这个病是灭村的魔咒,没用三年时间,就让这个村彻底取消了村名,剩下的儿童和老人被收养到孤儿院和敬老院,六岁的果慈被分置到孤儿院。孤儿院不远处就是苦水寺,在一个早春清晨,八岁的果慈在寺里钟声的召唤下,拾级而上进了寺,从此,他有了师父慧普,也有了自己新的名字"果慈",过去那个被乡亲们叫熟了的小名拾柴,被扔在寺门外让乡野的风吹得无影无踪,如同那个曾经的村名——向阳郢一样,湮灭在平原大地的深处,无人问津。

果慈擦了擦满脸汗水和泪水,那些液体流到嘴里都是先咸后甜,他也弄不清楚是啥了,抬眼望向前方,心里盘算:再走上三里可过苦水河,过了河再走上二里就可到苦水镇,过镇上苦水岗北折五里就可到苦水寺了,忽然觉得路不再遥远。近乡心怯,腿竟然没有力气了,他这才想起来今早到现在没进食,五脏庙唱颂饥经了。他看了手机,时间已过十二点半,过午不食,他只得一仰头喝了两口旅行杯里仅剩的茶水,清凉的茶水甘露一般洒向他干涸的喉咙和心田,他告慰自己,到了寺里就可以喝上井水了。苦水寺里有一口甜水井,那是一口神奇的井。也许甜水井还在,可亲如父亲的师父慧普没了。

师父已在半年前往生了,圆寂之时,师父告诉身边两位弟子:"快让果慈回来接我的衣钵。"在慧普心中,只有持大慈悲者才能当寺里的住持,果慈持有这样的慧根和心境。师父说完招手指向那个土陶钵,失神的眼中流出一行清泪,嘴角却露出一丝微笑,向极乐世界远去了。果慈知道这个消息是两天前的事情,他刚闭关出来,不禁双手颤抖,双腿欲跪。消息来迟的缘由是苦水寺两个弟子都想当住持,秘不发丧,为了当住持,两位同门弟子动了家伙大打出手,一位弟子被打成重伤,另一位逃遁到福建一个小庙里躲祸去了。十六岁小沙弥悟生把持不了苦水寺,就向肃州统战部、宗教局汇报,研究来研究去,只得依慧普遗嘱请回果慈。果慈匆忙收拾简单行囊,告别甘露寺同门僧侣和那伴他多年的松风淡云,一步一回首地下了山。

万绿丛中,一点杏黄如一只枯蝶飘飞归来。

二

大呆和小呆是一对夫妻。

大呆姓呆,"呆"字不好认,苦水镇上人偷懒,就叫他俩大呆和小呆。他们夫妻认为呆人自有呆福,没啥,就任人这样叫去,并脆生生答应着。他俩在苦水镇率先开了家羊汤馆,招牌字题写的行书是"呆家羊汤老馆"。招牌奇,店名好记,羊汤地道,生意也好。

丈夫大呆长得瘦削,四十岁刚出头,腰却有点弓,走起路来如鸭子一样,头一伸一伸的。媳妇小呆却很胖,个头又高,如女摔跤运动员一样,健硕地胖。

大呆烧羊肉是绝活,羊身上除了犄角、蹄壳、羊毛不能吃之外,别的物件就没有不能被烹调入盘成美味的。小呆白案功夫好,光是馍,她能做出二十多种花样来,菜合子、饺子、饼等百多种面点,她都能轻松拿下。她揉的面好,两个油锤似的拳头在面盆里下了力气揉,面被揉得筋道,有嚼劲。

街面上混事的大毛看到小呆揉面,眼光就随着她那两只起起伏伏的大奶子变起色来,自然就会说荤话:"大嫂,大哥就是你每天在床上揉的,腰都直不起来了。"

小呆不恼,接话:"你不服赶晚上我来揉你,保管把你揉得三天下不了床,五天还得扶墙走!"

大毛就拱手:"俺服俺信,赶明儿个俺吃十个羊蛋后再让你揉吧!"

小呆一抬手摸了一柄刀,追过去就说:"俺现在就把你蛋骟了!"

大呆抽着烟嘿嘿地笑,六岁女儿风筝跑过来问:"爸,你腰直不起来真是俺妈揉坏的吗?"

风筝的话惹来满堂哄笑。

呆家羊汤老馆的羊肉汤,那是真鲜,喝一口后嗓子都能鲜上三天,因此苦水镇就有一句谚语:"吃上呆家一碗汤,不用神医开药方。"

呆家开馆是十年前的事,周边江苏、安徽、河南刚开始过伏羊节,一进伏天,全国各地的食客都会赶集一样到那里去吃伏羊。那时大呆和小呆刚黏糊上,就牵着手到城里凑热闹,也下了汤馆,喝汤、吃肉、就馍……完了两人就蹲在街角槐树的阴影下合计起来,小呆对大呆说:"那羊肉汤寡淡不地道。"大呆对小呆说:"对,那馍一点筋道都没有,赶不上俺爹做的。"说完大呆就吸烟抬头望天,小呆就用小树枝给一群蚂蚁搭一座过水沟的桥。半晌,两人眼里都一亮,仿佛灵光一现,就想出了回苦水镇开羊汤馆的主意。

"对,俺们回去也开个羊汤馆,不外出打工了。"

就这样,他俩在苦水镇开起第一家羊汤馆,这呆家羊汤老馆就像酵母投在面团里,一下就发展成一个产业了。苦水镇现在有两百多家羊汤馆,连曾对此不屑的开煤矿的大毛,也在镇上开起了大毛老羊汤馆了,当然那也是因为他那煤矿违规生产被政府给封了,他也被关进看守所两个多月。大毛从看守所回来后不能坐吃山空呀,他只得开汤馆了。

有了这几百家的羊汤馆,苦水镇政府的税收自然好起来,政府要把这产业做大,自然要办伏羊节,而且玩着花样向大规模办。于是,在皖北大地上,伏羊节就成了比过年还热闹的新节日。

这几天,大呆和二呆特别忙,忙啥?忙收羊。

他俩开车跑了四五天才收到一车羊,心急上火:一车羊三十只左右,只够伏羊节用一个星期的,一个月没有百十只羊,就等着关门,那样的话,食客还不得摘了店牌子啊——因为他家做的是回头客生意,去年就收客人的订金了。可是,今年这羊是出了奇地难买。

羊早被人收走了,过去上门送羊的情景已成绝版,现在汤馆老板都颠颠儿下乡上门买羊,羊成了抢手的紧俏货。他俩开车子跑了河南三个县的十多个乡,三天才收到这一车货,价格还挺贵的,更烦人的是各省各县之间都在搞封锁,羊不外运,查到外县外省的运羊车要卸羊下货,只给一点低价赔偿。他俩只好晚上赶路,到了皖北自己的地盘,才如长征队伍到陕北,终于松了口气。

驾驶室里,大呆睁着猩红的双眼,赤着上身在开车,小呆嘴不停地嘟囔着一些大呆认为的废话。

"×他娘的,明年俺自己养羊,老子不求人了!"

大呆不接话,心想,你这不废话吗?鬼让你去买羊的,求人不就得看人家脸色。

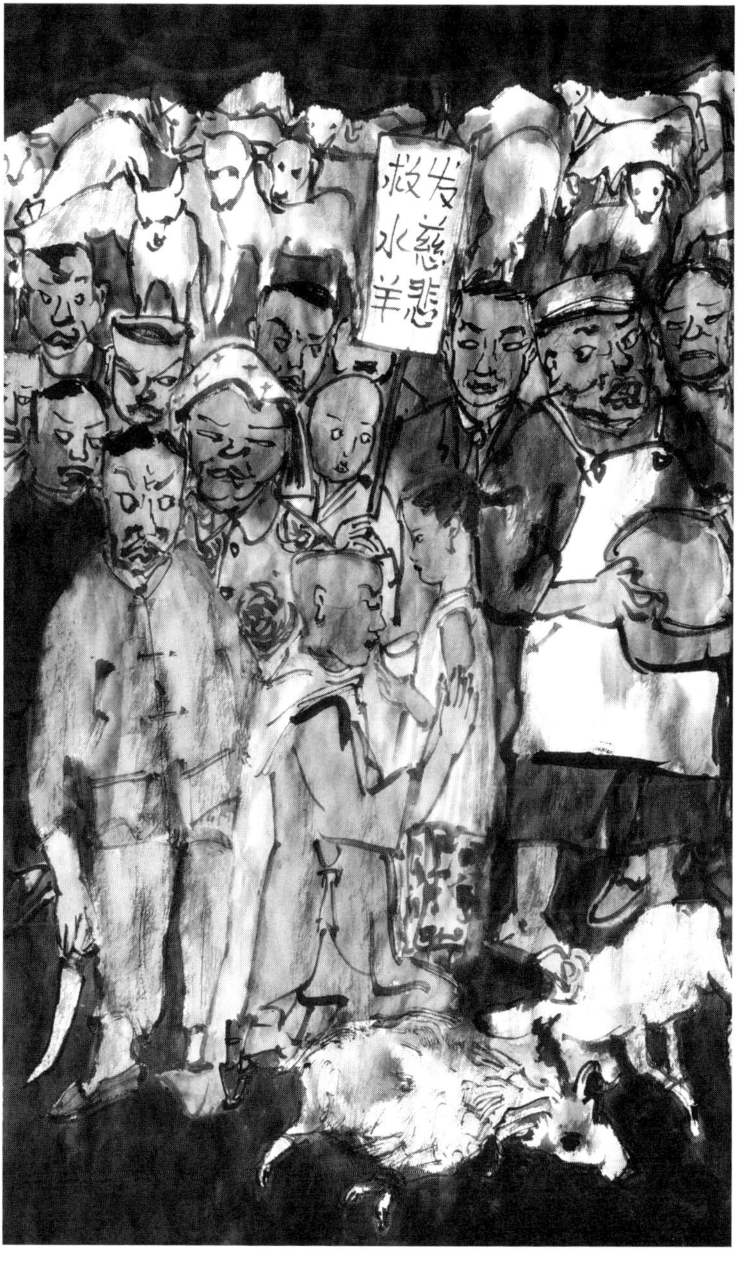
发慈悲
救水羊

"俺们专门养羊,肯定也能赚上开汤馆的收成,你说是不?"小呆问。

大呆还是不接话,心想,废话,养羊,你给它啥吃的?自家责任田早被政府征用建什么开发区了,让羊吃水泥地啃钢筋去?不是个缺心眼儿,乱说啥?

"要不是风筝的病需要大钱,我连馆子都不想开了,整天累得狗熊样!"小呆叹了口气。

大呆一听这话,就一脚踩上刹车板,对小呆横了一眼。小呆向前一冲,险些头撞到车玻璃上,便骂:"你发什么癔症!"大呆吼了她一句:"下去打点水,给车上羊爷爷们降温,不然都热死了,你就等着回去吃羊肉串,还不用烤的!"说完就趴在方向盘上睡起觉来。

每开上百十里路,就得停车给羊们补点水,可这快到家了,大呆却停了车。小呆下了车,风一吹,比闷坐在车里好多了。她拎着桶向河边走,一看这停的地方不妥,到苦水河了,这河水已脏得不能用了。小呆骂了一句,只能向田里去寻水了。

其实,小呆不是多话的人,她在车上喋喋不休地找大呆讲话,是怕大呆开了一夜车,白天打瞌睡,把车开出点祸事来,他们家不能再出祸事了。

风筝是春天到淮北市医院查出血液里有病的。六岁小公主竟得了这个病,小呆闹不清楚这个狗日的血液病病魔在皖北这地方为什么就赖着不走,前两年是艾滋病,现在是什么白血病。过去艾滋病是大人招的,现在这白血病却缠上了孩子,苦水镇已经有二十多个小孩得上这怪病了。有人说那是苦水镇的苦水河水被污染所致,也有人说是苦水镇上的人杀羊太多,羊神来报复了。所以,去苦水寺上香许愿的人多了起来。

小呆一想到宝贝女儿风筝就不由得流下眼泪,她用手擦着,用力地捏着鼻子,揪出一团鼻涕狠狠地扔在地上,仿佛丢了一团霉气。

大呆没有睡,望着小呆那胖胖的身影在烈日下向前移动。她穿一身印着红绿碎花的睡衣,风吹着,背影显得更加庞大而乱蓬。小呆嫁给他时,他的腰已在工地上受了伤,男人腰都直不起来了,在乡下还能找到老婆那是白日做梦。小呆却拼死拼活地嫁过来,让她爹打过,让她娘骂过:"好好的姑娘,怎么嫁给呆驼子,是欠他的吗?"她嫁过来后没少吃苦,刚把小摊子垒成二层楼的亮堂的汤馆,风筝却生了这怪病,又让她揪心了。大呆看着小呆的背影就知道她又在偷偷地抹泪了——她一哭就紧揪鼻子。大呆不忍再看,便闭上眼,一闭上眼,睡意就如潮水一样漫过来,他已经几天没睡好觉了。

大呆和小呆都没想到这一次停车寻水会救了果慈的命。

三

小呆是在苦水河边看到中暑晕倒的果慈的。

果慈走近久违的苦水河时,被一股股腥臭味呛得快要窒息了,他扶着苦水河桥栏向下望去,那是一湾其色如墨、其臭如粪的黑水河床。河床上躺着一条黑色的巨蟒,慢慢地向前向下游蠕动着。

黑色黏稠的水上浮着白色的羊皮和羊内脏,当然也夹杂着塑料袋之类的生活垃圾,这些漂浮物上爬满了苍蝇和蛆虫,那些内脏在烈日下膨胀并不时地发出"噼啪、噼啪"的破碎声。河岸上有几个孩童用石头砸着那些内脏,让它们发出爆炸的声响,苍蝇们惊飞四散,又纷纷聚拢落下,在内脏上生卵成蛆,四散的还有孩童的嬉笑声。

"这还是苦水河吗?"

果慈睁大眼睛看着这风推动下缓缓移动如同出丧队伍的河水,不由得惊诧地发问。

在果慈的记忆里,这河水清澈见底,河沙金黄,河水之上白鸟飞舞,渔船列列,渔歌阵阵,那时虽叫"苦水河",但掬一捧河水可饮可漱。现在,这河水恶臭如腐尸,果慈干呕欲吐,抬起头来望了一眼前途和来路,心里涌着酸涩。他朝桥头那棵大柳树走去,想去那里小憩一下,可刚落座,眼前一阵飞蚊,接着天地一黑,一头栽在柳树下。

小呆拎着桶走过果慈身边时,没有在意,只是心里想,这个和尚竟能在这臭水河边睡觉,看来不是高僧就是傻和尚。当她拎着一桶水再转回大柳树下时,发现这和尚有些不对劲,一群流浪狗围着他转,撕咬他的布包,和尚竟没有动静,并且姿势也不对,是脸朝下趴在地上的。小呆驱赶走狗,弯下腰推了推和尚:"嘿,醒醒,别让狗吃了你!"

果慈没有声音,小呆把他推翻了身,才看到他那张惨白的脸上布满沙砾。这是一张瘦削的年轻人的脸,额头还有几粒青春痘,一双淡眉,双眼细长地卧在高耸的眉峰下,正紧闭着,高高的鼻梁下茸茸的胡须,嘴唇泛着紫色。

"了不得,这和尚八成是中暑了。"小呆一边紧张地向车子方向喊救人,一边掐果慈的人中,手忙脚乱地抄起桶里的凉水拍打和尚的前额和后颈。

小呆真怕和尚死在自己的怀里,出了人命可不是小事。"你醒醒,你醒醒!"小呆喊着,用凉水朝果慈口中灌,可凉水又漫溢出来。

果慈恍惚听见小狗的叫声,这才从梦魇般的黑沉里挣扎醒来,映入眼帘的是一张模糊不清的脸,一张胖胖的女人脸。自己刚才怎么了?是睡了一觉吗?显然不是,睡觉时会梦到师父,但这次没有。在一阵阵恶臭的"提醒"下,果慈意识到自己刚才中暑了,挣扎着坐起来。

小呆拍着胸脯说:"万幸、万幸,你终于活过来了,俺让你吓死了!"

果慈合掌行礼道:"阿弥陀佛!谢谢你救命之恩!"

小呆不好意思了,甩甩手上的水珠:"没啥、没啥,你醒来就好!"说完拎着桶又去打水,那桶水羊没吃到让果慈先用了。

小呆拎水再遇到果慈时,果慈神色恢复了生机,嘴唇不再是紫色,已泛起丹红,眸子不再迷蒙而有了亮泽,她对果慈说:"你这是要去哪?俺们去苦水镇,要不跟俺车子走一程,这天能热死人的!"

果慈答去苦水寺,小呆一听是去苦水寺,就问:"你是寺里的和尚?"果慈点点头,小呆就高兴地邀请果慈搭便车。她邀请和尚同行,是想带风筝去敬香求平安,她留了这个心眼儿。

果慈没有拒绝,随她一起走向车边。

小呆把一桶水倒在车上的两个脸盆里,羊儿们就围了过来,喝起水来。它们没有争抢,只是喝上几口就抬起头好奇地打量一下果慈和小呆,其中一只黑耳山羊还大着胆子走过来,用舌条舔了舔果慈那扶着车栏杆的手。果慈把手掌张开,任由它舔去,心里痒酥酥,如爬过一群蚂蚁。这时,果慈心田仿佛降下了一场秋雨,清凉且爽朗。他仔细注视着这只黑耳山羊,那长睫毛下的双眼闪着晶莹的光泽,如两颗玛瑙,眼仁流露着温柔和慈善的目光,如菩萨低垂的目语——果慈就是那会儿心仪上这群生灵的。

"上车,快上车,这天热得羊熊样!"大呆催着他们上车。小呆在果慈看羊时,已把他晕倒的事说给大呆听了。果慈上车时对大呆说:"麻烦你们了!"大呆瞥了一眼果慈,轰地发动车子,扔给他硬邦邦的一句:"你又不用我背,顺路事。"说完把车子开得如同有一百只狮子在撵一样,飞快地跑在苦水镇的省道上。

果慈被大呆戗得脸热起来。

小呆咕嘟一句:"你个驴日的……"好像在骂大呆。

驾驶室里一阵沉默。

过了片刻,果慈对小呆说话了,打破了这个僵局。他说:"感谢你救了我一命,出家人也没有别的,我送你这串佛珠,愿佛保佑你们平安!"说完就褪下手腕上的手串。小呆晓得,这几年食客们不再戴拴狗的金链子,都戴这种佛珠手串了,听说有的手串比金链子要贵上几十倍,便推辞说:"我一个开汤馆的戴这个……"果慈说:"你不戴放在家里也好,这是开过光的,可避灾镇邪。"说完就把那

13

串金丝楠木的佛珠手串递给小呆。小呆一听能避灾镇邪就满心的喜欢,咧嘴笑了笑,一转手就给大呆套上,并说:"谢谢!谢大师父!"

果慈笑了笑,合上眼睛。

大呆双目注视前方,僵硬的脸慢慢变得柔和起来。他觉得那串闪着金色的手串,戴在腕上竟有了一股凉意向全身传达,有种用深井水洗手的感觉。他觉得这手串有些神奇,心想,说不定这手串还能治好风筝的病,风筝从医院回家后一直靠吃药维系,没见好转,真是急死人了。

大呆突然一脚刹车,果慈惊醒,睁开眼睛,打眼一看,前面路上有人拦车,一矮一高两个汉子打着手势,身旁停着一辆黑色桑塔纳。

"那是胡镇长的车子,他们肯定有啥事。"小呆猜测。

见车停,高个子小伙向车奔来,矮个子的汉子摇着纸扇子在树荫打凉。

高个子小伙隔着车窗说:"大呆,把我的车拖一下,霉透了,抛锚了!"

"你说啥?我没听见。"大呆侧着耳朵问。

"我说车坏了,给我拖一下,你是真呆还是真聋了?"小伙子有点急眼。

大呆说:"我这会儿听清了,好吧!"

小伙子高兴地向自己的车跑去。

大呆把车子慢慢开到桑塔纳旁,眼看就要停下来时,突然踩油变挡加速,轰的一声绝尘而去。那个摇纸扇的汉子停下了扇风,愕然地立在那里。高个小伙子跳下车拾起一砖头砸向车后尘烟。

"哈哈……热死你个驴熊,鸟大孩子给镇长开个龟壳子,就不认人,叫我大呆,不叫叔我给你拖车,拖你娘的腿,哈哈……"大呆满脸兴奋,仿佛腰直起来了。

"你个驴熊,你这事干得,八成要得罪胡镇长了!"小呆有些惶恐,就责怪起大呆来。

"怎么着吧,他镇长能咬我?明说了我就是冲他来的。去年,他让大毛当了美食大王,让俺当了二王,凭什么?还不是大毛给他上礼了。"大呆把马脸又绷紧了。

"你就等着吧,今年你连三王都拿不到。"小呆转过头不理他,一侧脸看到果慈,有点尴尬,说了一句遮脸的话,"他就是没文化的犟种。"

果慈浅浅笑笑,一两句话工夫车子进镇了。

"师傅,我该下车了!"果慈说。

"忙啥呢?我把羊卸了,让他开车送你!"小呆忙说。

"不了,你们忙!"果慈坚持下了车。

"我会带我家女儿去庙里烧香的。"小呆笑着说。

"欢迎你们来!"

车停,僧下。

僧立,车走。

果慈移步向远处寺庙钟声走去。

蝉却无休止地叫着,伏天真的到了。

四

苦水寺的香火又盛起来。乡人都说归功于果慈的到来,果慈却说这归于苦水寺里那口神奇的井。

据传明洪武年间先有了苦水井,才有了苦水寺。苦水井井水终年溢出井沿,是股活泉水,平日里井水苦涩没有人去饮用,但一有得道高僧来临就有甜水涌出,甚神奇。慧普在世时,苦水井涌出汩汩甜水,慧普去,甜水绝。果慈升座,让人清淤疏道,甜水再次复出。

一时间,肃州大地的善男信女们纷纷来此乞求神泉甘露,洗身心,去疾病。还真有不少信众喝了这井水把小病给治愈了,信众放鞭炮、送红匾、挂锦旗的热闹场面不时在苦水寺上演。加之果慈还会中医,给人开药方治病,于是被信众称为"大师",都说他是九华山地藏王给肃州派来的大德高僧,是来弘法祈福保佑众生的。

对于复涌甜水,果慈将其归于佛祖的怜爱和师父的功德,就更加不敢怠慢法事操持和修行的精进了。

这天离伏羊节开幕还有两天,夏天的清晨,太阳升起得早。胡镇长是骑自行车来苦水寺的,他想早点去早点回,免得让人看见一个国家干部去庙里,终是不妥当。胡镇长到庙里有公事也兼着私事。公事是要办伏羊节,镇里研究想让果慈到现场开幕式上站个台,并做个法事,为千头羊做个三皈依,这是噱头,有别于其他地方开幕式的特色。现在办节要吸引人,就要出奇招。过去可以公款请明星,现在明文规定不行了,但规定没有说不可请本乡的和尚。私事是自己这些天忙得内火攻心,牙床发炎,半个脸红肿,打吊水炎症也没有压下去,老婆说去苦水寺讨口井水洗洗就好了,也是无奈之举。伏羊节开幕式还要主持会议,不能半边脸小、半边脸大怪物一样上台出洋相吧。办私事求井水胡镇长有把握,但这公事他还真有点吃不准,听说这年轻和尚谦和,但出家人的规矩多,难弄。他心里没有底,书记说他带上秘书去合适,准中。他无奈,一早就带着镇秘书骑车像公狗追母狗一样,从镇上奔了过来。

到庙里没见到果慈,小沙弥悟生让他等等,师父在藏经阁读书。

在等果慈时,胡镇长看到驮着小孩进庙门的小呆,不由得想起自己那天被大呆戏弄之事,虎着脸骂了一句:"你那狗熊男人太不像话了,那天把我摆乎狠了,拖个车带个人,能费你多大事哩!"

小呆见镇长变了脸,自觉大呆那天确实不该那样做,便放下女儿风筝,连忙赔笑脸:"您大人不记小人过,大呆为女儿的病闹得心神七零八乱的,俺给你赔不是。"

胡镇长看到小呆那张真诚道歉的胖脸和一直往小呆身后躲的小女孩,就心软了,抬手挥了挥:"算了,算了!这孩子的病可好转些?"

小呆经他一问,低下头,有点哽咽:"跑了不少大医院了,就是治不好,俺镇头小四的妞昨天就死在南京医院,也是这病。镇长,你说俺苦水镇的人得罪了谁,怎么有这病魔害孩子呢?"

胡镇长左脸抽搐一下,火燎燎地痛:"俺知道是咋回事!你到北京去,我堂弟儿子在协和医院当副院长,你找他治,我这就给他打个电话!"说着就掏出手机,出门打电话去了,嘀嘀嗒嗒的声音在小呆听来十分悦耳。小呆对胡镇长就有了另一种看法,其实胡镇长这人还是喜欢帮助人的,记得去年他还组织了全镇人捐助血液病家庭,他一人就捐了一万元。听说,他一个月的工资才三千,老婆知道后气得回县城儿子家住了半年没有回来。他这当干部的也不易,小呆想。

胡镇长进来时肿脸上泛着喜色:"敲定了,你明天就去,包治好!"说着让小呆记下北京医生的号码,"协和医院那是给中央首长治病的地方,准能治好孩子的病!"胡镇长兴奋地说,仿佛他就是包治百病的神医。

"快,谢谢爷,谢谢爷!"小呆拉过来风筝要致谢。

风筝睁着一双失神的大眼睛,盯着那个一边脸大一边脸小的汉子,不敢上前。

"这孩子没出息!"小呆责怪了一句风筝,风筝一摆手跑向了大殿门外,被小呆给追了回来。

走进殿堂的果慈显得十分精神,头发刚剃过,青色的头顶上戒疤红润如珠排列,见到小呆微笑地说:"你来了!"小呆见他的庄严,霎时生些敬畏:"来了,早该来了!"

胡镇长是镇上秘书介绍的,果慈合十道安,把他们引入自己的禅房。

落座定,胡镇长和小呆相互推让。

"镇长公事大,你先来!"

胡镇长想微笑一下,刚扯动笑肌,左脸就如被电击了一下,生疼:"你先给孩子看病,我出去转转再过来。"说完他先去了苦水井那边。

果慈不拦,只是让小沙弥引路去了。

果慈听完小呆含泪的叙述,才知道这个神情有点蔫的风筝得的是血液病。小女孩今年刚六岁,这年龄是自己丧父丧母的年龄,这罪恶的病怎么能降临在这么幼小的女孩身上呢?自己六岁时虽然不幸失去双亲,但还能存身于世上,她却要离开这个世界了。悲哉!果慈心有所感,起身走到风筝面前,蹲下身来,用手拂了拂风筝的冲天小辫子,望着风筝那双布满忧伤的大眼睛说:"风筝,你在想什么?"

风筝低下头,一会儿又抬起头:"我想上学!"

果慈心中一揪:佛祖呀,请保佑这个小生命,哪怕把我的寿日匀给她。

"你一定会上学的!"

"真的?"风筝仰起头,眼睛里忧伤的雾气在快速消散,露出一束亮光。

"大师说得还有错?给你开服药吃了准好。"小呆在一旁说。

果慈被这句话羞得脸红,他很想说,我不是医生,这病我看不了,那井水也治不了。我只是一个僧人,念经文的僧人,这些经文对治这病是没有用的。但他不能开口,不能熄灭了小女孩求生的念想。

"大师?大师就是能救人命的人吗?"风筝急切地问。

"我不是大师,我也希望自己就是能救人性命的大师啊!"果慈轻叹。

"那我叫你和尚叔叔吧!"风筝歪着头说,没等果慈回答就肯定地喃喃"和尚叔叔",说完蹦蹦跳跳去院里看水井了。

小呆难得见到风筝这么高兴,心内不由得生出喜悦来。

果慈却收敛了笑意,很慎重地对小呆说:"血液病要尽早治,不能耽搁,快到大医院去治。我这里给你开一剂中药方子,只是调剂肝脾平衡的,这病还得去看西医。"说完就铺开纸、拾起笔墨开起方子来。小呆一直垂手立在那里,拿到药方子如囚徒拿到大赦的诏书,喜出望外,口中念叨:"有救了,俺女儿有救了!"她转身出门,又仿佛想起了什么,折回来,从口袋里掏出一卷钞票塞给果慈。果慈说:"我不是医生,不收费的,你家有病人要花大钱的。"小呆却扔下钱风一般跑出门。

果慈要追她时,胡镇长回来了。

胡镇长心情好起来,刚才用凉凉的甜井水又洗又漱,觉得半边脸疼痛已大减。

"出古怪,这井水一弄,怎么不痛了?"胡镇长笑着落座对果慈说。

果慈轻描淡写地随了一句:"井水不是药。"

胡镇长忙着把诚邀果慈去伏羊节做法事的来意说了,说完还添了句:"这是关系我苦水镇民生的大事,请大师一定拨冗参会,虽说是公事,我们会酌情给费用,你开价,我们给报销!"说完用眼角余光有意无意地瞟了一眼小呆扔在桌上的钱。

果慈没有答应去,也没说不去,只是呷了口茶,岔开话头问道:"胡镇长,贫僧有事想问政府,苦水河已经成了垃圾场,这一河两岸的人都无法生活了,不知政府该何时治理?"

胡镇长如蚕的眉毛抽动一下,也呷了一口茶,微笑道:"大师所言涉及民生,心系百姓的疾苦,敬佩呀!你知道,俺镇无资源无名胜,财政一直只能保吃饭,这几年搞了伏羊节财政税收才有点进项,不过商贩屠夫们只顾生意,不管环境,这羊下水啥的都扔到河里。加之河上游邻县发展化工业,这污水入河,不就把这河糟蹋成了这番模样?说到治理也非是一个小镇所能为的。"说到这儿,胡镇长分明看到和尚脸上生出不满的神情,就赶忙又说,"不过大师也不要忧虑,我们今年出台铁规,统一管理羊下水,并引进了一家皮革厂,可以加工羊皮,还有肠衣厂也在谈判中,放心,俺敢拍胸脯说,不用两年,这河水可以清起来。"

果慈见胡镇长那张肿脸肌肉抽动,汗珠渗出,暗道:也难为他了。

"先挣个吃饭钱,再来治理,不然没钱咋治?所以,伏羊节要大办,要把天南地北的人给吸引来。你算算,一个人在这儿消费两百元,一天一万人,推算一月三十天,怎么也得赚个六千万,可对?这钱让百姓挣,百姓富了,政府日子不就好过了吗?"胡镇长说到激动处,站起身子,踱起步子来,忘了这是禅房,不是他的办公室。果慈不介意这些,反而喜欢他的率真,佩服他的理政之策。望着大不了自己十岁却老相得像五十岁的镇长,果慈心生怜悯:现在当官不易,乡镇干部更不易。

接下来胡镇长如向县委书记汇报工作一样,侃侃而谈起苦水镇十三五发展规划,让果慈心动且感动起来……

当胡镇长推着自行车走出山门时,已是快到中午时分。山门外,果慈立在白果树下,目送那两位骑车人顶着烈日向镇上奔去。清脆的车铃声传来,让果慈如同听到梵音和塔檐上的风铃声……

五

大红大绿的旗帜,把苦水镇中学操场渲染出一派节日的喜庆氛围。大红地毯铺就的主席台上,一溜排站立着满脸兴奋的嘉宾们,果慈是唯一脸上浮现拘谨不安表情的人,局促使他手脚变得僵硬。

仪式议程很多,胡镇长主持得幽默且庄重。他今天着短袖鸭蛋青色的衬衣,打了个海蓝色领带,头发向后梳了个背头,额头显得饱满硕大,左脸显然消肿了,只是黑眼圈让人感到他有些疲惫。他亢奋地主持着,妙语连珠地即兴发挥,引来台下潮水般的掌声和笑声。他要是去央视当个主持人一定会红的,果慈心里冒出了这样一个想法。在万众瞩目之下,他盼着仪式早点结束,但领导讲话、商家发言、来宾贺词等等是那样冗长。

果慈端视台下众生,觉得自己如同被耍的猴,他突然后悔来到嘈杂喧哗的地方,使自己的心境有了躁动。他一时不知道自己的目光该放在哪里,是东边还是西边,是前方还是近处,在哪里停驻才合适,最后只得把虚妄打量前方的目光收回,微闭上眼睛,因为,前方是一栋栋高楼。

烈日炎炎,风好像死在来的途中了。站在红地毯上仿佛站在熊熊燃烧的火炉之上,果慈虚汗淋淋,他吞咽着唾液,生怕自己再次中暑倒在台上。就在这时,他听到一声"和尚叔叔",便张开眼睛去寻,看见那个叫风筝的小妞骑在小呆的肩上,冲着自己呼喊并摇着一面小红旗。大呆作为名厨代表发言时,风筝更是把小手拍得山响,那冲天辫子也如春风吹拂的树苗般摇曳着,那满脸的甜笑让果慈心生欢悦。果慈心念:让孩子兴高采烈应该是大人们心里最慰藉且幸福的事了。大呆发言时,腰也好像直挺起来。果慈见他走过胡镇长身边时满脸谄媚的笑,思忖道:人呀,真的很容易满足,只要给他荣誉和地位。

终于到了果慈为羊群做三皈依法事了。

但见一队队山羊被赶到操场的左侧,白茫茫一片,如果没有咩咩咩的叫声,从远处望去,疑似雪地,只不过那雪地在蠕动着。

果慈在众人的目光中,一步一步走向羊群。他第一次见到这么多羊赴死,要去往生,他的眉心在跳,人中在跳,心更是剧烈地跳,他能听到那咚咚如鼓响的声音。

一踏入羊群,果慈就如踏入了冰窖,刚才的炎热变成了彻骨的寒冷,他手里握着三支香,竟比三支铁钎还重,他的步履变得沉重且涩滞,他念经文的声音慢慢低去,最后声如蚊蚁,只有自己能够听到。他还在念经吗?在!果慈知道自己在念,但是让众多看热闹的食客观众生出失望:这大师念的经文怎么听不清楚?这和尚不会念经文,或是哑巴和尚吧?要不是身后随同而来的两位师弟高声诵经,果慈不知道自己如何收场。师弟们也奇怪,在甘露寺诵经最洪亮的果慈今天怎么了?果慈的嗓子亮,在九华山僧侣和信众里有"叫天子"之雅号,他诵经声音高亢,有韵味,声传大殿每个角落,绕梁不绝,今日果慈只是嘴唇颤动,甚是奇怪。

果慈的嘴唇颤动,心在颤抖,这么多无辜而无瑕的眼睛,这么多长睫毛下闪动如儿童的眸子,让果慈不敢对视,仿佛自己是个罪人和杀生者。那些羊儿咩咩叫着,仿佛在倾诉什么,渴望什么,乞求什么。这么多的生命将要远去,果慈真没勇气去与那些羊儿的眼睛对视,他闭上了眼睛,流下了眼泪。他仿佛听懂了这些羊儿的叫声,充塞耳房的都是:"命命、命命……"果慈在这一声紧似一声、一声高过一声的咩咩声里,一下跌坐在羊群里。他盘腿而坐,合十诵经,突然高声诵道:"皈依佛,两足尊;皈依法,离欲尊;皈依僧,众中尊……"

师弟们见他破规跌坐羊群,先是不解,后见他又用那"叫天子"的天籁之声诵经,也就跟着他放慢声音。看热闹的观客霎时领略了佛音的圣洁和神圣,纷纷拿出手机照相,有人还直播这条新闻。

胡镇长紧张的脸上露出欢欣的笑容,这就是他需要的效果。他知道那些手机第一时间就会让苦水镇伏羊节成为万人皆知的热点,这就是噱头。

风筝听到这声音竟然有点莫名的激动。

羊儿们围着这位杏黄色的僧人,慢慢地安静下来,在果慈吟诵的经文中,它们仿佛听懂了一切:是的,我们来这世间的最大贡献就是给人类提供肉和骨。

果慈在羊群中诵经,诵着诵着,突然觉得自己的灵魂出窍而去,领着一丛丛洁白的云朵在飞翔,那白色的云朵就是身旁的羊群。当他再次坠入大地时,经文已念完。但他不想起身,只是想和这些羊多待一会儿。

不知是谁拉住了他的手,果慈睁开眼睛,见到风筝,这个小妞儿如羊一样怯怯地看着自己。他是被风筝牵着走出羊群的,还是他牵着风筝冲出羊群的,已经不重要了,身后羊儿们不再躁动、不再恸哭,只向着苍天喊:"命、命、命、命……"

白云在上,羊儿在下,僧人心碎,俗众一年一度的杀羊狂欢,开始了。

舞台上演起泗州戏《窦娥冤·六月雪》:"天啊天!想我窦娥遭此不白之冤,我死之后,刀过头落,血喷白练,三伏降雪,遮满尸前,还要山阳亢旱三年,以此屈冤……"

羊儿们知道自己的大限来临,它们的哀鸣传遍苦水镇的每个角落,此时死在路上的风仿佛复活了,把它们的哀鸣和血腥气带向很远很远……

"和尚叔叔你流泪了。"

"羊儿们将死我伤心。"

"你不是给它们念经了吗?"

"可它们还是会被人杀死的。"

"风筝的病好不了,也会死的,你也给我念个经吧,你念的经真好听。"

"风筝——"

街道上,这几句话不知是否被行人们听见,但苦水镇真切地记得有两个人心中下起倾盆大雨,他们悲恸地哭着,哭羊,哭人,哭这苦水镇上的一切。

仪式结束后,两位师弟和小沙弥就找不到果慈了。那天很晚很晚的下半夜,山门被敲响,才见到梦游一般归来的果慈,他没有说话,径直去了禅房,一觉睡了三天,死了一样地沉睡。三天过后,他一切如从前,仿佛什么事也没有发生,上早课、晚课,参禅诵经,只是比过去更忙了。也许忙是一剂药,一剂能使果慈遗忘一切的药,包括杀生。

六

果慈再次到苦水镇是伏羊节快要结束的月末,他是被大呆夫妻俩请来的。缘由是,风筝去北京医院治疗加上吃了果慈的中药后,病情见好,各项指标开始正常。喜出望外的大呆小呆在风筝的央求下,放下生意赶到苦水寺"请和尚叔叔去呆家汤馆一趟"。

果慈听到风筝病情好转的消息,心里就生起欢喜,只是自己一个出家人去他们家做客甚是不便,便答道:"病好了就好,其他就免了吧!"见他推辞,小呆就扑通跪下来:"你是救命恩人,一定要去!"小呆仰着脸,眼里布满焦虑和渴求。大呆在一旁搓着手,好像很冷的样子。

果慈赶忙搀扶起小呆:"好吧,我去!"

其实果慈也想小风筝了。

他们仨是走着去苦水镇的。去苦水镇就得过苦水岗,苦水岗过去是乱坟岗,现在是苦水镇的公墓。走过那里时,他们变得话少起来,风从岗上来,刮来了死亡的气味,有一家人正在一个很小的坟头上放着鞭炮,还有三两个妇人在呼天抢地哭着。小呆听到哭声就抹眼泪、揪鼻涕。大呆大口大口地抽起香烟,加快了步伐,仿佛怕鬼缠身似的。果慈也加快了步子。

转过岗,大呆坐在松树的松根上,招招手对果慈说:"你坐坐!"接着对小呆说,"你先回去蒸馍。"小呆神情低落地走向回镇子那条路上。

果慈打量大呆,这是典型的被朔风雕刻过的淮北汉子的脸,马脸长长,泛黄的瞳仁流淌的是淮北人果敢的光泽,淮河的碱水、面食以及酒气,使这里的男人很剽悍。

"你可抽支烟?"大呆把烟递过来,见果慈摇摇手,就自己叼了起来。

"刚才是镇东的蒋王家孩子殁了,也是那个病,那块坟地上十来个小坟头埋的都是孩子,也就这几年的事。×他娘的,我真不敢打这里走,一走就心焦心寒,回家做噩梦。"大呆大口地抽着烟,大口地吞下去,接着从鼻子里冲出两条小白龙来,"你说这苦水镇还能活人吗?"

果慈不知如何回答,他能说生死皆无常,能说因果报应,还能说生有何欢,死有何惧,可对着那不远的小坟包,他不知道说什么好。"阿弥陀佛。"他只得诵经如此,仿佛皖北大地的一声轻叹。

大呆把烟头一扔,冲着果慈说:"俺们走吧,这里晦气重。"他俩的步子变得沉重起来。

到了呆家羊汤馆,风筝早就迎在那里,一见果慈就跑过来拉他的手,喊着"和尚叔叔"。

大呆和小呆看到风筝和果慈手拉手的样子,舒心地笑了。大呆好像醒了一样,责骂了一句:"你傻笑个熊,快去整几道素菜给大师吃。"并转脸对果慈大声说,"大师,你可放心了,我这里刚为你买的锅碗盆,一色新的,用菜籽油,不沾半点荤腥,还请了胡镇长来陪你。哈,那狗熊一听你来就忙不迭地答应来。"

果慈被风筝牵着向里屋走,转头告诉大呆:"不要太麻烦为好,我见到风筝就行了,不要什么人陪的。"

大呆抬抬手说:"没事、没事!"

在风筝的房间里,果慈仔细打量这个生病的孩子,风筝果真比过去面色红润了许多,眸子里流出的是黝黑如乌金的色泽,小嘴唇也变得红润起来。"你精神多了。"果慈轻声说道,仿佛默念经文。

"对,对,她好了!"小呆连忙应声。果慈有些诧异,明明是自己心里的话,她怎么听见的啊?

"风筝不会有事。"果慈心虚了一句。

此时,风筝捧来一本厚厚的本子:"和尚叔叔,你看,都是我在病房里画的。"

果慈打开厚本子,一页页慢慢地翻看着,那是一个儿童用心画出的一只只神态各异的羊儿,有黑羊、黄羊、褐羊,更多的是灰白色的羊,其中一只黑耳朵羊,仿佛就是那只曾经舔过自己手心的羊儿。果慈震惊了,不忍再翻看下去,因为这个小女孩为它们画了一幅幅遗像,人有遗像,羊也有,风筝为它们画了。果慈合上画册,就像要关闭一扇窗户,这扇窗户印满了痛苦和罪恶。

果慈转过脸问风筝:"都是你画的?"

风筝点点头:"在北京病房,我想家就画它们,画着画着就不想了。"说完笑了笑。

"对,就是她画的。"小呆在一旁骄傲地证明。

"她很有天赋,长大可以成为大画家的。"果慈垂下眼皮说。

"我只要上学就好。"风筝鼓起腮帮子,说完头就垂下来,那个冲天辫子如矛一样刺向了果慈。果慈心里一紧。

小呆过来要抱风筝,风筝一犟身闪了过去。

果慈觉得有点尴尬,似乎自己说错了什么,他脸红了一下,拉起风筝的手说:"走,我们看羊去!"

风筝听了他的话脸色由白转红自然好看了些,就随着果慈下楼向后院走去。

小呆见他俩走去,伫立在那儿,如院里一棵沉思的树。

走出镇子老远才见麦地,麦地过去是苦水岗的余脉。山坡上,各家汤馆用铁丝网围起属于自己的羊圈,这样一来,就把好端端的山坡搞得七零八落的,远远望去,那山坡上的羊圈如一片片晾晒的尿片似的。

"那是俺家的羊圈。"风筝指着正南方向的羊圈说。果慈抬眼望去,有两个人在羊圈前蹲着叙话。他知道那是大呆和胡镇长,就领着风筝快步向前走去。

在走向山坡时,风筝告诉果慈,羊圈里有头水羊快生小宝宝了,她给那水羊起了名叫"宝贝",宝贝生的娃,就叫大南瓜、二冬瓜、三西瓜、四北瓜……风筝问:"和尚叔叔,你说这些名字可好?"果慈点头。风筝说:"要不叫熊大、熊二、熊三、熊四也行,跟动画片里一样。"果慈还是微笑地点头。风筝停下脚步仰着头对果慈说:"名字起不好命就不好,街上人说我名字不好,命系一线,所以生病了,和尚叔叔你给我改个名字吧!"果慈心里一紧,牵着她的手指一跳,仿佛手指被玻璃划破了。他蹲下身来说:"别听他们胡说,你的名字好呀,飞在天上,俯视大地,多好呀!"风筝听到这句就兴高采烈起来,跳着蹦着向前奔去。

大呆和胡镇长蹲在那里抽烟,他俩的身后地上躺着一只刚杀的羊,四蹄还在抽搐着,一动一动地,仿佛要踢开死神的唇吻。

胡镇长和大呆起身要和果慈打招呼。可风筝"哇"地放声大哭起来,冲向大呆一边用脚踢着大呆一边骂着:"坏蛋爸爸,坏蛋爸爸!"

大呆连忙问:"咋了你?咋了你?"

"你把我的宝贝杀了,它快生小宝宝了,我不干,你赔我的羊,赔我的羊,你个坏蛋,大坏蛋!"风筝继续踢打大呆。

大呆对女儿十分疼爱,从来没有让她这样恼怒过和伤心过,他看了一眼胡镇长,胡镇长满脸不屑:"小丫头,别胡闹,羊是阳间一道菜。"大呆听到胡镇长呵斥女儿心里不悦,但也没有说什么,只是哄孩子:"别哭了,小祖宗,俺明儿个赔!"

果慈脸色酱紫起来,目光里多了愤懑的光,他用手指颤抖地指点着:"你们……你们怎么连怀胎的水羊都杀,你们长了人心吗?"

大呆赶忙说:"现在人都好吃胎羊这一口,今天中午胡镇长说县里来领导要招待,咋弄?"

"是吗?胡镇长,这县领导真要吃胎羊?"果慈倾着身子,怒目圆睁瞪向胡镇长。

胡镇长本能地向后退了两步,嘴角抽出一点笑意:"你看这伏羊节快要结束了,今年全县就数俺镇办得好,县里给了专项奖励二十万,你说这领导来了不得请他们一顿?这吃胎羊是今年才风行的,不得给他们尝尝鲜?"

"你们是什么人呀!"果慈低吼了一声,转脸对大呆说,"你们估个价,这羊我买了,我要把它安葬,你给个价吧!"说完走到羊前,用颤抖的双手拂过那只羊的羊角、脸颊、羊颈,刚拂到那隆起的羊腹部时,便放声大哭起来,哭声如牛哞,传得很远很远……

胡镇长向大呆嘟囔一句什么,大呆为难地说:"这胎羊不卖了,冲着风筝我也不能卖了!"胡镇长用不解的眼神打量他们仨,又紧盯着大呆,大呆坚定地说,"不卖!"胡镇长用手抹了一下满脸的汗:"不卖算了,我另找人家去!"说完悻悻走下岗去。

正午烈日当空,苦水镇上的人们本该躲到阴凉处去乘凉,但这天没有,许多人跑到山岗上看一位僧人为一只水羊下葬,甚是奇怪。谁都不知道那位僧人在羊坟前发了愿,要拯救所有的胎羊。

孤松,羊坟。

一位僧人在诵经,一个女孩在哭泣……

七

　　苦水镇上的人再见到果慈时,是葬羊的第二天上午。他带着一个小沙弥从街头第一家汤馆开始下跪求水羊。他跪在汤馆门前诵经,小沙弥打着一个白布幌子,幌子上有"发慈悲,救水羊"六个大字,那字墨迹未干,一看就是刚写上去的。那个场面引来了众多食客的好奇。店主们走出来,问和尚这是干啥子。果慈只说:"如果有水羊就卖给我,或送给我;待小羊出生断奶后我再还你,只要你别杀水羊就好。"有店家爽快地答应以水羊相送,也有少数不肯答应。

　　风筝听小呆说和尚叔叔在街上跪求水羊,就一溜烟跑出门,在大街上寻找起果慈来。

　　这是伏羊节的最后一天,食客更多,蜂拥而至,仿佛不在这天吃上一口羊肉、喝上一口羊汤,下辈子都吃不上了。在这稠密的人群里,果慈是人们驻足观看的一个大景点,比节日里跑旱船还要热闹。

　　风筝总是跟在果慈的身边,给他送水喝,为他扇扇子。

　　果慈说:"风筝听话回家去,这天热,别中暑了!"

　　风筝摇摇头,不语,就是跟着他走。

　　一店一跪,慢慢地,果慈身后多了不少下跪求羊的善男信女。

　　当收到第十只水羊后,果慈就不知如何坚持下去了,他带来的钱已经告罄,没钱收羊了。那些善男信女听小沙弥说没钱收羊了,就纷纷解囊相助,风筝也一溜烟地跑回家找大呆小呆去要钱。

在捐钱的人群中,果慈看到一个熟悉的身影,那个微胖身躯的胡镇长向小沙弥的布袋里扔了一沓钱就转身挤入人群中,一晃就不见了。果慈看得真切,炙热的心里升起一丝清凉。其实,胡镇长对果慈的跪求水羊,一开始就有点放松警惕,他以为这也是炒热苦水镇伏羊节的一个热点,就让秘书注意网上的反映,果然点击率一下上升到一百万了,因而他也就来捐了钱。

风筝牵着大呆和小呆一起来的,小呆说:"俺们捐一个头羊的。"说完就把一沓钱扔进了布袋。

果慈看了他们一眼,合十。

苦水镇上的人是善的,果慈心中想着。

有善人,也有恶人。

大毛汤馆店门口,捆着一只水羊,大毛口里叼着一柄刀,向羊走去,他的两个儿子傻笑着跟在大毛身后。

羊早吓得跪了下来。

大毛用大手把水羊的头按着,右手举刀准备白刀入羊颈、红刀带血出时,就听到一声断喝:"施主!刀下留命!"果慈的喝声竟有金石之气,把大毛吓得一抖,刀都失手掉在地上。

"你瞎咋呼啥?你个小和尚!"大毛回过头看着果慈。

果慈把来意一说,大毛来了兴趣,他直起腰来,斜了一眼果慈:"我要是不卖给你,决心要杀呢,你怎么办?"

果慈说:"我没办法,我只得跪求了!"说完就跪在店门前。

"真犟,你跪,我看你能跪多长时间!"大毛嘿嘿怪笑了一声就回汤馆了,留下果慈和一众善男信女。

大毛以为一个和尚大热天不能跪多久,没想到果慈一直跪着。大毛骑虎难下了,再者,店门前这么多人看着这西洋景,没有人进馆吃汤,生意明显受影响了。他心里恨起和尚来。

果慈这一跪就是四个钟头,已到了太阳急着下山的时辰。

屋外的街面上,已经簇拥起众多的食客。微博和微信让跪求水羊的事件持续发酵,已经变成了公众话题在网上热炒。话题从"慈善和尚救水羊""我们该不该吃水羊""吃水羊后面的人性考量",到"苦水镇的伏羊节的罪恶""刘大毛其人""刘大毛的矿难人之死到水羊之殇",掀起了一层层波澜。

苦水镇的书记在省委党校学习,听到这消息立刻打电话让胡镇长及时处理此事。县委书记也让县委宣传部传达指示,马上消弭事件影响。胡镇长这时才认识到事件的严重性,他赶忙跑到大毛羊汤店,对果慈说:"大师,这羊的事就到此为止吧!"

果慈摇摇头,无语,目光坚定地望着店门。

胡镇长眉头一皱"嘻"了一声,一拍大腿进屋想去劝大毛,只见大呆正跟在大毛屁股后劝说着:"大毛,你就把那水羊卖给他吧,你看人家和尚也怪可怜的!"

胡镇长赶忙跟着劝说:"算了,就卖了吧!"

大毛犟劲上来了,执拗着不同意,越劝越不同意。

大毛的大儿子说:"这和尚不走,今晚生意得黄,大锅里汤都熬干了,也没卖出去一碗,还把老子在网上弄成了反面人物。"

"奶奶的,把他赶走!"大毛趿着拖鞋,腆着大肚子走出去,冲着果慈喊道,"小秃驴,你在这里跪半天了,不累?"

果慈摇摇头:"不累!"他说的是真话,他跪的地方刚好和那只捆着的羊目光相对,在羊的深情目光中,他忘记了一切。

"娘的,你给老子躲开,不走,我可要泼汤了!"说着,大毛就端起了那锅热汤,"滚蛋,滚蛋,俺这不是庙门!"

果慈不动,众人睁大了眼睛,空气霎时凝固了。

大毛脸上挂不住,他分明看到众多人的眼睛在看着自己,分明是一种讥笑的目光。这时,他的二儿子递上手机:"爹,你看你上节目了!"大毛一斜眼,看到手机里自己端锅的丑样儿,一时气就上来了,他大喊了一声:"老子泼了!"说完真的把锅里的汤泼了过来。

风筝见汤泼过来,"哇"的一声大叫冲到果慈身前,果慈挺身将袈裟向下一摆,把风筝罩在身下,那锅热汤泼在果慈手臂上,千万条蛇咬一样地疼。果慈强忍着痛低头看看风筝,见她没有烫伤,冲上前推了一把大毛子,骂道:"混账!"

大毛被推倒在台阶上,头磕出血来,爬起来一挥手指挥俩儿子:"给我打!"两个儿子便举着木棒和铁铲向果慈打来。

"住手!"大呆顺手拎着杀羊刀冲过去,"谁伤风筝老子就杀了他!"

果慈被两个山豹一样的汉子打倒在地,满脸是血。风筝趴在果慈身上大哭,小呆跑过来护着风筝。大毛的两个儿子还是拼命打着果慈。

果慈一挺身站起来,一把夺过大呆手里的杀羊刀,朝两个汉子冲过去。

"毁了,和尚你别杀人!"胡镇长冲了过去。

只听一声"啊哟",小镇一下归于寂静。

"我的儿,我的儿!我要烧了你的庙,杀了你的人!"这是大毛的声音。

……

僧人果慈被公安逮捕了。果慈持刀伤了大毛家的二儿子,也伤了胡镇长。

大呆、小呆真的呆了,傻子一样立在那里。大呆想,自己不该拎着刀过去,不拎刀,果慈就不会抢刀伤人,所以,自己是罪人。他跟公安说刀是他拿的,人是他伤的。大毛骂他:"你逞什么鸟能?"警察严肃道:"你回去,没你的事!"

警车上,全身颤抖的果慈在脑中拼命想理清刚才发生的一切,他不知道自己为何会这样,他对自己喊:"我是一个护生的,救生的,怎么会杀生了?罪孽啊,罪孽啊!"

他闭上了眼睛。

八

苦水镇的人咂摸咂摸这事就有点不是味了,就三三两两来到大呆羊汤馆,说长道短,千言万语归了一句话:我们该救果慈和尚。众人推来推去,最后推选了大呆、小呆到县城公安局去求情,说:"去城里的开销大伙分摊,要把果慈捞出来,我们苦水镇的人要仁义!"

小呆说她家风筝咋办,街坊说他们轮流带着。

风筝说:"娘,我不用你管,你放心去吧!"说完从屋里捧出那本画册说,"把这给和尚叔叔带去,他就不怕了!"她的话引得汤馆里唏嘘一片。

大呆、小呆和小沙弥悟生三人终于找到了公安局,却进不了大门,被门卫挡住了,正在束手无策时,却见胡镇长哭丧着脸走出来。他吊着打绷带的胳膊,跟《红灯记》里王连举一样,一见他们仨就虎着脸问:"你们来这儿干啥?"

大呆觍着脸说:"俺想让公安放了果慈。"

胡镇长不耐烦地冲了他一句:"这是公安局,不是你家羊圈,你想开就开、想放就放?"

大呆不吱声,低下头。

"走,跟俺回去!"胡镇长口气缓了下来。

"俺不走,见不到果慈,俺不走!"小呆拉了拉大呆衣角嘟哝了一句。

胡镇长没理他们仨,朝自己的车走去,走近车门转头说:"我也是来为他求情的,我和大毛儿子都是轻伤,赔点钱就可以出来的。那狗日的和尚,非得在看守所里不出来,说要赎罪,你见过这么傻的人吗?傻鸟一个!"说完拉开车门,哐地把车门一关,冲着司机喊,"开车,回镇!"

大呆、小呆、悟生傻了一样望着胡镇长的车远去。

大呆心里说,这胡镇长也真的还有仁义。

小呆说:"果慈在看守所,俺们就去看看他吧!"

……

他们仨终于在看守所见到了果慈。

果慈双手敷着烫伤药膏,他神情黯然,眼圈发黑,面色发青,嘴唇干涩——他已经五天没有睡觉了。

"你们不该来这里,这是罪人、犯人住的地方,你们走吧!"果慈低下头说。

大呆结结巴巴道:"这事怪我,我不该操刀。"

"与你何干?是我的罪孽啊!"果慈鼻头一酸。

小呆哽咽着流着泪。

"你们走吧,我要回监狱了。"果慈站起身。

小呆大声哭起来:"风筝想你,她要我把这个带给你。"

果慈听到这句话转过身,抬起头,看向小呆。小呆把那本画册送了过去,果慈接过,双手送给警察,对小呆说:"你回去告诉风筝,我会看的,让她好好养病!"接着看向悟生,"悟生,你一定要把求来的水羊养好!"

悟生点头说:"师父您放心!"

果慈微微一笑,就立刻收回笑容,转身走去,留下来的是一个被灰色僧衣裹着的瘦削背影。

后来的日子,果慈每夜关灯前总要打开那本画册看上一遍,看看风筝画的羊,想想苦水镇,想想风筝那个可爱的小女孩,耳畔就会响起羊儿的咩咩叫,就会听到那首童谣传来:"小羊小,吃青草,吃了青草长羊毛……"那首童谣是风筝教他唱的,那时他跪在大毛店门前,风筝问他跪着累不累、膝盖痛不痛。他摇摇头。风筝又说:"你要是累了,我教你一首儿歌吧……小羊小,吃青草,吃了青草长羊毛……"但他还没来得及学,事情就发生了。每天晚上,果慈只有把画册压在枕头下才能睡去,他会在梦中放牧着一群咩咩叫的羊,梦见自己唱着童谣,在羊群里慢慢行走,远处,风筝笑着,奔跑着,银铃般的声音四起——那是他最惬意的时候了。

胡镇长回镇后,组织人力、物力收购水羊,发布了在苦水镇禁止杀水羊吃胎羊的公告,之后在一张白纸上写下了辞职报告。

秋日的一天,果慈出狱了,他没有回苦水寺,一路向南化缘回到皖南那座佛山圣地。苦水镇人不知道他的行踪,只当他还在狱里呢!

九

如约而至的雪,把皖北大地变成白首白须的老者,呵着白气蹒跚地走进年关。

苦水岗的白雪已有半尺厚,松树被雪压得低下了头,如果不是坟地上有哭声和爆竹声,这里真是寂静。

大呆在坟地上直不起腰,佝偻着。

小呆如一座麦垛瘫坐在那里号啕着。

他们面前的小坟,也覆盖着积雪,那是七天前刚刚垒起的,是风筝的坟墓,是苦水镇得白血病殁了的第三十二个娃娃坟茔。

"我日你娘,我日你死娘,你夺了我娃的命!"小呆在诅咒病魔。

大呆不知说啥好,只是不停地揪着鼻涕,向不远处扔去,这动作过去是属于小呆的。

离小坟群不远处,传来鞭炮声,那里刚葬完大毛。大毛三天前死于狂犬病,他是被流浪狗咬了一口后发病的。那天大毛见谁都烦,就踢起那只伏羊节过后一直蜷在墙角的流浪狗,那只貌似老实可怜的流浪狗,竟然一跃而起咬了他一口。他虽然把狗杀了,却中了狂犬病。

炮声响过,大毛的两个儿子磕完头,就领着一群人有说有笑地向镇上走去。走到小坟堆时,他们看到大呆、小呆在烧头七纸,就哑了声,不由得围了过去。

已经卸任的胡镇长走到大呆面前,拍了拍大呆的肩头,叹口气陪着他把纸钱烧完。众人想把小呆从雪地里扶起来,可小呆怎么也不愿意起来,脚乱蹬,口里大骂着,泼妇一般。

胡镇长说:"你们别扶她,由她去吧,她心里难受。"

众人听到这话就停下了。虽然胡镇长已经不是镇长了,只是镇民政科的一个科员,但他的话在这里管事得很。

小呆趴在雪地里哭着,如一只巨龟。

大呆向众人挥了挥手:"快下雪了,你们先回吧!"

胡镇长又叹口气,低垂着头离开坟地,众人也随他走了,一股黑色的人流在雪地上缓缓地向苦水镇流去。

小呆趴在雪地里哭着,大呆慢慢褪下手里那串佛珠,悄然扔进焚烧的纸钱堆里。霎时间,一缕异香升起,小呆惊诧地望着大呆背后的地方,那里应该是苦水寺。大呆不解地转过头,也向苦水寺的方向眺去。

远处,只有一片空茫茫的雪幕。苦水寺早在一个没有星光的深夜被烧毁了,当时火光冲天,烧了三个小时,把那里的一切变为废墟——有传言说那是大毛派人干的。

"你看啥呢?"大呆望着侧着头望向远方的小呆,有点害怕。

"你听……"小呆侧起左脸来。

"听啥呢?"大呆没有听到什么,只听见几声乌鸦的怪叫和积雪从松枝上落下的声音。

"小羊小,吃青草,吃了青草长羊毛……"小呆哼唱起来。

大呆眯着眼再次望向苦水寺的方向。雪原之上,先是一个黑点,由一个黑点变为两个、三个,接着是一条长线。

"咩咩、咩咩……"寒风里分明传来了一阵羊叫的声音,一声紧似一声,越来越响。

下雪了,从天而降的大雪,如羊群一般……

大 鱼 在 淮

我赞美的,我不爱;我爱的,我不赞美。

——阿巴斯

一、父

汛水退去,转脸天就凉了下来,早晚的风变得穿肤刺骨了。

俺盼着天再凉再冷点,狗日的季节要是一抬脚就到冬天就好了。好在哪里？俺心中有事——天冷了,儿子傻三就不会再下河游泳了,他下的河可不是小沟汊,是大淮河呀。

淮河水不是一般的水,是会祸害人的。早年它脾气大,三年五载就会来场大水,房塌庄毁,如今它被治得安顺了些,但保不齐每年夏季它大老爷一不高兴,就收去几个下水扑腾的人。这不,村头小柳家大孩子、村里首位考上大学的秀才,不就是放假回村下河游水溺水身亡的吗？那位秀才多精明,都殁在这河里,自己的儿还是个傻子,早晚要出事的,不是有这么句话,"淹死的都是会水的"吗？

天冷多好,天冷一下雪,雪一封河,傻三再傻也不会下河了。

再者,天一下雪,年不就到了吗？年到了,枣就该回来了。

想到这,俺就得喝口刀子烧。刀子烧是镇禹王酒厂生产的最烈也是最便宜的酒,喝上一口,火条子捅了嗓子一般火刺辣,有时会刺得流眼泪,俺却喜欢这口儿。只不过,今年过年枣回不回来,鬼也不知道。算算枣已经有五年没回刘郢了。枣性烈心硬,在跳花鼓灯的班子里,就属她口("口"是淮北人说女孩厉害的专用词儿)。可她再口,也该回来和刘郢人说道说道,是她自己主动跟浙江人跑的,不是俺刘淮北在南京打工时把她卖了的啊。转念想想,她就是回村,也不会说这话。即便她回来也不会来刘郢,只会去对岸的她娘家杜岗。

枣心硬得很,把傻儿留给俺,她却和浙江小老板去浙江了。这事思来想去,也怨俺,怨俺不该带她去南京打工,即使去打工也不该让她去浙江小老板的工厂……

一吹,俺眼睛就流了泪,瞎屄了,俺这是老了,不中用了,"迎风流泪,撒尿滴鞋",这不是人老了吗?俺暗忖自己才四十出头,不该老,也不能老。有傻三这样的儿,俺就不敢老。俺的儿今年才十五,正常的十五岁的男孩该出去打工了,可傻儿不仅打不了工,一天三餐还得俺伺候呢。俺窝在村里没出去说是为了傻儿,其实俺也怕到城里去,那里是自己的伤心地,俺被城市这只狗狠狠地咬过两口,第一口是儿子在城里傻的,这第二口是老婆枣是在城里丢的。

傻儿小名叫宝柱,生下来时并不傻。记得宝柱十岁那年的春天,南京城多雨,到处生着霉,霉斑如霜似的从被褥爬上墙壁和低矮出租房的房梁。宝柱发高烧就在那个绵长潮湿的夜里。宝柱发生抽搐时,雨水已经漫进了小屋门槛,俺和枣抱着宝柱,打着一柄黑伞在七扭八拐的雨巷里行走,如爬行的龟。

那时,俺和枣打工没挣到钱,不敢去大医院,只能带宝柱在工棚区一家小诊所打吊水,打了三天不见退烧,还抽抽了。这时浙江小老板来了,看到这一切就骂俺:"你猪头三呀！小孩这样要死的哟!"说着抱着昏迷的宝柱上了自己的车,枣抹着泪花一扭屁股也上了他的车,还随手关了车门。

俺那天看到他俩仿佛一家人似的,自己却成了局外人,被扔在车子的一股蓝色的长屁里,呛得大声地咳着。俺知道枣不是第一次上小老板的车了,她开车门的动作娴熟,比她跳花鼓灯的舞步还轻盈。

不管怎样,只要能救宝柱就好。三天后,宝柱命保住了,却落了半痴半傻。

俺记得自己抱着傻儿回到出租房后,把宝柱放在床上,就绝望地蹲在地上,用双手抽自己的耳光,抽了两下不解恨,就又狠狠地抽起来。当时枣抱着俺的手臂流着泪说:"他大,你别这样!"

想想五年前自己狼狈的样子,也真可笑,不经意间自嘲地摇了摇头。看看村口,俺要寻自己的傻儿宝柱回家,俺就剩下这傻儿了。虽然他有点傻,可再傻也是自己的亲骨肉呀。

村口没有了那两棵老桂花树守着,村口就不能叫村口了。

村口两棵老桂花树有年头了,少说也经历了两三百年的光景,却被村主任洪武卖给城里一个房地产开发商了,两棵老树被移到城里的高档别墅小区当门楼子去了。俺想,秋天里老桂花树也会在那里飘香十里吗？谁也不知道。

洪武说那两棵桂花树只卖了十万块,并用这钱修了村里三尺宽的户户通水泥路。村里人私下里都传说开发商给的是六十万,其余的钱让洪武给贪了。村里如今只剩下老头老太、孩子妇女,谁也不敢去找洪武理论,就鼓捣俺去问询。俺觉得洪武不可能去干这没良心的事,就冒充大头鬼去了村主任家。俺想自己和洪武是打小一起拜在形意门下练武术的师兄弟,在门中自己还算是兄,没想到"士别三日,当刮目相看"了。那天,洪武在院里刚练完一趟拳,全身热腾腾升着热气,仿佛刚洗过桑拿,洪武一仰头,喝着一瓷杯苦茶,他听完俺的嗫嚅后一掌拍在桌子上山响,骂道:"狗日的,两棵朽树,人家给十万还嫌少?六十万?你以为这树是你家枣,能卖那么多钱呀?"说完一挤身一抬手就把俺扔到门外头了。洪武老婆冲出门,叉个腰指着俺的鼻子骂了句"活该"。

俺爬起来跛着脚向家走,走了半天才想起来洪武使的是形意拳里第五式——狸猫上树。俺也想起来了,破此招要用"熊出洞"那一招。说来也晚了,活该倒霉,惹了这事,还让人家当众揭了伤疤,如当头浇了一壶尿,臊臊臭臭的,让村人笑话了。

过了几天,俺想了想,还是请镇上几位有头有脸的人和形意门中兄弟,在镇上酒店摆了一桌酒。俺赔着笑捧着酒来到师弟村主任面前,赔个不是。洪武只是划拳喝酒,好像没看见俺一样,吆三喝四,俺就只好一杯杯地"先干为敬",后来就醉倒在桌下。洪武他们好像也喝好了,拥着一伙酒友出了门。俺跌跌撞撞地追过来,挽着洪武的手臂说:"村主任大兄弟,俺没有……真没有卖枣。"洪武转过胖脸,小眼里流出一缕充满酒意的光,说了话:"没卖就好,卖了老子就抓你送到县里法办你狗日的!"说完一甩手,像扔掉一块脏抹布,扬长而去。俺恨不能喊他一声爷,只要洪武能当众说枣不是俺刘淮北卖了的,俺给洪武跪下都行。

村口没有了树,也少了一个大伙喝茶拉呱的地方,更让傻儿没有了玩耍的地儿。傻儿宝柱也够可怜的,没有玩伴,谁愿意和傻子在一起玩呢?傻儿不会说个完整话,说的话别人也听不懂,比如说"饿了要吃饭",他就说"香,香香","冷了"他就说"焐,焐焐",听他的话比听威虎山土匪黑话或波斯语还难懂。有两棵桂花树时,傻儿会爬到树上朝大路上看,哑哑大叫:"啰,啰啰!"如一只怪鸟在聒噪。

没有树爬,傻儿就会去淮河游水的。他游水没有人教,谁会去教傻子游水呢?不过,傻儿有特殊本领,游水他无师自通,下水就会了。说来奇了,他在水里不沉,仿佛是一根木头漂在浪里,还会常常在浪上睡着。按说俺不该不放心傻儿游水,但傻儿有病:只要下雨打雷天,他就会抽搐,就会有危险,谁能保证天不下雨不打雷呢?

俺的目光寻向远处,淮水之上落日熔金,一片一片金箔一层一层地跳动,夕阳正红……

这时从村头的小红瓦房传来一段沙哑的说书声:

霸王忒英勇,困垓下,怨苍穹,帐下含泪别美人,实可叹叱咤风云一代英雄……

俺知道瘫子葛小六又在练习唱大鼓书了,他有个梦想:冬闲唱大鼓给家里挣点钱。但他唱得真是让人不忍心去听,杀猪的嚎叫声也比他唱得好听。

葛小六是俺们门里的大师兄,没瘫时,他的形意拳在方圆百里的淮南之地是有名头的。可惜,他折了,从工地的脚手架上摔下来,被城市那条狗咬残疾了。

洪武向葛小六那里走去,每天,他都会去把葛小六背进背出,他不背,俺就去背。葛小六家里只有一个女儿叫妞儿,背不动她瘫了的大大。

二、子

俺得赶快回家去,告诉俺的大大,俺在水里发现了什么,这是个天大的秘密。

但俺得先爬上岸去,上岸就得爬上这个陡坡,这个坡比村主任家的院墙还光滑高大,真难爬。

俺下水往常都是从浅水区下去的,走到深水区时,水就会扑向俺,把俺托起来,俺那会就会欢乐得如鸭子般嘎嘎地叫。

今天下的水不是淮河,不过也是淮河的汊儿,应该也属于淮河吧。俺闹不清楚,俺不是个傻子吗?他们都认为俺是傻子,俺是傻子吗?俺不知道,问俺大大,他肯定说不是,但村里人都说俺傻,是就是吧,反正我每天吃六大碗饭、六个馍,比他们都能吃。只是俺有时说不清楚话语,别人听不明俺说的一些事理罢了。俺就信一点——每个人都会傻一次,太精明有什么好哩?俺一直希望自己能永远傻下去。

俺今天下的水塘,听人说是老淮河故道上的一个水塘,叫蛤蟆塘。为什么叫这个名字,俺哪里知道!俺可不去管这些事理,它爱叫啥就叫啥!

俺可不是自愿来到这里的,是被村主任的儿子大杰子一伙人押到这里的。

整个事情好像是这样起的头:中午头上,俺溜出门。大大在睡觉,他每天中午吃完饭、喝完酒,都要睡上一觉的,搞得和村主任一样。他不睡上一觉好像不行,不睡,他下午盘泥就会没劲头,盘泥是个体力活。为吗盘泥呢?是为了捏泥泥狗呀。为吗捏泥泥狗呢?是为了卖钱活人,俺大说俺家六代都是捏泥泥狗的。不说这个了,俺会越说越乱,还是从俺出门到了村口说起吧。村口那两棵大树不是让村主任卖到城里去了吗?没有了树,俺就没有玩伴了。先前俺站在树上可以看到远处那座土桥,土桥连接着去县城的公路,那条路上奔跑着很多好看的汽车,当然没有南京城里的车多、车好看,那路上的汽车只有又脏又破的四轮和三轮的柴油车。可俺还是要看那条路,总想俺娘会打那条路上乘车回来,但她依旧没有音讯。他们说俺娘心硬,俺不这么看,俺娘最后和俺分手时,流着泪抱着俺唱了一夜的歌,那歌好听,后来才知道娘是唱花鼓灯的。

娘没有回来看俺,也没有按她最后走时说的话来做,那时她说过两年挣了钱就带俺看病的。俺的病,俺看是不好治了,一到下雨打雷天就会犯,俺也不愿那样,但能由得俺吗?记得俺在南京生病时就是下雨打雷天。

俺说的话别人听不懂,俺的话鸟懂、虫懂、鱼懂、虾懂、树懂,唯独人不懂,人真是笨呀。

当然,也不能这样一概而论,好像妞儿能听得懂。有一次俺站在树上和一只南飞的乌鸦说话,妞儿就一直看着俺。俺对乌鸦说:"你到南方去看看俺娘可好?"乌鸦说:"俺不认识你娘呀。"俺说她叫枣,乌鸦问枣长得啥样,俺说俊着呢,说完就领着它回家去看俺娘的照片。妞儿也跟着。路上,村里人看到几只乌鸦跟着俺飞,就说:"这孩子邪气!"唯有妞儿说俺是懂鸟语的人。村里人就说妞儿八成也是要变成傻子了。

俺又扯远了,还是说说俺怎么没有去淮河游水,却到这蛤蟆塘的事儿。

好像俺刚到村口,就遇到了大杰子他们一伙。大杰子也就大俺几岁吧,但长得壮,大头大脸的,粗脖子上挂着一个黄灿灿的狗链子,两只大眼上配着粗黑眉毛,一见到他俺就想到门神画儿。一见到他,俺就小腿不听使唤,就想抽抽打抖抖。也不知为啥,俺就想躲他,但他今儿个好像专门来找俺一样,堵着路不让俺走。

"三傻子,你过来!"大杰子叼着烟向俺挥了一下手,俺只得怯怯地走到他身边,把头低着,准备跪下来让他骑俺。以前,他们一伙人总是要把俺当马骑的,这次却没有。

"傻子,都说你水性好,是吧?"

"呵,呵呵!"俺支吾,俺腿抖了,又有点尿急。

"呵呵你娘的蛋,你个傻子,你今儿个帮俺干件事,下塘里给俺摸一只表。"说着他把手腕上金灿灿的手表在俺眼前一亮,"就这样的表,只是比这表小一号,摸上来,奖你一包方便面!"

然后,俺就被他们一伙人连推带揉地拽到这里。俺走着走着就觉得左腿裤管里一股热流沿腿流下来,好像一条蛇蹿了下来——俺尿了。他们不知道,他们知道又能咋样?俺尿的是自己的裤子,只是别让俺大大知道,他会瞪大牛眼,失望地叹息:这可家败了。这是他的口头禅,天天挂在嘴上念叨,不像妞儿的大大天天唱大鼓,好听。所以村主任骂俺大:"你家家败就是你念叨出来的!"

俺又说岔了,还是说下蛤蟆塘的事。我们来到这里时,村庄都沉浸在午睡的秋阳下,风把大杨树叶不紧不慢地吹着,大叶杨就有起水哗哗的声响。秋阳就晃悠悠地从杨树叶间隙里漏下来,如破网的投影。此时,除了猪狗叫声之外,还有就是妞儿的大大葛小六唱大鼓词,鼓词听不清,鼓声咚咚咚地响,他也不觉得累,俺大大要是真的学他就好了。俺还得把话头说回来,我们来的地点是水塘边,或者是深潭边上,这里曾是打北朝东去的古淮河道,几十里河道早都干涸了,唯有这里汪着一塘水,或者是一潭水,听说这里曾是古渡口。俺不管这些。

大杰子又给俺看了看他那只表:"记住了,就是这样的。"说完他们就在秋蝉的哀鸣中把俺从高坡上推到水里。在落下时,俺看到天空湛蓝,飞过几只鸟,不过那些鸟不是乌鸦,会是什么鸟呢?俺还没有看清楚,就被水覆盖了,好像还有许多树叶在纷乱飘下来,瓦片一样纷坠而下。

这里的水和淮河水不一样。淮河水湍急,水是暖的,水表的水温与水底的水温差别不大。可这里的水是死寂的,水温越往下越低,是刺骨的那种寒。俺有点害怕了,在淮河里俺睁开眼可以看到水里的黄沙和鱼群,可这里水是一片黑暗,头顶上的水是近乎黑色的蓝。当俺潜到古桂树那个深度时,耳朵就有了鸣响,心跳就加快了。俺游了一圈,但见这里好像是漏斗状的,上面是一个小圆,下面却有两个晒麦场大,只是没见到什么手表,俺不知道大杰子把手表扔到这里干什么。俺刚把头浮上水面,想透口气,大杰子他们站在坡上就冲俺嚷:"傻子,找到了没有?"俺说:"砂,砂砂砂。"大杰子一伙人就朝俺扔土块,让俺再潜下塘去找。俺是傻子,在村里被人搡、被人扔土块是常事,俺躲着就是。

俺只得又一次潜到水底,心里比前一次少了一些恐惧。

俺发现下面的水是墨绿色的,再往下就有了茂盛的水草。俺终于潜到了水底,水底是麦场大小的淤泥窝子,窝子的东侧有一股泉眼,汩汩地向上冒着泉水。那里的水是温温的,水珠一串串一串串地冒出一人高才破灭,真的好看极了。俺想不通这水里咋会冒水的,这水是打哪里来的呢?是小孤山的水,还是打淮河主干流出来的?俺要是告诉大大这里水里冒水泡的事,大大肯定不会信的。如果大大信了,他告诉村里人,他们八成不会信,信不信随他们吧。只有妞儿会信的,俺想。

这里一片安宁,俺仿佛重新回到娘的肚子里了,觉得很安详。俺开始在淤泥里摸表,摸着摸着,就被淤泥中藏着的什么东西猛地撞击了一下。那是一个从淤泥里猛地移动的黑乎乎的大家伙,有点像突然移动的黑漆大棺材,又有点像黑色的野山猪,吓得俺赶紧向上游,这八成就是村里人传说的水鬼吧。俺四肢拼命地向上乱划,仿佛是逃命的蜘蛛或壁虎,在水中击起许多水花儿,比水底泉眼冒出来的还要多、还要大,只是停留一下,就都破碎在水中。

在向上划水的过程中,俺真真切切听到了葛小六的鼓词传来:

> 西楚霸王项羽掀帘出帐,信马由缰而行,四周围暗沉沉一片,俱是汉军营垒……

虽然俺是傻子,但傻子也知道害怕的,因为傻子也该是个人,是人都该有害怕或者欢喜。俺现在没有欢喜,只有害怕,俺是撞上水鬼了。

直到后来才知道不是什么水鬼,是什么,俺这会儿真不知道。

三、父

俺在淮河大堤上举目望去,淮河波光粼粼,如一条大鱼在享受着夕照。水声不大,深秋的水道渐渐地消瘦下来,好似得了消食病的人见天地瘦下来。两岸稀疏站立的水柳和间生的杨树在秋风的虐待下,落下无奈的叶子和沉沉的心思。

新渡口的台阶上,只有几个妇人携着孩子在洗衣洗菜,水面却没有孩子们戏水打闹声。俺走近那些妇人问:"可看见俺家宝柱了?"妇女们不是摆手就是摇头。

秋风踏浪而来,吹得俺的秃头凉飕飕的。摸摸头,暗骂自己是傻✕一个,都入秋了,还剃个秃头,被风一吹,俺心里就有点紧张:这个死孩子又跑到哪儿疯野去了?俺知道自己的傻儿子不会被淹死,但会不会跑丢就难说了。俺见过宝柱漂在水里睡觉的场景,但给人拐跑咋办?想想就骂自己憨,谁会拐一个傻子呢?宝柱也不是如花似玉的妞儿,妞儿是村里长得最俊的姑娘,只是没有摊上好命。俺叹了口气,再朝小孤山爬去,宝柱可能到山上鬼子碉堡的废墟上拾弹壳去了。

小孤山不高,一泡长尿的工夫就可以爬到山顶。

古人语:山不在高,有仙则名。小孤山也是不一般,它是秦代(浮山堰,南北朝时期)先人们垒起来的山,主要是防水灾的。这里是平原,向上二十里是蚌埠,向下六十里就是洪泽湖,总不能让水淹来淹去吧?这小山还是军事要塞,日本人打过来时就在山上垒了碉堡,驻守了一个排的兵。俺又喝了口刀子烧。刘郢的人就会扯,扯得无边无际的,说这小山上藏着宝,所以不能让日本人来。刘郢人也真会扯,比如说:刘郢村的人多姓刘,寻祖就寻到刘邦那里去了。姓洪的认了洪秀全为老祖,后来被人讥笑洪秀全是野路子的临时皇帝,又反身来认了洪天霸。姓葛的认的是葛洪,姓刘的又嘲讽葛洪是一道人,咋有后哩?姓葛的人就不服气,说他们先祖是可以结婚生子的道士。这些都是鬼知道的事,还有许多乡里喜剧,俺不想说它们,反正这山有神道。

到了山顶,还是没见傻儿宝柱。

但见那座碉堡处一片秋草萋萋,碉堡早在"文革"时被红卫兵烧了,断墙颓壁已被刘郢的人贪早摸黑扒了个光净,青砖方石要不垒了屋基和猪圈屋,要不成了厕所墙。废墟上长了一蓬蓬的野草,不少野草已开始结草籽了,大多开始泛黄呈弯腰状,低洼处的草长得也有膝深了。深秋的草和中年的人直通一个心境,那就是一岁一枯荣,俺就是那秆苦艾草或荆条子。唉！俺重重地叹了口气。俺喊了两嗓子"宝柱,宝柱",四野里没有回答,只有风把野草吹得东倒西歪的,没有正形儿。

俺愁了。

"叔,宝柱他没搁这儿,好像随大杰他们去蛤蟆塘了。"妞儿赶着五只羊走过来。

妞儿是葛小六的独女。小六在城里打工从跳板上摔下来成了瘫子后,妞儿的娘就跑腿了,把一家重担交给一个十五岁的孩子支撑着,这孩子不易呀！其实,在乡村家里出灾事女人跑腿的事多得很,多了就没有人去唏嘘了。

这会儿,俺看到走近自己的妞儿,一晃眼这丫头就成了大姑娘了,一双黑色的大眼睛忽闪忽闪的,身条子抽得快,快有俺高了,小胸脯已经有了起伏。俺听到宝柱和大杰子一伙去了蛤蟆塘,竟打了一个秋寒噤,连忙和妞儿招呼了一声"俺知道了,你也赶羊回吧,天晚了",就向山下走去。

下山,俺是一路小跑的。这路陡,迈了一步,一步紧一步地跟进了,两条腿就被山道蛊惑得不行,一颠一颠的,和兔子被狗追一样。

俺看过自己的傻儿被大杰子当马骑过,这大杰子是被他爹娘惯的,坏毛病多,净干些捡不上筷子的事:偷看女人上厕所,偷小卖部的钱,在学校里打群架,到镇上去唱歌厅。洪家再有钱,遇到这样的讨债鬼降世也得毁。另外,说到蛤蟆塘,那可不是人去的地方,前面是乱坟岗,下面是古河道,这河道是淮河改道留下的,最凹处是蛤蟆塘,那塘水没有干涸过。夏天那里的水面会起雾,天越热越升腾大雾;秋天阴雨天,那里的水面就无缘由地翻起浪花来,好像被煮沸的一锅汤。"那里邪气重!"村里的老人会告诫自己的晚辈不要到那里去。去那里丢了魂的人多,所以村里人也叫那里"鬼闹地"。魂丢了就要请村主任老婆来喊魂,喊两次就好了。村主任老婆也给傻三喊过魂,只是魂依旧没有喊回来。

和大杰子一起去那里,准没好事,这一想俺就吓出了一身冷汗!俺连喊带叫,号着向蛤蟆塘狂奔,仿佛被打折了腿的狗向主人家逃遁。

村主任洪武骑在电驴子上喊了俺两声:"狗日的,跑啥?领低保去,还是抢银行去?"

俺破天荒没有在村主任的招呼下停下步,一路向西。

村主任不解地看着俺去了"鬼闹地",依稀听到村主任骂俺:"日奶奶的,那里有金子银子还是有女人呀?淮北你八成也傻了!"

村主任一拧手把,电驴子驴脾气就大起来,一头向村口冲去。这是俺想象的场景,村主任骑电驴子就这个德行,刘郢村的人都知道。

四、子

俺终于抓住了一根老枯树根,费了九牛二虎之力才上了埝坝,瘫了似的坐在那里望着塘里的水发呆,想着刚才的事由,一直恍惚着,不知道自己这是在哪里,是在水下还是在岸上?望着远处的小孤山,以及自己湿漉漉的全身,俺知道自己上岸了。

在水下遇到的不是水鬼,不是!俺对自己又说了句,是怕自己又搞乱了。

自己差点被大杰子一伙人玩死了,只要没有在水下摸到那只该死的表,他们就用土块和树棍打俺不让俺上岸。几次下潜、几次上浮,俺都告诉他们水下没有什么表,不过水下有东西,只是俺的话他们都听不懂,要是妞儿或者大大在,可能会听懂的。

"傻子,你今儿个找不到表,就别想上来!"大杰子叉着腰,支着手弹着烟灰,眯着细长的眼睛骂着。就在这时,不知是谁扔了一块硬土块击中了俺的后脑,俺一下犯了晕,感到自己失去了浮水的本能,塘里的水如吸盘一样把俺往下吸去,俺如一块铁锭急速下坠。俺这样下坠,在水塘的鱼虾眼里不知道是个啥样子,保不齐它们看到的是一具尸体在下沉。

俺好像在水底睡了一会儿,醒来是被那条大鱼用嘴碰醒了。俺在水底真切地看到了那条大鱼,大鱼围着俺转着圈,鱼尾搅动的浪让俺有点站不稳。大鱼嘴里咕噜咕噜地说着话:"你这孩子怎么睡在俺的床上?"好像有点责备的意思。

俺一边向后退一边紧盯着大鱼。这条鱼有一个大人床那样长,青绿色的鱼鳞上沾满了厚厚的青苔和泥膜,它的嘴大,可以塞下一条大人的大粗腿。它一说话就露出一排高高低低的白牙,如村主任家狼狗的牙一样。俺真怕自己被它张口吃了,最害怕的是鱼的眼睛,那黑少白多的眼仁大得如一双乒乓球,让俺莫名紧张,

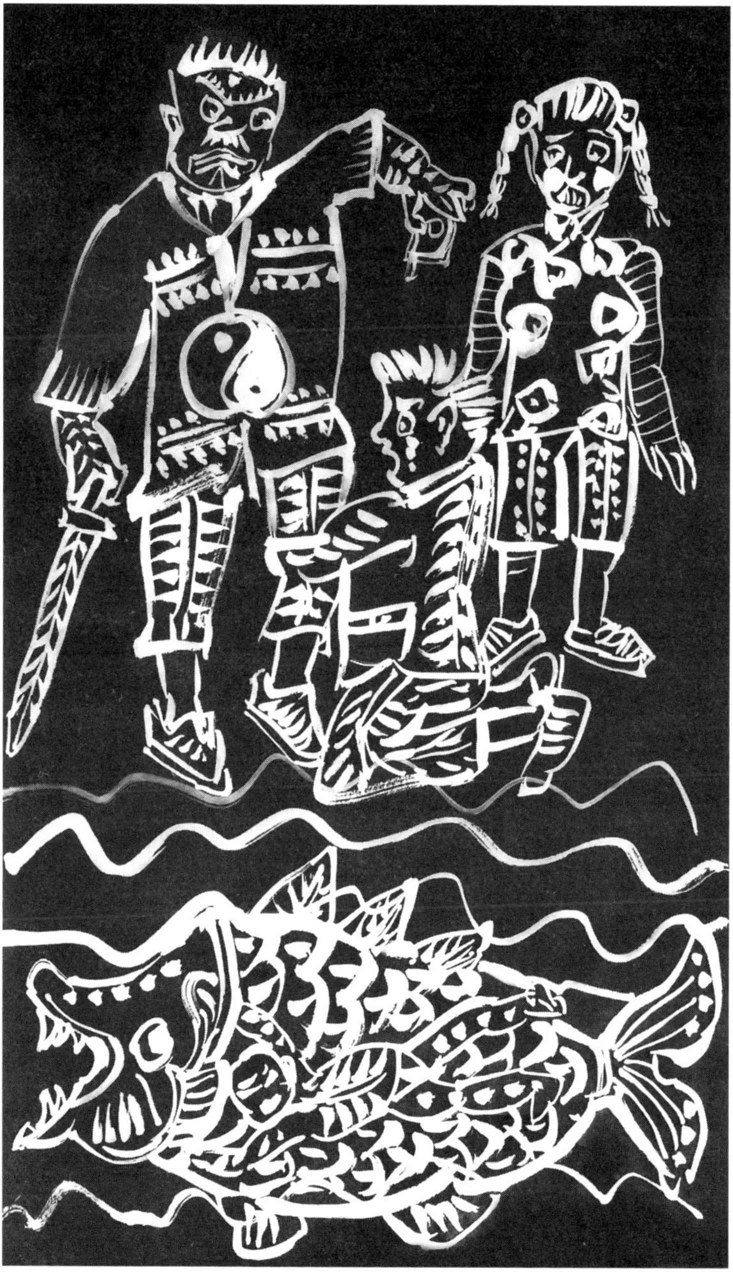

感到窒息,喘不过气来,于是俺呛了好几口水。

大鱼突然说:"用你的耳朵也可以呼吸的,真笨!"

俺听了它的话,下意识地关闭了鼻子,改用耳朵呼吸起来了。也行,还真的在水下呼吸到氧气了。只是两只耳朵里过水,从口中吐出,耳朵就有了麻麻的痒。

俺听到自己对大鱼说了声:"谢谢!"

俺很高兴,在水里俺可以用耳朵呼吸,刘郢村的人谁会?没人会!前不见古人,后也不会有来者,这绝活只有俺会了,所以,俺一直不认为自己是个傻子。

大鱼没有吭声,只是盯着俺看。

大鱼说:"你该回家了,你娘会想你的!"

俺就黯然地回答:"俺没娘,俺娘跟人跑了!"说完流下眼泪,只是泪一流出就成了晶体,如盐粒一样,好久才一粒粒溶化掉。

大鱼听完俺的絮叨后,叹了口气:"嘻!你和俺一样都是没有娘的可怜孩子!"

大鱼又好奇地问:"你来这里干吗呢?"

俺就把大杰子让俺下水找表的事告诉了大鱼。

"表?什么是表?"

俺解释说:"就是一个可以看到时间的东西。"

"时间又是什么?"大鱼不解地自言自语道,"嘻,你们人界就是花头点子多。"

说到金表,俺赶忙又起身去淤泥中摸索,俺认为那表一定在这淤泥中的。

大鱼见俺乱来就大声骂道："别乱翻，那是俺的床！"

"找不到表，他们不会让俺上去的，俺会饿死在这儿的。"俺哀求着。

大鱼好像被俺弄得很烦躁，吐起大大的水泡。

这时，头顶上落下的瓦块、石片多了起来，显然是大杰子他们又在向塘里砸土块了。有一块石片划过大鱼的脊梁，大鱼被惹怒了，它一摆尾巴，箭一样冲向水面，尾巴卷起的浪花把俺打起了好多个漩儿，就如陀螺被谁用鞭子抽打了一样，又好像自己被谁扔进了旋转的洗衣机，俺又头晕了。

一会儿，一块移动的乌云从上方沉下来，大鱼对俺咯咯咯地吐水泡，显然大鱼在笑："那几个坏孩子让俺吓跑了。"大鱼的两根长胡须随着大笑上下飘动，好比舞台上唱戏的角儿在甩着水袖。

俺又开始四处游动，要找到那只要命的表。

大鱼见俺不理它，有点失望。它游到俺旁边讨好地说："你和俺玩玩，俺会帮你找到时间的！"

说到玩，自然是俺喜欢的事，因为村里没有人愿跟傻子玩。

俺说："陪你玩可以，你可一定要帮俺找到表哦！"

大鱼点点头："一定一定！"

玩的是捉迷藏，俺躲，大鱼找。

俺让大鱼把头插在泉眼洞里，接着用淤泥把自己的身体盖上，还拉来几个枯枝压在淤泥上。大鱼很听话，把半个身子插到泉洞里，计自己身体倒立着如一个竖着的桨。

此时，塘底只有水流声和小鱼小虾们的好奇吵吵声，还有的就是大鱼和自己的心跳和呼吸声。俺用手指弹出去一粒石子,发出了俺们游戏开始的信号。大鱼听到声音后,就兴奋地游过来,绕着塘底四处游走。后来大鱼告诉俺,它觉得这个困着自己、令人生厌的塘,今天突然好玩起来了。它在这里生活了多少年,它自己已经记不清了。它记不清事理,俺想它和俺一样不够精明,也是个傻子。发现了这个共同点,俺就不再怕它,就有了亲切感。它告诉俺,它是从泉眼那边游到这里的,泉眼通向淮河,它游过来时还很瘦很小,是在这里慢慢长大的。当它壮得再也过不了泉眼那个窄洞的时候,它才意识到自己长大了、长胖了,孤寂的生活就此开始了。大鱼说:"嘿!多少年才遇到你这样神奇的孩子啊,你会鱼语,会在水里呼吸,俺终于有了伙伴!"它和俺有了英雄惺惺相惜的感觉。其实大鱼知道俺躲在淤泥里,但大鱼没有去点破,它是想让游戏能继续下去。为了让游戏逼真,它还故意喊了几声:"你在哪里?"好几次还故意从俺身边游过。

是俺自己站起来认输的。

俺想家了。

大鱼虽然不舍,但没有强留,临别前说:"你放心,那个什么表,俺会帮你找的,明天你过来,一准会找到给你的。"

接着,大鱼把俺托上水面,下潜前叮嘱:"可不敢告诉俺们的事。"

"俺大大也不可吗?"

"不可!"

"妞儿也不可吗?"

"谁是妞儿?"

俺刚想告诉大鱼妞儿是村里最美、最聪明的姑娘,身后传来一声声公鸭嗓子的急切呼唤:"宝柱,俺的那个傻儿呀!"大鱼闻声潜去,留下一圈圈水纹四散……

俺大大来寻俺了。

五、父

俺没有揍傻儿,傻儿能活着从蛤蟆塘里出来,就是刘家祖上先人保佑的结果。

俺扶着全身流水的傻儿子蹒跚地走在渐浓的暮色里,扶着傻儿是找一种依靠,不然自己会随时倒地的。

俺记得在来时路上不少人好奇地探问过自己,好像还遇到了村主任洪武吧,自己也没有和他说话。只是看到大杰子一伙人,俺才停下步子,问仓皇逃窜的大杰子他们:"你们可瞧见俺家的宝柱了?"

大杰子那伙人没有理俺,风一样地冲了过去,一个个脸上没有了血色,惨白惨白的,目光涣散,头发蓬立着,如见过阎王的小鬼。

就是他们这种表情使俺坚信傻儿遇到不测了,俺得快跑,跑到塘里救儿。快到塘边时,看到傻儿一截树桩般在埂坝上端坐着,俺哽咽了。

傻儿见到俺时不喜不恼,很是平静,只是把肩给俺扶着一起向家走。傻儿不说话,俺也不问,知道问了傻儿也不会说的,但俺已经意识到他刚刚经历了一场生死存亡的遭遇。

因为,傻儿的肩膀都在跳动。

一进家门,傻儿就倒在床上睡了。

打量了傻儿一眼,俺不舍地走出家门,俺要去村主任家,村主任派人来叫俺速去,这可不敢耽误。

俺忐忑不安地踱到村主任家时,村主任家门前已经聚了不少人,灯火通明,人头攒动,如赶晚集一样。不着调的是,村主任老婆披头散发地坐在门前台阶上哭丧。八成是村主任去世了?俺不敢乱想,走近瞅去,村主任却好好地和几位老者勾着头在抽烟。

万幸!村主任没有死,那村主任老婆哭啥子呢?

"二师兄你来了,过来坐吧!"村主任说着扔过来一支烟,弄得俺受宠若惊,不知如何是好,只是讪讪地一笑。

"你家儿没有事吧?"村主任吐了口烟问。

俺不知道该如何回答时,二楼上突然传来一个粗嗓子喊出的尖叫:"水怪来了,快跑呀!俺的娘亲呀,快救俺,快救俺!"这声音俺熟悉,是大杰子的。听到这声音,村主任抬头向上瞅,村主任老婆跌跌撞撞地上楼,边上楼梯边急急喊:"儿你别怕,有老娘呢!"说着她把自己的肥胸脯拍得山响,噔噔地跑上楼去了。

几个人就停下了叙话,面面相觑。

一会儿,楼上消停下来,从楼上噔噔下来一位穿着杏黄色道袍的人。如果不是他留着黑色的长须,俺还真不敢认,这老道就是镇上杀猪的大师傅。这大师傅兼职当道士已有年头了,听说捉鬼驱妖比杀猪来钱。

"大仙怎么样？鬼怪驱走了？"村主任凑上前去。

杀猪的大师傅满头大汗，就像刚杀了十头猪一样累，他用道袍袖子擦着汗，不屑地说："你问你老婆去！"

村主任老婆尾行在后，吐了三字"消停了"，果然楼上没有哭闹声了。

"赶紧给山人来碗酒补补身子，驱这鬼怪可真伤了俺不少功力。"说完，杀猪的道士大步流星地走向酒桌。村主任紧随其后，赔着笑脸。

俺只有蹲在门口的份儿，嗅着酒肉香味，自然肚子里的馋虫就向嗓子眼上爬。俺记起自己晚饭还没有吃，这会儿酒瘾也上来了。俺掏出刀子烧抿了一口，喷香。坐在门口芦苇席上的葛小六也来了酒瘾："烟酒不分家，给俺就一口！"说着就夺过小酒瓶咕咚了一口。

葛小六喝了三口酒后才悄声地告诉俺：大杰子在蛤蟆塘撞到水怪了，听说那水怪黑面獠牙的，从水里出来掀起十层楼高的巨浪，几个娃都吓病了。"大杰子被黑水怪喷了黑水，风（疯）掉了！"葛小六用手指头指指楼顶，大师兄总念不清家乡话里"疯"和"风"的音。

俺这才回忆起傍晚几个孩子狂奔的事儿，俺没敢接话，只是竖着耳朵听杀猪道士说降妖伏魔的事。

杀猪道士是蹲在椅子上喝酒的，蹲在椅子上吃饭、喝茶、拉呱，这是淮上人家早年的习惯。

杀猪道士说："山人虽然用功力罩着水怪的魔法，但还没有赶走它!"说着一口咬下一块肘子肉大嚼起来。

村主任赶忙说:"怎么不赶紧驱走这祸害?俺再出一万元,你帮俺赶走它!"

杀猪道士摆摆手,昂着头:"不是钱的事,知道不?但也与钱有关系。不是俺道行不行,知道不?不过这怪物道行也不浅!"

村主任老婆拱着双手求佛似的:"大神仙,你就直说怎么弄吧,俺就一个儿,花多少钱俺也出!"

村主任呵斥了她一句:"你别说话,听大仙的!"

杀猪道士用道袍擦擦油嘴和油手,环视了一下,把头伸过去说了一通话:"你得出钱把水塘抽干,这就要用钱了。再者,这怪物是啥怪,你的儿也说不清楚,到底是水牛怪、水蛇怪、水猴怪,还是黑鱼精?不弄清楚,俺就没法施法斩妖除魔。"

俺一听杀猪道士装神弄鬼搞了半天,还不知是什么水怪,就敢拿人家的钱、喝人家的酒,心底暗笑:这头货真是个吃河水讲海话的泡货。

村主任仿佛一下想起来什么,冲着俺说:"你快回去问问你傻儿,那口水塘里是啥水怪,听说只有他一个人下水塘里。"

俺应了声,赶紧向家走,连村主任家大狼狗也跟在俺身后汪汪个不停地送行,也没来得及说句感谢话,想来还怪对不住它和村主任的。那晚,葛小六是被妞儿背回家的。

六、子

俺大大一早就把俺叫醒了,吃粥,就着咸萝卜吃馍,这是俺们的早餐。

吃完了,俺大大就把昨天盘熟了的泥挖取了一面盆,放桌案上。俺不用看桌上摆好的竹刀和签子,就知道大大今天要捏泥泥狗了。他捏他的也就罢了,非要教俺捏,还说这是俺刘家传家手艺,不能丢了,谁丢了,谁就不孝,谁就不能埋在祖坟山上。可俺不是被称为傻子吗?俺是傻子就不可能学会啥玩意儿,也不想死了埋在祖坟山上,一个傻子入祖坟山不是污染了祖坟山的风水吗?

俺只会盘泥,要捏好泥泥狗,盘泥也是关键,俺刘家的泥取自古淮河道,取来的泥要经十漂十洗,洗好的泥,还要反复地揉,和面一样。这是力气活,俺愿干力气活,却不愿去学捏泥泥狗。俺大骂俺"狗肉上不了台面",俺也不回话,只是盘泥。

大大今早又教俺捏泥泥狗,俺还是不太愿意去学,俺大就急得狗脸赤白的,骂俺:"你看你两只猪蹄子样的手,怎么这么笨呢?"并夺过俺手中的泥摔在盆中,长叹了口气,仰望着房梁说,"俺刘家算是家败了!"说完他抿了一口刀子烧,摔门而去。

俺知道他是去村主任家了,他一早就问过俺:"那塘里有啥?"

俺准备告诉他是"大鱼",但一想到自己和大鱼有约在先,就说:"六,六呜。"大大听到这话皱起眉头,不解啥意,顺手捏了个泥泥牛,并指指牛:"可是它?"俺望望泥泥牛,没肯定也没否定,其实这会儿俺陷入一种迷迷糊糊的状态,只要是难以回答和解决的事情放在面前,俺就会眼前生起一团雾来,被这团雾包裹着。外人看不到那团雾,只会看到俺目光虚空和呆滞地盯着一个地方,比如鞋子或大地,比如房梁或天空。现在俺只是盯着墙上几个苍蝇看,它们不动,如钉子钉在墙上。

俺大大出门,手里捧着一个泥泥牛,他八成会告诉道士和村主任塘里有个黑牛水妖。他说他的,嘴长在他身上,随他便,反正俺没有说啥闲话,俺只保证自个儿不乱说。

俺大大出了大门也不忘回头对俺说:"今儿个要是捏不会泥泥狗,晌午就不给你狗日的饭吃了。"俺对这句话有些解不开,听不懂,俺怎么是狗日的了?

俺大大八成是被俺气疯了,俺也委屈,俺真的不是不学,是俺学不会。

俺望着泥盘,就把手伸到湿泥里。手一入湿泥,俺仿佛又深入了那塘的淤泥中,好像听到大鱼在唤俺。俺真的左右为难,若俺不去塘边,大鱼准会难受;去吧,一只泥泥狗也没捏出来,俺大回来真不会给香香吃。他今儿个都说俺是狗日的了,是真生气了。

俺在左思右想时,双手却没有停下来,俺不知道自己的双手在干什么,只是明白它们在捏泥,不过捏出来的不是泥泥狗,而是泥泥鱼,都是塘里大鱼的模样,一会儿就捏出了许多条泥泥鱼来。

俺有点累,该出门走走了,憋在屋里久了,是会生病的。屋里的老鼠都对俺说这话,其实,俺知道这屋里的老鼠会在俺一出门后,就去偷吃锅里的剩馍和咸菜。所以,俺出门把锅盖盖好压实,狗日的老鼠,俺才不傻呢,给你们吃,俺吃啥?不能便宜了你们。只是俺还是向老鼠们扔了一块红薯,才出了门,留下几只老鼠在身后吱吱唱小曲了。

田野里的空气真新鲜,有玉米秸的甜味,还有荆条花的苦味,一阵阵传来,更多是不远处淮河水的腥气浮来,使俺忘了刚才的不悦。其实,俺想好了,俺大大真不给俺香香吃,俺真敢去叫别人大大,真不行就叫那只大狼狗。俺就气他一回。

俺出门没有去蛤蟆塘,打消去那里的念头,是因为见到一群人朝那边去了,那群人里就有俺大闪动的身影。

俺去了小孤山,不是去拾弹壳,而是去陪妞儿放羊。

妞儿是村里唯一不叫俺傻子的,也是唯一和俺说心里话的人。前两天,她告诉俺:"宝柱,你没事就到这里陪姐放羊好吗?"俺点点头,心想这是好事呀,求之不得呢。

妞儿让俺陪她不是她害怕这山上曾打过仗,死过人,而是怕大杰子来找她,摸她的胸脯。

妞儿皱着眉头说:"大杰子不是好人,你躲他远远的!"

妞儿边踢着山上的小石子边幽怨地说:"大杰子让俺嫁给他,俺怎能嫁给他呢?要嫁就嫁个能容俺大的。嫌弃俺大,俺死也不会出门。"说到这,妞儿就低下头,摘了一根苦艾草放在嘴里咀嚼着。好像苦艾草是甜的一样,她咀嚼得津津有味。接着她把望向远方的目光收回来说:"俺不怨任何人,谁会要一个家里有瘫子的人?"说完泪就沿着脸颊两侧流下来。

妞儿还抓住俺的手说:"俺真想出去打工,俺真想……"

俺见到她流泪,心里就难受起来,吱呀吱呀地想说话。

妞儿就用青葱白的手背抹抹泪水,挤出笑脸来,对俺说:"姐没事,总有一天俺会去城里打工,赚上很多钱给俺大治病,也给你治病。你信有这天吗?"

望着妞儿那双红红的泪眼,俺点点头。

秋风一吹,淮河水的腥味就从山下传了过来。妞儿转眼又生出愁容,唉地叹口气:"可他大杰子这人不省事,天天来缠俺,俺知道他没安好心。他在镇上玩小姐,他不是好人。俺死活也不会从他的。"

后来,俺就总陪妞儿放羊,见到大杰子来,就立刻告诉妞儿,让她先躲起来。

今儿个,坡上没见到妞儿,只看到她家那五只羊,羊边吃草边说着话儿,它们不知道俺能听懂它们的话,可能也把俺当成傻子了。俺坐在山坡上揪了一根狗尾巴草咀嚼起来,和那群吃草的羊一样,草汁甘甜,沁心地甜。

花脸羊说:"还是河道上的草嫩,吃来带劲。妞儿今儿个咋不带俺们去那里了?"

黑羊说:"你就知道吃!那天妞儿把俺们领到无人去的河道,不是为了躲大杰子吗?大杰子不是说要送个金表给妞儿吗?妞儿为了躲他才去了那里的呀。"

土黄羊接过话说:"是祸躲不过,大杰子不还是找到妞儿,在那个河道的草丛里把妞儿压倒在身下了吗?最后还给了妞儿一只金表呢!"

灰白羊是群里的老羊,抬头看看俺说:"妞儿性子烈,当场就把表扔到塘里,一个人哭着回家了。那天,不是俺领你们回的圈吗?"

小绵羊停下吃奶,奶声奶气地答了句:"是的!"

俺听完一下全身发起抖来,仿佛掉进了冰窖里,头顶上炸了一个响雷。俺望望湛蓝的天空,晴天咋会打雷呢?俺问天,天不语。悠悠白云飘过,仿佛一群哑巴羊走过,没有声响。

俺流着泪向山下跑去。

俺要找妞儿问个明白,一定要问个明白!

可俺只跑了十几步,看到了那汤汤滚动的淮水在阳光下闪着金色光,刺得俺睁不开眼睛。俺的亲娘哎,俺不知所措地就刹住了脚,俺去问她什么?又能问出什么?妞儿还不够难受的吗?俺这是犯了哪门子的傻病?俺真是个无用的傻子!俺瘫坐在草坡上,呆呆地望着那渐渐变得陌生的平原和淮水,茫然而失望……

妞儿大大的鼓词又隐隐约约地传来:

困垓下,怨苍穹,帐下含泪别美人,实可叹叱咤风云一代英雄……

俺望着淮水,望着那个熟悉而陌生的刘郢,仰天大叫了声:"啊——苦!"

山下刘郢的人们能听到俺的叫声吗?淮河之水能听到俺的叫声吗?

俺不知道。

只是那群羊却千真万确地被俺的一声吼叫吓得四散地跑,好像俺是一条凶恶的狼,不然它们跑什么呢?羊不就是怕狼吗?没想到俺一个傻子也有狼性的一面,俺不知道这狼性存在自己的体内是好事还是坏事,俺不敢去想,也不愿去想。

山下妞儿大大的鼓声正响,咚咚咚咚,俺的心跳和着这鼓的节奏忽疾忽徐,俺的心好像在被刀割一样,真难受。

俺苦笑着,天下雨,落在俺的脸上。俺望着天,天还晴着,晴天缘何下了雨?……

七、父

蛤蟆塘的水抽了三天都没有见底。

大杰子的高烧也没有退,还是神神怪怪地乱喊乱叫。他城里的大舅、二舅来了,一下车就把村主任和村主任老婆骂得狗血淋头:"你两个是猪头脑子还是狗头脑子?这孩子发高烧不去医院治,请大神能治好吗?一门子的白痴!"说完就指挥人把大杰子架上小轿车。

大杰子被架上车时,俺看到一个熟悉的情景:大杰子也在抽搐了。俺不由得心想:要坏事,这孩子可能保不全了。

村主任洪武也约了辆出租车,准备上蚌埠医院去。

村主任上车前,俺凑过来问:"那水塘水还抽不抽了?"

"抽你娘的蛋,都滚蛋回家!"村主任发火道。

这一句话让站在人群里的杀猪道士脸红脸白了好一阵子,半响才讪讪地脱下道袍,塞到电驴子车架箱里,一抬脚发动电驴子,电驴子不情愿地吼吼两声才一溜小跑,回镇上去了。想想时辰尚好,还不误晚上杀猪明早卖的,于是乎,杀猪道士哼起了小曲儿,小曲儿如老汉撒尿,滴滴答答地撒在一路向西的乡道上。

俺也抬腿回了家。

俺推开门看到家里桌上、床上、窗台上都是泥具,仔细一瞅是各色各样的泥泥鱼。这鱼长得怪,不太寻常,有点儿像好多年前就绝了种的青鲭子鱼。那是淮河里绝迹的鱼,按说宝柱没见过那鱼,他怎么会捏出这些东西呢?俺得问问这死孩子,他摆毁了俺盘好的泥。

屋前屋后没有傻儿人影,抬头看天,快要下雨了,乌云在天上如一群发情乱交尾的狗,纠纠缠缠、反反复复、勾勾连连地乱滚,也仿佛天空这口大锅在煮什么东西,咕嘟咕嘟地冒泡。

傻儿一准要回,他怕雨怕雷,他知道什么时候有雨有雷,有雨的天他是不出门的,出门也不会走远。

这三天俺被村主任安排守水塘、看水泵,开始俺不愿意,恳求说:"俺家宝柱没人伺候咋弄?"

村主任就瞪了眼骂道:"日娘的,让你的傻儿也来这里,就你事多!"

俺还是让傻儿留在了家里捏泥泥狗,可傻儿一有空就来塘边,他爱在水塘边看抽水,水泵喷出来的水花让他安静。

俺没事时就和另外两个看水泵的人拱在临时搭建的秸秆棚子里玩牌,三天下来输了一百多块钱,喝掉了村主任家送来的三瓶酒,吃了村里公派的饭,算算也不亏。

只是这塘水没给村主任抽干,觉得真对不起人家。所以,村主任上车前骂俺,俺觉得好受多了,转过脸来,俺骂这蛤蟆水塘,怎么就抽不干了?

其实,俺知道这塘有诡道。

抽塘水的第二天,淮河水道上有一艘河南籍的船沉了,万幸没死人。淮河上翻船这不奇怪,哪年不翻几艘船呢?奇的是那船装的麦麸子在大河里漂浮,不知道怎么竟在这水塘里也浮现了,麦麸子厚厚满满地铺满了一水塘,奇不?奇!

俺这才信自己的傻儿说的话是真的。

傻儿曾附在俺耳边说:"呵呵,菇。"

俺指着塘问:"下面有洞?"

傻儿傻笑着,点了点头。

俺不太清楚傻儿这三天除在水塘边看水外,回家都干了什么,问他是否在家里捏了泥泥狗,他没有表情,也不回话,更多的时间是面对水塘叽叽咕咕地说着谁也不懂的鬼话。电工小王就有点怵,对俺说:"让你宝贝儿回家吧,过去他傻,现在怎么发癔症了?天天对着水塘说鬼话,吓死人了!"俺搓了搓手很为难,转过脸对傻儿挥挥手:"回家!"见傻儿起身走,就又补了一句,"回去捏泥,别忘了!"傻儿不置可否就低着头走了,望着他的消瘦背影,孤独无声地远去,俺心里生出一丝悲凉,这让俺想起了他娘枣在那个春天走出巷子的背影,俺双眼里生了一阵薄雾。

其实,俺真想回家捏泥狗,俺不敢误了工期,眼见着就要到中秋了。中秋前后,恩人一准会开车来装货的,一年捏的泥泥狗,恩人会给五万元钱。恩人不让俺捏多,只要二百个,但要神态各异才行,并不准俺向外乱卖一只。俺拍着胸脯说:"俺不干这断子绝孙的事!"

俺是在南京夫子庙摆地摊卖泥泥狗时认识恩人的,恩人说他是听到俺吹的泥泥狗哨子声响,循声走到摊前的。

他见俺抱着生病的孩子在卖响器,就蹲下身子仔细瞧起那些夸张造型、色彩鲜活的泥泥狗,看着看着眼睛就炯炯生光,不想离开地摊了。把玩再三后,恩人起身把俺带到巷子深处里他的艺术工作室,他第一次就给了俺三万元订金,要买俺的泥泥狗。俺这才知道这手里捏的玩意儿叫艺术品,那时是俺最窘迫的时候,枣走了,宝柱还在病着。有了这钱,俺逃也似的离开了南京,回到刘郢。俺要捏"艺术"了。

恩人有规定,不让俺向外人说这事,所以,俺盖楼房、买电视,村里人都说:"淮北这钱来路不明不白,八成是他把枣卖了。"也是,就靠刨五亩薄地,捏点泥泥狗,怎么就会生活富裕起来?都快追上村主任家的生活了,都快比村里刘大神家里过得好了。刘大神家境好,全指望着他有五个在城里卖肉的闺女。

俺没办法解释清楚,就是告诉别人恩人救济之事,谁又能信呢?他们准会说:

"哦?你狗日的遇到一个恩人了?那俺怎么遇不到呢?"

"哦?泥泥狗能卖上万元,你捏的不是泥泥狗而是金狗呀?人家不是二傻子,就是你亲爹!"

……

俺就是全身长满嘴也解释不清,解释不清,俺就不说啥了。

望着这满屋子泥塑鱼,俺一屁股跌坐在地上,盘好的泥硬是被傻儿祸害了。

八、子

在大雨来临前,俺得潜到水里去。

大雨就要倾盆而下了。俺知道这时向家赶,还没跑到家自己就会抽搐倒在雨水泥地里,如一只吃了毒药的狗。

俺不想倒在那户户通的水泥路上,怕村里人看到自己死狗样,尤其怕让妞儿看到。再说,俺是真想大鱼了,得潜到水下去看看它。

还没下到塘底,大鱼就游了过来,可以看出它很高兴,摇头摆尾的,浪花也就多起来了。

此时,水面传来如炒豆子一般声响,雨下大了。

大鱼见到俺就用嘴啄啄俺的臂膀,用嘴上长须磨蹭俺的脸,痒痒的。

俺对大鱼说:"俺说话算话吧?说来就会来的。"

大鱼咕噜咕噜地吐着一串串水泡。

俺就迫不及待地告诉大杰子的事。

大鱼接着问:"疯了?什么是疯了?"

俺就解释道:"生了大病了。"

大鱼的眼仁就闪过一丝乌云:"俺不是存心的,只是滋了他一口水。"

俺连忙岔开话题,说:"表,你给俺找到了吗?"

大鱼说它找了几天也没见到"时间"。

俺觉得大杰子他们可能会骗俺到这里找表,可昨天下午妞儿也真真切切地告诉俺,是她把表扔进水塘里的,想让俺帮她找找。

当时妞儿说:"你真下到塘里找表了?"

俺点头,望着她。

"怨俺,俺当时不把表扔到塘里,扔在草地上也就没有后来的事了。"她低着头,长长的睫毛低垂着。

俺不知道该说什么。

"他真疯了?"妞儿抓抓俺的臂摇了一下。

俺知道"他"指的是谁。俺又点点头,俺又能说什么呢?就是说她也听不懂。

妞儿双手捂着脸抽泣起来,抽泣几下就又放声大哭。山风把她的哭音扯破了,撒在很远的山坡上,撒在每棵草叶上。那五只羊和俺一样惶恐不安着,它们停下了吃草,仿佛沾上哭声的草是苦的,是有毒的,它们不敢吃、不愿吃了,都慢慢地围了过来。俺好像要停止了心跳,眼中也不由得流下了热泪,好似俺干了对不起她的错事。

哭了好一会儿,妞儿先停住哭,用手为俺擦了擦眼泪,说"不哭不哭",仿佛她没哭,只是俺在哭一样。

"都怨俺!"她说完用手绞着自己的辫子。

俺一脸茫然,好像妞儿不恨大杰子了,她不恨大杰子,俺心中就有一点轻松,毕竟大杰子疯了。

又过了半晌,妞儿问俺:"你下水看到水怪了吗?"

俺开始是想点头承认的,却摇了摇头,并且又摇摇手,就是怕她不相信。

她站起身来口渴般望着俺说:"宝柱,如果水塘里没有水怪,你能帮姐到塘里把表找回来吗?俺要把表还给大杰子,俺不想欠他什么,尤其他为这表疯了!"

妞儿说这塘里有表,她是不会骗俺的,她从不说谎。俺信她的。

想起这事儿,俺忍不住喃喃:"妞,妞儿!"

"妞儿?妞儿到底是谁?"大鱼很好奇。

俺就告诉它妞儿的不幸遭遇,告诉它那天下午俺和妞儿在小孤山坡上的叙话,还有羊说的话。

大鱼仿佛在听,又仿佛在想着自己的心事,鳍在浅浅地划水,大眼睛盯着俺看,不吱声也不吐泡泡。

俺用手敲敲它的头,问:"你在听吗?"

它摇摇尾巴,算是回答。

俺不再理大鱼,在淤泥里摸索起来,淤泥很厚,摸了一会儿,俺就有点乏了。

大鱼对俺说:"俺真的找过了,没有的!"

俺累了,失望了,就靠在大鱼的肚子上想睡一会儿。

就在这时,俺听到了一种声音,"嘀嗒嘀嗒",是从鱼肚里传出来的。俺一下兴奋起来:时间——表,就在大鱼的肚子里!

也就在这当口,俺听到水面传来一个熟悉的声音在呼唤俺,俺知道妞儿在上面叫俺了。

俺终于浮出水面,手里举着一个金灿灿的东西。

妞儿瘫坐草地上在痛哭,见到俺走近,又笑着忙不迭地跑过来把俺抱在怀里,在雨水中,她全身湿透了……

奇怪,水塘上空,天竟然放晴。

九、父

村主任是十天后捧着一个红绸子裹着的小木匣子,流着泪回村的。他的老婆还在医院里住院,听说心脏病犯了。

他没回村前,大杰子殁了的坏消息就传回村了。

商量大杰子出殡入葬的事,是村主任招呼我们几个师兄弟在他家进行的,那天晚上村里停了电,大伙在烛光中议了大半夜。都说怎么的也该给大杰子办个排场葬礼,虽然他属意外,不吉。洪武哑着嗓子说:"得大办,俺就一个儿!"

只是在由谁来摔孝盆时,大伙没了主意。在一旁帮忙拾碗盘酒杯的妞儿,擦了擦手走过来悄声说:"他叔,不行我来摔孝盆吧!"她话一说完,大伙惊得合不拢嘴,她摔盆,那她就该是大杰子的媳妇才行。师兄小六没吱声,低着头,洪武牛眼瞪得眼眶要裂开一样,一定神,就双手直摇:"不成,你个黄花闺女的,不成!"师兄小六在黑暗里说:"小武,就随她吧,总得要有人摔盆!"洪武急了说:"师兄你糊涂了吧,这事不能这么办。不行就不摔盆,把大杰子送上山就行。"

这会儿,俺只得站起身说:"你们都别争了,俺看还是让俺家傻三来摔盆吧!"

这么一说,俺面前就跪下一排人,有洪武,有洪武家的亲戚,更有一群师门兄弟和刘郢的乡亲。洪武号出声:"谢谢俺的亲兄弟!"

俺也赶忙回跪,口中说道:"使不得,使不得!"

妞儿跪俺最近处哭得最狠。俺懂这姑娘的心。

出殡那天,傻三披麻戴孝,在唢呐呜咽声中摔了孝盆。

盆碎灰飞,傻三满脸是黑灰,黑脸张飞一样。在小孤山坟场,鞭炮声中又添了一个新坟,那是大杰子的阴宅。

头七那天,俺一早就上坟地去张罗。

俺在大杰子的新坟碑前发现了一块女式金灿灿的手表,便赶紧送给村主任洪武。洪武红着泪眼看了一下手表嘟嘟嘴:"怪了,这不是俺上次出国买的一对情侣表?怎么长腿跑到这坟上了?"

俺知道表不会长腿跑的,但人会长腿,这话俺不能说,也不会说,更不敢说,别惹出什么事故来。

俺走开了,该让村主任和村主任老婆好好哭一场了。

俺朝那几只吃草的羊走去,朝妞儿走去。

妞儿见俺过来,就折身把羊扔在坡上,把一坡青草扔在坡上,把一串串哭声扔在坡上,她沿着小孤山的山路,向下走,朝新渡口走去。

这样也好,俺想,真碰上了面,还真不知道俺爷儿俩该说上点啥话来。

村主任的哭声如牛哞,村主任老婆的哭声是拉魂调,有泣有诉,有高亢也有低回婉转。

村主任老婆哭着哭着就不哭了,指着自己男人骂道:"俺儿就是你请大神耽误的,你得赔俺的儿!"说完如母狮一样跃起,劈头盖脸地打她的男人。众人忙去拉,村主任呵斥:"别拦!"众人也就住了手。村主任老婆却停止了厮打,一头拱到她男人的胸前大哭。村主任昂着头,满脸泪水,只是不哭出声来,这该叫——泣。

村主任老婆在他怀里说:"你得给俺儿报仇!"

村主任望着坟头和碑,应了声:"报仇!"

村主任老婆抬起头,怒目圆睁盯着他说:"去杀了那个道士!"

村主任不吱声。

村主任老婆见村主任不吱声,就骂:"你孬种,你枉为男人!"说完挣出村主任的怀抱,一头扑在碑前大声地哭诉起来。

村主任恶狠狠地对碑说:"俺一定要给你报仇!"

俺知道村主任说的这话是真话,因为,他红肿的眼泡下射出来的是黄色的光,如夜间山狼的目光。那天俺被他摔出门时,他也是这个眼神。

头七过后的第三天,村主任赶着骡子架车打北边临水煤矿回来。

那架子车上垒着几木箱东西,俺好奇地问村主任:"这是啥子?"

村主任的脸上绽开着笑容,仿佛家里没办丧事没死了人。

80

他笑哈哈地拍拍木箱跳下车来,对着围过来的村民大声说:"是炸药。"

洪姓的村民问:"要炸药干吗?"

"炸水怪,为俺儿报仇!"村主任昂着头,望着天空,吐了口长气。

葛姓的村民问:"还要这么多炸药?"

"不用这么多,炸不死它驴熊咋弄?"村主任乜斜了他们一眼。

俺问:"那水塘真有水怪吗?"

"回去问你宝贝儿去!"村主任一挥手指挥村民,"来!给老子把炸药搬到屋里去,老子可真累毁了,明天一起去炸水怪,镇妖去。大家赡好吧!"

俺心里不知为何咯噔了一下,搬完炸药,就匆匆忙忙向家赶。

俺心里悬着事儿,就是水塘下是不是真有古怪,俺绞尽脑汁地想,水下真有一头水牛怪吗?如有,它吃什么?它为何没有吃傻儿呢?想着想着,头就痛了,头痛的事还有就是交泥泥狗的日子就要到了,恩人打电话说就这几天来拉货,可是货才完成一半,宝柱除了会捏那些无用的泥泥鱼,能给俺帮帮和和泥,其他行当就帮不上手了,一切还得靠自己。

一跨进自家院子,俺就看见宝柱在那里给泥泥狗涂彩,这也是道心思活,俺没教他,他却无师自通地干了起来,泥泥狗得用黑色、红色、黄色、绿色、白色这几种颜色上色,当然,以黑色为主。宝柱涂的彩,俺还是满意的,他常常不按常规来涂抹也能出惊喜,有种别样的效果。阳光下,泥泥狗一个个仿佛都活了,有龇嘴的,有扬蹄的,有摇头摆尾的,有回首的,有前扑的,皆活活泼泼,跟真的一样。

"你歇歇,大问你话,你可得跟大说真话!"俺蹲在宝柱面前,看着被五彩沾满的花脸猫似的傻儿子,心里涌上说不出的滋味。唉!那会儿要是有钱,早一点把他医好,也不会有现在这事了。

傻儿看着俺,等着俺问话。

"你告诉大,那水下真有个牛头怪吗?"

宝柱低着头咬着嘴唇,不看俺。

俺用手拍打了一下傻儿的膝盖:"大和你说话呢,你回大的话呀!"

宝柱还是不吭声,只是用眼睛瞄了一眼他捏的那些泥泥鱼。俺随着儿子的目光看了一下泥泥鱼,又把目光落在儿子的脸上。宝柱一下子就懊恼起来,仿佛自己的秘密被人发现了。他急促地喘起气来,好像又要抽搐了,又要犯病了,只是今儿个阳光灿烂,没有半点乌云。

俺赶忙端过一杯水让他喝。

还要问啥?俺已经明白了谜底,水下真的有东西,不是水怪,是条鱼!

那应该是条大鱼!

俺准备出门去告诉村主任这个消息,傻儿好像明白俺出门的心思,一拦步堵着门不让俺出门,还啊啊呀呀地说着什么。

俺不解,看着儿子:"俺去和村主任说说,让村主任别炸鱼塘,塘里只是有条鱼,没有什么水怪的。"

宝柱一听要炸塘,手里的水杯就惊得失手掉在地上摔碎了,两眼一睁,"哇"的一声大叫,转身向门外疯狂地跑去。

"宝柱,你这是去哪呢?快回来!"

任俺在后面怎么高声喊,傻儿旋风一样没有了踪影……

十、子

俺得跑,俺只知道跑。

俺跑一阵子,发现自己没有了方向。

俺如一根树棍子扦在深秋的原野上,左边是高粱地,右边也是密不透风的高粱,两边的高粱如深绿色的漆,在风的推动下,向着俺黏糊糊地覆盖而来。俺知道自己还得跑,不然俺会在绿"漆"里窒息。

俺终于跑到小孤山,俺看到山下那条淮河一路向东流去,好想随它远走。俺向大杰子的坟走去,俺想告诉他:让你大不要炸鱼塘,你的死不能怨大鱼,再者,俺也给你当孝子了,也算做了你的儿,也算给大鱼赎罪了,你就让你大饶了它。望着新坟,俺跪了下来,俺一句句说着求饶话。坟里坟外没有声响,大杰子不吱声,他是真的死了。

一会儿,俺听到身后有脚步窸窣地走来,俺知道谁在走近,但俺没有转身,怕她和羊一起看到俺的眼泪。俺上次流泪后,就发誓绝不再流泪了,因为,俺是男人。

俺起身便急跑,俺知道自己该去哪里。俺跌跌撞撞地向山下奔去。

俺好像在下山时摔了一跤。

俺好像听到妞儿在身后喊俺。

俺好像听到大杰子在叫俺。

俺好像听到所有坟里人都在叫俺。

俺好像还听到碉堡的地下有日本人操着日本话在叫俺。

俺好像听到俺娘在叫俺。

好像山羊在见到俺摔倒后集体哈哈大笑起来……

但这一切都拴不住俺的脚,俺又一次来到蛤蟆塘。

在跳下陡坡前,让俺驻足的是那只乌鸦,它叫停了俺,它哑哑地告诉俺:"你娘和你后爹去了一个叫洪泽的地方做生意了,你娘这几年还为你添了弟弟和妹妹。"俺一听就知道会是这样的结果。

俺不死心地追问乌鸦:"洪泽在哪里?"

乌鸦昂头向东说:"随着淮河向东走上六十里水路就到。"

俺听到六十里水路就欣喜若狂起来,俺大声地冲着乌鸦说:"俺游也要游到那里。"说完一个猛子扎到水塘里,溅起的水花打湿了乌鸦的黑衣服。

乌鸦哑哑大叫起来:"你八成是疯了!"

我潜到塘里,见到了俺的伙伴大鱼。

俺急忙告诉它:"你该逃了,村主任明天就要来炸鱼塘了,你会被炸死在这里的。"

大鱼听完俺的话并不惊讶和惶恐,只是围着俺游了一圈,瓮声瓮气地说:"炸就炸吧,死就死吧,一命抵一命,本该这样。再说了,活在这塘里也没有什么意思,跑又能跑到哪里去呢?"

俺急忙说:"你可以从泉眼游到淮河里,向下游六十里就是洪泽湖了。"

大鱼只是摆划着它的鳍:"俺胖了,过不了那泉眼的窄洞口了!"

可俺分明看见它眼里流下一串盐粒的泪。

俺就拉着它的鳍向泉眼游去,在泉眼水道里游了十多米,它就挤不动了。俺看到一个窄窄的洞口,淮河水轰隆隆地在河道上流淌,俺一侧身就钻了过去,来到了淮河的干道,而大鱼却怎么也过不来。

俺用手去搬那洞口的礓石,那些礓石如焊在一起,怎么也搬不动。

大鱼说话了:"别费力气了,没有用的,俺们回吧!"

俺想这礓石除非地震或爆破才能动了它,但地震谁又知道猴年马月呢?水下爆破谁又会呢?这是要命的事儿。在淮河干道里,我真想乞求它发一次洪水,漫过堤去,淹到古道水塘,让大鱼随波逐流,游向远方,但这一切都是痴人做梦。俺绝望地待在水中,不断地拍打那窄窄洞壁,喊道:"淮河你是俺亲娘!你该给大鱼一条生路……"

最后,俺们还是沮丧地游回塘底。俺有了倦意,靠在大鱼肚子上真的睡着了。

在梦里,俺和大鱼一起沿淮河游向洪泽大湖,那里水清浪徐,荷花正艳,水草丰美,帆影片片。俺见到了在岸边洗浣的母亲,她依旧年轻如初,俺见到妞儿在一艘船上笑吟吟地看着我和大鱼在水中游弋……

俺是被大鱼叫醒的,它说:"你该回家了……"

俺摇摇头:"俺想多陪陪你……"

大鱼无语,俺缄默。

这时,水面传来嘈杂之声。

俺让大鱼别动,自己拼命向水面游去,到水面一露脸,就见岸上站满了黑压压的一群人。

这时,俺的大看见俺,指着俺向人们大声喊:"俺说俺儿在这里,你们不信!死孩子你快上岸,要炸塘了,快上来!"

俺看到俺大睁着红肿的眼睛,俺知道那可能是他找俺一夜熬的,但俺今儿个不准备上岸了,大大,你就原谅俺的固执吧!

十一、父

俺觉得自己在犯傻,找傻儿一夜,竟没想到来蛤蟆塘找。

这天一早,村主任让俺来搬炸药时,俺才想到傻儿可能到塘边了。

炸药包和雷管已经安装好了,从矿里请来的炮工用红黄两条线做好爆炸的引线,就等着扭开关点爆了。俺看见村主任今儿个穿着一件杏黄色的道袍,手持一柄七星剑,比杀猪道士更有些仙风道骨了。俺想,村主任不当道士还真亏了这个行当。

村主任正准备发号施令引爆时,千人目睹的水面突然冒出一个人头,大家定睛一看——这不是本村刘家的傻子吗?

俺赶忙对村主任喊:"俺儿在水里,可不敢炸的!"

村主任也看到水里突然出现的傻子,他骂了句:"真他妈的惹事儿,让傻子赶紧上岸,别误了老子除妖降魔!"

俺站在岸上喊:"宝柱快给老子上来!"

傻儿却如游在水里的鸭子呱呱地喊着什么。

俺再喊,一声比一声急。

傻儿竟不听了,躺在水上睡起觉来。

村主任终于发火了,冲俺骂道:"你狗日的,再不把他叫上来,老子可不管了,也等不及了!"

俺抱着村主任大腿哭求着:"村主任老兄,你可不能炸,俺只有这一个儿了!"

村主任一听这话就来了气,骂道:"俺还没儿了呢。炸了它狗日的!"

俺说:"俺给钱可中?"

"噢!你有钱是吧?那你付个五万当今天的误工费吧!"村主任说着咯咯地笑出声来,如鹤的叫声。

俺急忙说:"俺给六万!"

这句话显然刺激了村主任,村主任在众人面前磨不下面子,恶狠狠地向塘坝上吐了口水,指着俺吼:"有钱有什么了不起吗?老子不要钱,就要炸水怪!"说着转过身朝放炮工喊,"放炮!炸死也熊!"

就在这时,一声脆脆的声音传来:"叔,你可不能这样做!"

众人循声一看,是妞儿走了过来。

妞儿捋了捋头发,走过来:"叔,这炸了人,可是人命案,光天化日之下,发生了命案,可是得枪毙的。"说完,她一指放炮工说,"你敢放炮,死了人,你就得先法办,知道吗?"

村主任和放炮工面面相觑,一时不知如何是好。

妞儿又环视四周,大声说:"如果今天发生了命案,你们可得要去做证人上法庭的。"原本只是想看热闹的人,听了这话就一下四散。

村主任见众人四散,四处招手,"别走,别走"地喊着,也没有人理他,逃瘟疫似的跑开了。

村主任脸越涨越紫,身体打起战儿,仿佛着了魔,忽然扑过去,一把抢过放炮工的放炮器,用手要拧开关,并大声喊:"老子一定要为俺儿报仇的!"说完仰天大笑起来。

就在这时,传来轰的一声巨响。

……

十二、子

俺活着上岸了。

俺没被炸死。

是炸药没有爆炸吗?

不是没爆炸。千真万确在刘郢这块土地上发生了恶性爆炸。

不过,这爆炸不是发生在池塘里。

爆炸发生时,大地一阵摇晃,像被谁的大手拍了一巴掌,大地抖颤了,尤其是那声爆炸的巨响,使俺一下失聪,啥也听不到了。

俺的耳朵真的被震聋了,耳朵一直嗡嗡嗡地响,就像耳朵里搬进一箱蜂子。

爆炸发生地点是在刘郢村里。要是再说细点,是村主任家发生了爆炸。村主任老婆在家里焚香,不知怎么就把剩下的炸药给引爆了。

俺在水塘里只觉得水波大兴,不是大鱼掀的浪,是爆炸引发的,地震一般。不知谁惊叫了句:"我的娘嘞,村里出大事了!"但见刘郢村的上空升起了一团黑色烟云。

所有的人都向村里奔去,村里上空升起的黑烟扶摇直上,冲上九霄,鸟儿四散地飞,树叶在簌簌地落着。

村主任扔掉手里的放炮器,也慌张地向村子里跑去。

据当天当地的珠城电视新闻报道:爆炸使刘郢村村民八人遇难,十六人受伤,五户房屋被夷为平地,十五户房屋不同程度受损。

俺随俺大向村里跑,妞儿跟在后面哭着,当时人们都在奔跑,哭喊救命。

当跑向还冒着浓烟的村主任家方位时,但见哪还有村主任家呀?村主任家周围的房屋大都毁了,已是一片废墟了。

俺看到村主任在一堆瓦砾上瘫坐着,抱着他家那只大狼狗,大狼狗夹着尾巴在村主任怀里发抖。村主任两只眼睛空洞洞的,死死地盯着正在冒烟的瓦石堆,脸上没有半点表情,木木的,如半截枯树桩。

俺看到破碎的尸体,断了的房梁,燃烧的衣物。俺还看到亲人们由于哭泣而扭曲变形的脸孔,以及他们横飞的眼泪和茫然的目光。

这会儿俺什么也听不见了,只是看到俺大和妞儿因家在村头万幸没事儿,但哭得仿佛家里死了几十口人一样伤心。众人在忙碌,在扒砖石寻人,在哭泣,但俺听不到半点声音了。

刘郢村呀,你为什么会发生这种事情呢?

俺喘着粗气,慢慢地、一点一点地向后倒着回忆,渐渐一个个画面在浮现,在组合,从大杰子押着俺去水塘开始,最后俺想到了大鱼。

俺想俺该到蛤蟆塘去了。俺要告诉大鱼这里所发生的一切,这一切悲剧和它和我都有着脱不了的干系。想到这,俺拾起块砖搂头砸了一下,一股热流沿着额头淌下来,入了嘴角有些腥咸。俺大骂了俺句什么,俺也听不见了,就又忙着扒砖救人去了。妞儿用一块手巾捂着俺的头,不知所措地哭着,俺倔强地挣开,走向村头那条通往古河道的小路。

这里的硝烟、哭泣声、尸体的味道,让俺透不过气来。

在向水塘走去时,俺看到了妞儿的大大闭着双眼端坐在凉床上用力地挥着鼓槌,拼命地擂着小鼓,仿佛他和小鼓有深仇大恨似的,他双唇在翕动,可能在有板有眼地唱着什么,是《穆桂英大战金兀术》还是《薛仁贵征西》?俺不知道,俺聋了。

走到水塘边,俺再次惊诧了。

俺看到刚才还满塘的水,这会儿已经无影无踪了,水塘此时干涸了,裸露的塘底只是一块潮湿的淤泥地,只有泉眼那里还汪着一点水。

水去哪里了?大鱼去哪里了?

俺忽然觉得一切都是虚妄的,一切皆在梦里。

"大鱼飞走了吗?"俺问水塘,问淮河古道,问深秋肃杀的皖北大地……

乌鸦飞过来告诉俺,它看到水塘的水是哗哗地由泉眼倒流的,"就在村里发生爆炸时"。关于大鱼去哪儿了,乌鸦说它不知道,它告诉俺这些,俺都听不到,俺只是点头再点头。

俺深一脚浅一脚地来到塘底,在塘泥里,一只独木舟躺在那里,那是一只古沉船。

后来,县里来的考古工作者对这只古沉船考察后,结论是这只古独木舟有三千年历史,是文物,后来被运到县博物馆里,并浸在水中,不然就会龟裂。

只有俺知道这是大鱼的床。

俺不会说给任何人听的,这是个秘密。这是俺和大鱼的秘密,更是俺生命的秘密。

俺回村时天已经黑透了,一豆灯光下,妞儿大大还在播鼓说书,俺是他唯一的听众,其实俺也听不到,可能他会唱:

众三军闻歌声你悲我痛,不由得皆伤感珠泪盈盈,想我军随大王东征西战,不料想粮道绝有死无生,闻歌声是神人搭救我等,指明路回家转赶快逃命……

俺听不见他说的书,但俺想刘郢村的人这夜需要这鼓声去赶走哭丧的悲惨之声,那堆废墟瓦砾处,一堆堆的人影在烧纸钱的火光映衬下,变成一个个随时会被风吹倒的剪纸。俺祈祷今晚不要刮风、不要下雨,让他们把纸钱烧完,把泪流干。

失去了大鱼,俺心底有一种空荡荡的感觉,俺希望能看到它,所以常常会来到淮河边,看河水如看故人。土黄色的水呀此时激动不安,欢欢跳跳地一路向东,流过刘郢村时,它也是没心没肺的样子,哗啦啦地响着快乐地跑,它没有记下这里曾发生的大爆炸,那些已逝的鲜活的生命。不过,细想也不能怨它,如果它要把一河两岸的每件事都记得,它真的背不动,会累死它。

就在这年的冬天,俺沿着淮河走,雪天雪地的,一片银色莽野,只有没上冻的淮河青色长蛇一样静静向下游滑去。在雪地里走时间一长,眼就花了,俺把目光移向河水,但见在不远处的水面一只大鱼在游动。俺欣喜若狂,拼命地跑,拼命地喊"大鱼,大鱼",大鱼没有理俺,溯流而上,俺也向上游的河岸跌跌撞撞地跑。

在小孤山下的新渡口,一个长相极像俺娘的女人,扶起重重摔倒在雪地里的俺,关心地问:"孩子,你追啥哩?"俺指河里那条游动的大鱼说:"鱼,大鱼!"俺的话她听不懂,她看看河,又看看俺说:"回家吧,明儿个就三十了。回家过年,别瞎跑,你娘会不放心的!"说完她就走了,她去的方向是杜岗,俺跟着她追。

俺高声地喊她"娘,娘",吓得她逃命似的跑,一条花格子围巾丢在雪地里,她也没拾起。俺失望地望着她的背影,又望着河水,大鱼不见了。那个女人的背影在目光回向乡道时,也不见了。

这时,雪下大了,刘郢见不到了,只能看见雪幕的小孤山坟地里上坟烧纸钱的点点火光,这些火光把雪幕烫出许多红通通的洞来。

俺这年没在刘郢过,是在县城医院过完年十五的,高烧不退,差点死在那。

第二年春天的一天早晨,俺病愈了,俺回刘郢的第一件事就是在渡口截住了妞儿,她听见俺说出了一句完整的话,俺告诉她:"俺愿意娶你,包括带上你大大。"俺说过就扭身走开,不听她的回答,因为,这也不重要,她说什么俺也听不见的,听不见俺就不听。

再后来,刘郢村人见到了一个不再傻的宝柱。其实,俺真傻过吗?俺也不知道,记不清了。

只是,村主任常常会被他家的大狼狗牵着走在淮河边上,或爬到小孤山顶,守着那几座新坟,望着河水发呆。

他不再是村主任,现在俺大是村主任了。

老村主任现在变成了傻子,和俺从前一样,不会说话,只会发呆。刘郢人都说村主任傻了,俺不这样认为,只是他和俺过去一样沉浸在自己的世界里罢了。其实,每个人在人生的长河里都该傻一次,不然还真没有什么意义。

有时,俺大也望着大河发呆。他也沉浸在自己的世界里,比如,他会想俺娘,他不说俺也知道。

在这事过去的第二年夏天,一阵阵闪电中,俺突然听到了雷声,彻底地恢复了听觉,也就是在那天雨中,俺决定背上行囊,要去洪泽。

大鱼会在那里吗？俺娘会在那里吗？俺不知道，俺只想沿着淮河走走。

俺走的那天，天降大雨并伴有早到的夏雷，俺却没有抽搐，没再犯病。

俺走时没有告诉妞儿，没有告诉俺大大，没有告诉乌鸦和刘郢村任何一个人和物，但俺知道他们一定都知晓俺的计划。

俺出村口没走多远，就听见身后传来不知是谁唱的花鼓戏，那是刘郢村为俺送行吗？是妞儿在唱歌为俺送行吗？还是俺娘在唱歌呢？因为，在刘郢村会唱这首花鼓戏词的只有妞儿和俺娘，俺没回头看，更没停下步子。

但听见那歌声如泣如诉如淮河水样漫了过来：

> 送郎送到二里岗，俺给情郎一把响炮仗，
> 走一里你放一个，走二里你放一双，
> 看不见君郎嘛，俺还能听见炮仗响……

爷要一杆枪

爷说:男人生来胯下就有杆枪,那是祖上给的,不算啥!长成五尺汉子了,自己就该肩上扛上一杆枪。

爷说:有了肩上的枪,才能保护老婆孩子,才能保护土地庄稼。

爷还说:有了肩上的枪,才能护住胯下的那杆枪。

爷说这些糙话时,他已是十八岁青杆汉子,那年是民国十八年,还没到喝立夏酒的初春,也是鄂豫皖三省刚刚"闹红"的时辰。

爷说过让金家寨老人记到至今的许多粗话。

金家寨没被大水淹成梅山水库时,爷的许多名言警句似的话语被码头客们四处传扬,许多皖西客、湖北佬、河南汉子都知道爷的大号——金家寨的山虎。

爷就是后来的红军战士——廖山虎。

一

听老人们说山虎和枪有缘。

说他抓周时,在琳琅满目的礼品盒里没有去抓糖果、毛笔和算盘,却伸手抓的是一支木头玩具枪,山虎的老舅教书匠吴子轩见状就停下夹肉的竹筷,顿了顿,用深凹在眉峰下的目光打量这虎头虎脑的娃,说了一句让山虎爹犯愁的话:"这娃是行武的料。"说完一仰脖子把"漆家十里香"一杯土烧酒饮尽。

山虎爹嘟哝了一句:"好男不当兵,好铁不打钉,当兵有辱我廖家门风,他舅,你看我七房单守他一个男娃,这兵荒马乱之年,若有个闪失,不绝户了?再说了,他当兵了俺家里这六亩薄田谁来种?这廖家门头子谁来顶?"山虎爹一摇手说,"不行,得重抓!"

吴子轩斜了一眼姐夫说了句:"还兴抓两次的?方圆两百里有这规矩吗?这是命!你看你出息样儿,这世道当兵我看没有什么不好,最起码不受人家欺负!"

"我不管什么规矩不规矩,就得重抓!"山虎爹执拗着。

第二次抓周,山虎娃抓的还是那支木头枪,并且抓住了就不放手,像焊在手上了。山虎爹去夺时,山虎胯下的小水枪滋了他爹一脸尿。

吴子轩看着哈哈大笑起来。他看到山虎那胯下的肉枪,暗道"是条汉子"。当然,吴子轩只是教书先生,不是算命先生,他不知道山虎后来会缩阳。

长大后的山虎说:是汉子一定要有一杆枪是有缘由的,他被漆家三少爷漆龙用枪打伤后,就发誓要弄到一杆枪去报仇。

按说漆家三少本不该和小户人家廖山虎有什么过节,犯不着。

漆家是金家寨头号大户,有千亩良田和万亩山场,酒坊、商铺、当铺、油坊从金家寨、商南城到安庆、芜湖、扬州、武汉等地有几十家分店分号。漆家三位少爷也个个都是有头有脸的人物,有在天津卫当师长的,有在武汉城开洋行的,留在家里的是漆家老爷子和他的三少爷漆龙。这漆龙更是一脚踏三省赫赫有名的爷,他招兵买马弄了个民团,整天里爱提溜着马鞭,带着三五马弁晃在街上,像在巡视自己的城邑。他看上去清秀斯文,浑身却冒着一股邪邪的蛮横气。

平日里廖山虎这个山里伢子是根本见不到漆家三少的,怎么就结下梁子了?这不是鬼闹的,世上本没鬼,是人找的。这事说来怨吴家五丫头辫子。辫子是山虎的五表妹,对!就是吴子轩的五朵金花之一,他最小的女儿。

辫子长得俊俏,比她四个姐姐还好看。她四个姐都是皖西出了名的美人,金家寨有句俗语"斑竹园里无湘女,吴家五女赛贵妃",还有句浑话"看一眼漆家大院你或许记不得,望一次吴家五女你肯定忘不得",说的就是吴家五朵金花长得出众。吴子轩没儿,把四个闺女送出门后,心里就空荡荡的,过去满眼叽叽喳喳的翠鸟飞走后,他觉得该垒个巢,引一个鸟住进来,不然自己这只老家雀死都没人知道,就起了心思要招山虎为上门女婿,把辫子许给山虎了。这是亲上加亲的事,那年头表兄妹通婚正常,就跟过年放炮、杀年猪一样平常得很。

辫子和山虎都知道大人说的这桩亲事,心里头都如拌了蜜似的甜滋滋的,只是再见面就有点不自然,也少了话,大多时辫子是跟山虎娘在一起说着悄悄话儿。

两家说好年底收完庄稼就把他俩婚事办了。这是这个冬天最暖和的一句许诺,也把山虎的美好憧憬给点燃了。

冬天这只狗还没被春天那枝青竹竿撵走时,山虎就赤脚去泥塘挖塘泥,挑到自家田里沤肥,他想一开春就把稻谷撒下去,让稻苗早点长出来,他的这般举动,引来邻居家的大旺的讥笑。

"山虎你是盼着早下稻谷早收成,好娶辫子吧?"大旺和山虎同岁,因家穷,至今还没媒婆帮他提亲呢。

"我娶你妹子!"山虎心思被大旺说破了,恼了,虎着脸说。

邻居家的大旺就砸过来一团干牛粪饼,回敬了一句:"我妹子是你姐!"

接下来,两个青年自然开始了一场搋皮拳头"游戏"。

他俩一闹,引来了两家的一只黑土狗和一只黄土狗在旁边转着圈儿地狂吠不止,仿佛是为他俩劝架,又好像摇鼓助威、加油呐喊。它俩的狂叫惊了老柳树上的一群灰喜鹊扑哧哧地飞向不远处的竹林里。

吴子轩踱着方步走过来,也不拉架,摇摇头,对拉架的姐夫说:"孩子们皮痒痒,生虱子了,随他们扯去,不要拉他们!"说完在山虎爹埋怨的目光中径直出了村口。也出奇,吴子轩一走他俩也停了手,相互瞪了眼,各自干自己的农活去了。山上吹过来是一股渐暖的风。

二

后来老人们说,山虎和辫子出事是有兆头的,说山虎领着辫子出村口时,有只乌鸦一泡屎滴在山虎的新蓝棉袄上。也有老人们说:不怨鸟,就怨辫子不该在商行唱淮调,唱淮调不该唱得那么好。更有老人们说:说一千道一万,他俩打初就不该去金家寨逛庙会。

逛金家寨正月十五庙会,是当地风俗,由于金家寨地处皖鄂豫三省接壤处,是重镇码头,这正月十五庙会历来是人们最热闹的去处,往年辫子都是姐姐领着去城里,这一年她是被山虎领着去的。

山虎出门前,爹给他一块大洋,娘又悄悄塞来一块,还叮咛道:"记住给辫子买一块扬州府产的锡盒的双面镜,要到西凤祥商行去买,你妹辫子喜欢那镜,她四个姐姐都有,她不少念叨过。"

山虎嗯了一声,就顶着正月十五的阳光出了门,那阳光如几千条小细柳轻轻抽过了全身,痒酥酥的,更像十五条小狗舔过脚心一样,麻麻的。他身轻如燕,有种跃跃欲飞的感觉,舒坦得很。

村口老槐树下,辫子站在那里好像一株盛开的梅树,挺拔、幽香、美艳。她穿着对襟的桃红色小袄,下身是藏青蓝的棉裤,挽个碎花包斜倚在树干上,水灵灵的目光望着大步走来的山虎,脸上荡漾着幸福的甜笑。

山虎看到辫子深情地望着自己,竟然有点忸怩起来:"俺们走腿赶路进城。"说完就跨步走在前面,辫子小媳妇似的跟在后面。

就在这时,村口石拱桥下,大旺突然喊了起来:"小两口,手拉手,出村口,逛个城,亲个嘴,生个娃儿回!"

山虎站在桥上瞪了他一眼:"不喊会当你哑巴?我回头再找你算账!"

大旺却照样戏闹并领着几个屁大的孩子继续大声喊,唱山歌一样,史河的水被他们一喊,仿佛激荡起来,水流得更欢快,捎着童谣流向远方。

村民们听到这童谣似的乡村俚语纷纷望过来,发出哄笑,于是又有年轻伢子也跟着喊起来。

辫子一见这阵势涨红了脸,气得咬着一口银牙骂道:"你们一群死伢子,看我得闲拿针缝了你们的嘴!"

山虎拉着她手说:"俺们跑吧!"说完搜着辫子跑向去金家寨的官道,把一阵阵笑声甩在了身后,此时,他俩多像早春衔泥的燕子成双成对地飞着。

很多年以后,村口的老槐树仍然记得这一天,老槐树上栖息的鸟儿们也记得这一景,因为,这两位青年男女从此再也没回过村,这对燕子没有衔泥回来,更没有垒巢生子,人生就是这样无常。

或许,真的该当要出事。

当山虎和辫子踏进西凤祥商行时,堂里一口停摆了十多天的大座钟,突然当当地响了十一声,钟的指针指向的是十一时四十五分,这是午时三刻的点。

听说这座钟是从德国进口的,大座钟高约二米,印花镜面,钟摆和钟座镏金嵌五色宝石,是西凤祥商行镇堂之物,每隔一个时辰就会清脆鸣响,那声响能传半条街,而且每次钟鸣时都会从钟里走出半尺高的一群小仙女偶像跳起舞来,甚是奇特,引得金家寨和商南城人排队来看这西洋镜。据说这钟要二百多个大洋,乖乖,那得值十多亩地的价钱,山虎爹看过后曾咂咂嘴。但这几天大钟不走了,从南京请来一个洋人也没有修好,那洋人丧气地回南京,并说:

100

"奇了怪,没坏呀,怎么就是不走了?"

当山虎和辫子兴致勃勃地跨进大堂时,这钟却莫名其妙地响了,只是响得不是好时辰,是个凶兆,午时三刻是杀人天。

山虎和辫子看完了那群小仙女偶像跳完一曲舞退到钟座里隐身后,就满意地来到柜台前挑选双面镜子。他俩都说赶对了时候,不然又要等上一个时辰才能见到小仙女们。

辫子执镜照着自己时,镜子里的那个女子真的很美,镜子里面的女子是自己吗?辫子仿佛一下不认识了,一双丹凤眼,宽扁光洁的额头,挺直鼻梁悬胆似的,红殷殷的唇吻,还有那满头的油亮亮的秀发,她认为镜子里的辫子是别人才对,或者是月份牌上的美人才是。

"娘啊,这是我吗?"辫子自言自语地说,"丑死人了!"

正在掏钱的山虎接了一句:"不是辫子,还会是大旺?"说完也看了辫子一眼,"是你,错了让店里赔我一个。"

"死样子!"辫子嗔怪。辫子看到镜子里的自己和山虎都脸红起来,她仿佛看到拜堂那个时刻,不由得就哼哼起她喜爱的淮调来。她黄鹂似的歌声,让原本热闹的商行一下静了下来,不少人噤下声,侧目望过来。

这时,从二楼木梯子走下一位爷,也驻了步,居高临下地打量这个山妹子,他就是漆家三少漆龙。

漆龙长着一张清瘦白皙的脸,唇上是修剪整齐的八字短胡,他上身穿一件黄牛皮夹克,下身着粗呢马裤,脚蹬一双鹿皮色皮靴,斜挎着枪带,左胯上是一个露出红缨的栗色枪盒,他左手推了推金丝边眼镜,右手弹了弹烟灰,大步地走向辫子。

山虎没有注意漆龙的到来,只是和商行伙计在讨价还价。

"不用付钱,这枚镜子,算俺送给这位姑娘了!"漆龙瘦削的脸上浮着浅浅的笑意,吐着一口烟,淡淡地说,口气挺温和。

山虎转过身来打量着漆家三少,皱起眉头回了一句:"凭什么要你付账?你欠我的吗?我又不认识你。"山虎很讨厌那口烟飘在辫子的脸上。

辫子停住哼唱淮调,轻咳了两声,大概是被那口烟呛了。

"笑话,爷怎会欠你的?只是这位姑娘刚才唱的那歌我爱听,再唱一段怎么样?这店里东西你可以随便拿,这店是我漆家开的,哈哈……"漆龙落座在店伙计搬来的青檀木官帽椅上,他的穿长棉袍、扛汉阳造的跟班汉子捧上了紫砂壶。漆龙呷了一口六安瓜片茶水,抽了一口雪茄烟。他弹弹烟灰,又说:"怎么样?唱吧!"

"谁稀罕?我们走!"山虎拉着惊恐的辫子要走人。

"走不得,俺还没听够淮调呢,咋能走哩?"漆龙用手帕擦拭一下眼镜上的灰,不戴眼镜的那双眼睛泛着山猪拱食的光泽。

店里人赶忙躲到堂外,他们知道漆家三少蛮横劲又上来了,又有人要遭罪了。

"不理他,他吃了恶人屎了!"山虎拽着辫子向店门前走去。

"滚回去!"几位扛枪的汉子排成一堵墙,堵了道,霸了门。

"你们想怎么样?"山虎怒视那似笑非笑的漆龙。

漆龙慢慢踱着步走过来,凑上前打量着向山虎身后躲的辫子说:"你不愿在大庭广众之下唱,那就到俺漆家大院里去唱吧!"

"俺不去,凭什么要唱给你听?你是阎王呀!"辫子急恼地骂了一句。

"你真说对了!俺就是金家寨的爷,就是金家寨的王!"漆龙说完仰头大笑并大步地走出了店门。

漆龙手下推开山虎,把辫子一架,拎小鸡一样架出门,塞进那驾马车轿子里,山虎冲过去大嚷:"你们是土匪啊,光天化日敢抢人呀!"

站在马车上的漆龙一挥手,对手下跟班的汉子们说:"把这山里野小子扔到河里去!"说着让马夫赶起马车,绝尘而去。

漆龙的手下吆喝着围过来,把愤怒的山虎抓住,甩麻包一样抛起,扔到冬天的史河里,溅起很高的浪花。那浪花吞没的,还有山虎拼命的喊声。

街面看热闹的人心揪起来,看着山虎沉下去。淹死人了,闹出人命了,胆小的街人赶紧朝家跑去。

从空中向河里飞落时,山虎刹那脑中一片空白,他不知事情怎么就这样发生了。他想喊叫、想骂人,一张口却被河水呛住了。刺骨的河水使山虎突然清醒起来,他奋力地浮上河面,拼命游向河边。他爬上了河岸,河水的冷让他全身浇了热油一般发烫起来,他踉跄地向西凤祥商行走去。街人悄声让开一条道,眼神追逐而去。山虎豹眼圆睁,仿佛满街都是他的仇人。他浑身发抖,颤抖中他竟聚不了力量,觉得整条街都挤压了过来,自己仿佛是快要被挤扁碾压的一只青蛙或一只蚂蚁,他瘫坐在青石板街头。一会儿,他扶墙站起来时,拾起了两块砖,他想把那个店面甚至整个金家寨全砸碎,把这个冬天砸碎。

他踉跄地冲进了店里。

他挥砖向刚才漆龙坐过的官帽椅砸去,向那座大座钟砸去。

哗啦声中,他看到大座钟的钟罩玻璃碎了一地,随玻璃而碎的还有那群小仙女偶像,山虎心里仿佛河水决堤了,涌出一股莫名的狂笑。

就在这时,他听到"啪"的一声响,觉得自己被一只大锤打在左肩胛上,又好像被烧红的铁条捅了一下,他还没整明白怎么回事,就被弹了出去,飞了五六米,轰然倒在地上。他在失去知觉前,隐约听到一句话:"把这山匪拖到县衙治罪去!"他认定那声音是漆龙的,那么,打在他左肩胛上的一枪一准是漆龙打的了。

"俺也要有一杆枪!"山虎就是从那时生下这个念头的。

三

山虎苏醒时,是在商南县城的黑牢里。

他跌跌撞撞地冲到牢门,大声喊着:"俺没有罪呀!他漆家抢人才该关呀!放我出去,我得救俺妹!"长长的黑色长廊尽头是一盏昏暗的油灯,一晃一晃的。喊了半天,没有人理会他悲怆的呼唤和哭诉,山虎绝望地大哭起来。

"辫子——俺妹哎,你这下可遭罪了!"他的泪水流下脸颊,落在血衣上。

"孩子,别喊了,他们现在不会搭理你的,到这里没有不冤的!"

一个沙哑的声音从他身后传了过来。

山虎循声一看,沿墙的草铺上坐着一排汉子,其中,一位长着络腮胡子的长者伸出戴着手镣的手拍拍铺沿说:"过来躺下,你受伤了,要养伤,快躺下留点力气吧!"

山虎绝望地爬了过来,听话地坐在草铺上。

"孩子,快把你的湿衣服脱下来,你这样会生病的!大疤子,把你的棉被给他盖上!"戴镣铐的长者朝着一位疤瘌眼的犯人说。

山虎这才感到冷,周身酸痛起来。他这才看见自己的左肩胛有一个洞眼向外流着血水。

几位犯人按照戴镣铐汉子的吩咐,给山虎脱光了湿衣服。

突然,疤瘌眼尖叫起来:"先生,先生,出怪了,这家伙是个二胰子!"

犯人们朝山虎裆上看去,只见山虎的那杆肉枪缩成一岁龟的龟头,下面两个鸽子蛋不见了,是一团脏皱的鸡胗皮。

山虎忙摸了一下裆,吓了一跳,没有家伙了,就和大鼓书戏文中说的太监一样,下面没有了,就不是男人了。

他突然感到天旋地转,脊背骨好像被人生生抽去一样,一下瘫软如泥。他忘记了左肩胛的枪伤,大叫了一声"我的天爷爷呀",就眼前一黑一头扎在草铺上昏死过去。

"急火攻心,寒湿入肾,让他先睡一会儿!"戴镣铐的长者说。

"先生,这小子怎么没有卵蛋了?"几位囚犯好奇地问。

长者摆摆手上的镣铐:"他呀,可能是缩阳了。"

"好治吗?"疤瘌眼睁着一大一小的眼睛问。

"也好治,也不好治。心病只有心药治,唉,保不齐这人就废了!"长者叹了一口气,"可惜了一条汉子,苦命啊!"接着连忙吩咐其他犯人说,"你们快把他的棉衣拧干,水放在尿桶里一点不敢洒了,这是我们救命的水。"

几位犯人赶忙去拎尿桶,拧棉衣,戴镣铐的长者又说:"先把尿桶里的尿碱给我抠几块下来,尿碱能治枪伤。这孩子枪伤能好不能好全指望它了。"

黑牢里人影忙碌起来。窗外,零星的爆竹声提醒着人们,春天已经来临。

大牢里似乎囚着个漫长的夜。山虎发起了高烧,迷迷糊糊地昏睡着。究竟昏睡了几天几夜,他自己不清楚,只是有时醒来时,见到那位大胡子的长者慈父一样给自己喂汤,给自己换药布。

大多时间,山虎是在噩梦中挣扎着。在梦中,辫子哭着喊他:"哥!快救我呀!"在梦中,舅舅在指责他:"你这个尿包样,你连你妹都保护不了,你还是男人吗?你还我的辫子。"在梦中,爹在骂他:"你这个惹事的,你这个逆子呀,你这祸惹得天大,这怎么收场?你是要了我的命了!"在梦中,漆龙走过来,拎着那柄乌黑发亮的枪得意地说:"你斗不过我,我有枪,你跟我斗啥子?哈哈哈……"在梦里,他被漆龙追得四处奔跑,却又总是逃不脱、躲不了……山虎又惊又气,又喊又叫,他在噩梦中惊悸,有时梦魇,仿佛巨石压在自己胸上,呼吸困难,窒息到死的边缘。好在他每每在大胡子长者的手拍出的有节奏的拍子中醒来或入睡。长者哼着的无字歌如母亲的催眠曲,使山虎得到慰藉,只不过这个催眠曲还伴着镣铐的哗啦啦的声响,增加了催眠曲的独特效果,使山虎一辈子都不会忘记。

不知道是第几日的中午,山虎被拖上了堂。

他被蓦然而至的冬天的阳光刺得睁不开眼,他嗅到久违的青草和树叶的味道,他多想看看绿色,多想呼吸几口新鲜的空气啊,他觉得心里的芽儿吐青了。他看到大堂之上坐着一个穿制服的胖子,想来应该是县长。大堂之侧的太师椅上坐着的是漆龙,他架着二郎腿,依旧抽着那粗粗的雪茄烟。他斜了一眼山虎,见到山虎蓬头垢面的样子,白净的脸上浮出凉凉的微笑。一股酸臭腥膻味从山虎身上散发而来,漆龙不由得皱起眉头,挪挪身子避开。他坐稳身子,捻了捻那栗色的枪盒,好让那枪更多地露在外面。山虎心里燃起火,挣扎着想冲过去和他拼命,可他被五花大绑着,绳子深深地勒进肉里,一动就痛。两个当兵的把他的头按得很低,像进香鞠躬的样子。

从余光里,山虎看到蹲在大堂下捧着一张愁容的爹和气得全身发抖的舅舅。这祸事是自己惹的,让爹和舅担惊受怕了,山虎不由得流下了眼泪。

庭审的内容和环节有哪些,山虎已经完全不记得了。他只记得最后胖子县长宣布的判词大意:犯人廖山虎肇事行凶,砸毁了西凤祥商行德国造镀金自鸣偶戏西洋大钟一座,价值二百五十块大洋,折合良田二十亩,山场十亩。该钟为漆龙所购,廖山虎损坏当认价赔偿,如不认罚,犯人廖山虎入狱十年。良绅漆龙乃金家寨首善之人,好善乐施,邀请吴家小姐吴辫子到府上唱歌叙话,兼探讨淮歌民俗,当属人之常情,人间雅事,礼尚往来,无半点过错,不追其责。

山虎气得眼前一黑,他真想夺下漆龙栗色枪盒里的枪,朝眼前的黑天黑地开上一枪,让天流出红红的血来。

"我认,我认赔!卖田卖房,我都认,只要放了我儿。"山虎爹听完县长的宣判就连连磕头了。

"你个冤大头,尿样!俺不认,他抢了俺闺女,又打伤俺外甥,我们还要给他漆家赔钱,这是哪家王法定的条令和道理!"吴子轩冲到县长面前理论。

"现在是民国,一切讲理讲法。"胖县长把桌子一拍,"刁民讼棍,再无理取闹,连你也关了!"

吴子轩用手指着胖县长:"我到省政府去告你们!你们这些贪赃枉法的东西,俺不信欺男霸女就没有王法管了。"

漆龙起身迎向吴子轩:"岳父大人,您老消消气,辫子嫁给我,怎么也比那山上野小子强啊,俺是真心对她的,让辫子嫁过来,俺就不要他赔钱了!"

吴子轩盯着漆龙看了眼,呸了一口痰,骂道:"畜生!"然后愤然地一拎棉袍走出县衙门,身影好似他另一件棉袍被他拖着渐远。

漆龙淡淡一笑,擦了擦脸上的痰,朝着吴子轩的背影喊:"岳父大人,您老别走!俺们合计合计。"

"不赔不行!先把犯人廖山虎押回大牢,上手镣脚镣伺候着!"胖县长对着堂下喊。

山虎被倒拖驴一样拖出大堂,他嘶哑的嗓子喊道:"爹不能卖田、不能卖地,让我死了算了!"

山虎爹抹着泪,如被打了一棒的狗呜咽着。

三个月后,当山虎爹把田地房产卖了,又把东拼西凑的二百五十块大洋交到衙门赎人时,传出的消息是:廖山虎已经越狱逃跑,上了金刚台鲍大金牙匪窝当土匪去了,所以,所交大洋没收,充资官家,用于剿匪。

山虎爹听到这话,推开搀扶他的大旺,向县衙堂上冲去:"你们还我的儿!"他没冲出几步,就被县丁们用枪托搡倒在地,接着是一顿暴打,直到奄奄一息才罢了手。

大旺背着满身是伤的山虎爹往家赶,可山虎爹没到家就在大旺的背上没了气息。大旺听到山虎爹说的最后一句话是:"告诉山虎,扛枪当兵去,不要再受人欺负啊!"

山虎没能给爹送终,也没有看到漆龙娶他的女子——辫子。他真的上了大别山,不过,他没有入匪,他一直记得大胡子长者的那句话:"你们能逃出去,一要抢枪,二要找到苏党。"山虎和一起越狱的人抢了两杆枪,不过没有找到苏党,所以他们一直在大别山里潜伏、游击,艰难地生活着,如几只野獐东跑西窜在大山密林里。

他们的两杆枪是毛瑟枪,但那枪山虎没有摸的份儿,疤瘌眼说,二胰子摸枪,霉气得很。山虎只能用目光一遍遍地"抚摸"那两杆枪,他知道自己不是男人了,但不甘心不是男人,他心里暗想,不能没有枪,没枪,就不能报仇雪恨了,如果不能报仇,自己就真的是孬人了,真的是二胰子了,那样又有什么活头?他一直想伺机弄一杆枪,谁能给他一杆枪,他就卖命跟谁干,但这个机会始终没有到来。他常常忧郁地望着大山的远方,呆呆地。

四

大别山的猴子洞里,六位越狱者围在火塘边取暖,并激烈地争吵着,争吵的焦点是他们何去何从的命运归属。金刚台老爷峰上匪首鲍大金牙派人传来口信,他们要么连人带枪归了鲍大金牙一伙,要么早早滚出大别山,到别处立山头去。

疤瘌眼是他们的头儿,他说:"俺们就投了鲍爷吧!"

山虎不同意:"不行,先生说过要找苏党,不能入匪,入匪干的还是祸害百姓的事。"

"日你娘,你说得轻巧,打我们越狱跑出来这三个多月,成天钻山林、睡山洞,两杆枪只剩下三发子弹了,快成烧火棍了,不投靠鲍爷,还能下山领罪去?"疤瘌眼把枪一扔,怒气冲冲的样子。

其实,山虎不愿入鲍大金牙的伙,还是有私心的,因为,金刚台来的人说,两杆枪作为入伙礼上缴鲍爷,没有了枪,山虎觉得这"亏本生意不能做",这枪可是他们豁了命抢来的。

"哥,我们可以去找苏党呀!"

"到哪找? 都找了三个多月了,哪找到苏党的影子了?"疤瘌眼一摊手,"到哪能找到,你告诉我!"

山虎也不知道去哪里能找到先生说的苏党,就不吱声了。

不错,他们确实找了三个多月了,真的没有找到先生说的那个为穷人打天下、谋利益的苏党。

"要是先生还在,就一定会找到的。"山虎低声地说。

大伙听到这句话,就都停止了争吵,洞内陷入了沉寂,只有松枝在火上炙烧流出松油的吱吱声和杂树燃烧时不时发出的爆响。

他们说的先生,就是牢里上镣铐的络腮胡子的长者。听说,他入狱前是金刚台鲍大金牙的师爷,是和鲍爷闹翻了,独自下山在商南县被官府抓了的。也有个说法,长者是商南中学的教书先生,他的罪名是通苏党。

先生是他们的主心骨,他们用水和尿泼湿泥墙挖洞越狱,就是他组织干的。只是挖洞进展得很慢,因为牢里一天就供一壶水,加上山虎湿棉衣拧下的水也是不够,再加上泥墙里有青砖,就更难用手挖了。他们没有工具,裤腰带都被狱丁收了,还能指望什么?每每快要绝望时,先生就给他们打气说,男儿心头得有杆能挺起来的枪。可就在这个关头,狱丁传来了一个不好的消息:先生要上路了。上路就是要杀头了。

"先生,你怕吗?"山虎不由得问。

"小兄弟,每个人都会死的,再说我是为信头而死,又有什么惧怕?"先生捋了捋胡须。

"信头是什么?是一个女人,还是一个财宝,一块田地?"疤癞眼打听着。

先生环视他们一眼,在油灯下,微笑地说:"信头就是你信什么,我信苏党,它领导穷人过好日子,这就是我的信头!"

山虎眼睛闪着光:"哦,先生,这么说,有了信头人就不怕死了,就像有了杆枪?"

先生微笑:"是啊!信头……就是穷人心头的一杆枪!"

男人活着要有个信头,信头就是穷人心头的一杆枪。山虎铭记了下来。他想他山虎的信头就是打倒漆家三少,迎娶辫子回家生娃,过上好日子。

先生看着他们难过的样子,悄声说:"你们有救了!"

众人不解地望着先生。

先生嘿嘿一笑:"按规矩,杀我头前,要给我吃顿倒头饭。到时,我让他们把饭送到这里来吃,吃完后我就砸碗摔碟,你们把碗碟碎片藏起来,就用它们挖墙。不到最后关头,你们都不要放弃哦!"

先生边说边踱起步来,镣铐拖得哗哗响……

这天,先生真要上路了。

狱长应允了先生的请求,提来一屉酒菜进了牢房,让先生临刑前受用,狱中人都知道诀别的时刻到了。

山虎忍不住就哭了起来,接着牢房里传来一片抽泣之声。

"都别难过,人总有一别,来,来,大伙一起吃个分别酒,都过来!"先生招呼着众人围过来,又对狱长说,"兄弟,麻烦你给解解手铐,方便我吃喝!"狱长也就行了方便。

一个杯子,一壶酒,四碟菜。

"来,给我倒杯酒!"先生轻松地对山虎说,山虎洒泪倒满酒。先生端了起来,缓缓地倒在地上:"这杯酒是敬我未竟的事业,我坚信它一定会实现。"第二杯酒他一仰脖子就喝了下去,然后招呼众人说,"每人干一杯吧!"

大家依次喝着这难吞的酒,山虎含在嘴里,忍不住一转脸吐了出来,他又哭了起来。

"哭啥子？是男人不兴哭的！"先生责怪道。

"俺也不是男人了！"山虎抹着泪。

"山虎啊,人得有志气,只要为民众办事,就是男人,就是爷了。有卵子你不干好事,只干伤天害理的事,那就不是男人……男人,得有责任、有担当啊！知道不？"先生轻轻拍了拍山虎的肩头。

也就是在那个临别酒时,大胡子长者告诉众人,逃出去一要抢枪,二要找苏党,有枪就能领着穷人干大事,有枪不跟苏党,也干不成大事,记住千万不能上山为匪,这是根本大事。他认真地又打量了一下众人,见大伙都点点头,这才放心地站起来拱拱手："各位保重啊！"

"先生,你家在哪里？可要我上金刚台去给你家人送个信？"山虎低着头说了句。

"谢谢小兄弟好心肠,俺家在湖北黄安,没人了,我就是被金刚台的人出卖的。算了,如若有机会,你们每年清明时节给我送两杯酒就行了！各位,就此道别了。"说完他把壶里酒一口气喝完,一摔酒壶冲着狱长说,"走吧,给我引个道！"

先生走出牢门,再也没回头。他最后定的罪是"赤匪",定这个罪比定土匪上面奖励大洋不一样,抓一个"赤匪"奖五十块大洋,一个土匪是十块。先生到底是姓"赤"还是姓"土",无人说得清。

望着他渐行渐远的背影,山虎暗暗道："这才是汉子,这才是爷,我这辈子一定像他一样挺直腰杆走天下。"

第二天深夜,山虎他们用碎碗碟片挖通墙角,趁着浓酽的夜色逃出牢狱,向大山逃命而去,身后是零星的枪声和追赶的吆喝声。那时,金家寨的夜晚几盏灯光急促地灭去,四下梆声传来,噢,最黑的三更夜过去了。

这又是一个三更天,就在猴子洞里几位汉子一筹莫展之际,忽然山下县城方向传来枪炮声。他们起初认为官府派兵来上山剿匪了,很是紧张,如惊恐的兽在洞里跑来跑去。枪炮声响了一袋烟工夫就稀了下来,他们野兔出洞一样伏在洞口睁大眼睛打量上山的山道,一炷香的光阴过去,并没有发现什么异常,金刚台方向也没有什么动静。

疤瘌眼尽力睁大他的疤瘌眼:"一准是政府派兵来剿我们了,我看还是投鲍爷去,小船靠着大船走,保险呀,最起码有吃有喝,比我们在这里啃树皮、吃野菜强。"

"不行,我们还不知道县城里到底是个什么事故呢!"山虎不同意。

"你要是条汉子,是爷,你下山去摸摸情况,顺便搞点粮食来,你敢下山吗?"疤瘌眼斜了山虎一眼,一脸不屑一顾的样子。

山虎最怕别人说自己不是爷,不是男人。他脑门一热,冲着山洞里那几位汉子说:"谁怕呀! 我去就我去,怕当兵的咬了我卵子呀。"说完勒了勒裤腰带,捋了捋袖子,大步迈出了洞口,朝山道走去。

"你不怕,你没卵子,你怕谁咬?"疤瘌眼冲着他的背影说,引得洞里的汉子们一阵哄笑。山虎不知有没有听见那笑声,他头也没回就走远了。

这是山虎第一次出山,之前都是其他几位汉子外出"打食"。他真的想出去透透气,和疤瘌眼他们在一起他感到憋屈,他们都没有把他当个人看过,一有空就讥笑他是没枪没弹的"二胰子",他听不得"二",听不得枪和弹这些敏感的词,几次他和疤瘌眼他们打起架来,被他们合伙揍得鼻青眼肿,多次在无人处痛哭过。这次他根本没料到跨出这一步对自己的人生如此重要,如果那天他没走下山,就会随疤瘌眼一起投鲍大金牙为匪,或者继续打着小游击,那就可能不会成为红军战士了。其实呀,决定一个人命运的关键就是一两步。选对了,前途光明;选错了,人生黑暗。山虎这次选对了。

五

山虎小心翼翼步入商南县城时,发觉县城有了变化,城楼插着一面绣着一个木犁的红旗,城门口也没有了民团兵总们查人搜身。他看到来来往往的贫苦人脸上布满喜悦,好像得了元宝似的,好似过年一样。空气中流动的是欢快、热烈和骚动。天似乎蓝了,云仿佛白了,山虎心也热腾了,他觉得心里不再堵得慌,他莫名激动起来,潜意识告诉自己:这里发生了一场与自己休戚相关的大事,一种与红色有关的大事。

迎面走过一队唱歌的人,他们身着灰布军衣,头戴灰色单帽,帽头上有一颗五角红星。这是什么队伍?他们是干什么的?山虎用疑问的目光打量着他们,并不由自主地随着他们走去,就像被一股洪流裹挟着。他从他们的背影上看到了一股力量,让他想起了先生的身影。他不知他们唱的是什么歌,但愿意跟着那激昂的拍子哼哼。他跟着他们一起跨大步,甩臂膀,觉得自己就是他们中的一员了。

就在山虎沉浸其中时,突然,他被一位汉子拉了一把:"这不是廖家山虎老哥吗？嗬,真是你个狗熊,你咋在这里？"

山虎一看那汉子竟是邻家大旺,那个和自己从小斗到大的伙伴,他赶忙把大旺嘴一捂,拖到小巷子里:"你娘的这么大声,想害死我呀!"

"你怕啥？怕啥嘛？现在换天了,来了红军,建了苏维埃政府,如今穷人当天下了,你有什么好怕的?"大旺憋红了脸。

他俩就蹲在小巷石级上,叙起话来。

"我爹娘如今可好？我舅还有辫子咋样？"山虎急切地问,"还有什么是红军？什么是苏维埃？"

"你一口气问这么多,我八张嘴也回答不了你。"大旺摸出一袋旱烟抽了一口,又让过烟袋给山虎抽。

山虎摆摆手:"我不抽,你赶紧的!"

"红军就是领着我们穷人打土豪、分田地的,苏维埃就是我们现在的新政府,其他的我就不清楚了。"大旺说着的话似懂非懂。

"苏维埃……我知道了,一定就是先生说的苏党。不是苏党,也和它是亲戚,都姓苏。"山虎眨巴眼睛,肯定地说。

大旺又抽了口烟,把头扭过去看着巷口说:"山虎……你爹被县丁打死了,是我替你埋的,葬在二龙山岗上,就是你家六亩地对面那座山,我想你爹死也想守着他的六亩地。你娘到辫子三姐家去住了。你辫子妹妹做了漆家三少屋里人了。你舅在去省城告状路上,掉下山崖殁了。你啊可是被漆家害苦了,害得家败了!"大旺说这些话时,没有看山虎一眼,他怕看着山虎自己会开不了口。

山虎听着听着,就跪在墙角,头抵墙哭喊起来:"俺爹、俺娘、俺舅,俺对不起你们呀!辫子呀,你不该嫁给仇人呀!漆家三少,老子和你这辈子没完!"他用拳头捶着胸口,胸口的旧枪伤处撕裂地痛。

大旺拍拍山虎的肩,递上一袋烟:"抽一口,你心里就会好过点儿。"山虎接过旱烟袋,大口地抽了起来,没抽几口就急促地咳起来,上气不接下气的,接着又是一阵低泣,肩膀一耸一耸的,像是正在挨鞭抽似的。

"你哭也哭够了,要报仇,我合计你该去找红军,他们会给你申冤报仇。"大旺停停又说,"俺现在也是红军了。"

"参军可真能为俺报仇?"山虎望着大旺问,大旺重重点点头,"俺要参加红军,你领俺去。"山虎拉起大旺就走。

他俩去了县衙门,那里是红军临时师部。等他们再出来时,山虎胳膊上也有一个红袖章,上面写着"赤卫队"字样。赤卫队许队长还发了一杆梭镖给山虎,山虎向许队长恳切地说:"给俺一杆枪吧,俺要杀仇人!"

许队长是个三十多岁的女同志,还挺着有身孕的肚子,如果不是穿着灰军装、戴军帽,走在街上谁也认不出来她是红军队长。她微笑着:"要枪,你得从敌人手里夺,我们这里每杆枪都是从敌人手里用命拼抢过来的。"说着她用手拍了拍那几支毛瑟枪。

　　望着那乌黑的枪管,山虎好生羡慕,就像看见别人娶了媳妇一样。他暗道:俺一定要夺一杆枪,有了枪就可以一枪把漆家三少毙了,就可以把辫子娶回家了。接着转念一想:把辫子娶回家又能怎样?一想到自己是缩了阳的人,不由得暗淡了心情。许队长看到他神情落寞,就宽慰道:"放心同志,我们只是暂时困难,人多枪少,但我们会一人一杆枪的,这一天会早早到来的,相信我,不会骗你的!"

　　山虎咬咬牙,点点头:"嗯,我信,我信!"

　　许队长让山虎跟着几位队员押着县长和几个恶霸地主游街,山虎感到无上光荣,比正月十五族长让他扛龙头舞龙灯还兴奋。

　　胖县长不再像庭审山虎那天趾高气扬了,他低垂着头,如一头待杀的肥猪似的被人赶着,双腿抖颤着向前迈着。山虎用梭镖抵着胖县长的后腰,心头涌上一种重新做人的感觉,他真想大声喊:"俺爹俺舅,苏党为俺们平冤了!"可一张嘴还是随着红军战士喊出了"打土豪、分田地"的口号。他押着胖县长游街时,从街上百姓的目光中,看到了久违的尊重,他很想告诉他们:我就是被漆家三少扔下河的那个山虎,就是被这个狗县长冤了坐牢的山虎,俺现在翻身了,是赤卫队员了。

　　他在呼喊声中押着胖县长走过四街十二巷,但一点不觉得累,只是遗憾用端枪的姿势端了一天的梭镖。要有一杆枪多好,这一夜,山虎在梦里是举着一杆真正的毛瑟枪呼喊的。

六

山虎第一次有枪,是许队长要带山虎和大旺去金家寨侦察漆家大院民团情况时,给山虎配的撅把手枪。那时不叫侦察,叫摸底。

让山虎惊奇的是许队长也要去,他已经知道许队长就是师长的老婆,师长的老婆也要冒死打仗,这真是不一般的队伍。再说了,许队长有了身孕,她真不该去,许队长却说,这样敌人就更不会怀疑我们了。

许队长把一柄撅把短枪递给山虎时,说了一句:"这枪暂时给你防身,任务完成后要上交的,全队就两支这样的短枪。"

虽然这枪只能和自己短暂相拥,可摸着这沉甸甸的真家伙,山虎还是喜出望外。最让他心喜的是,他可以去漆家大院了,去那里就可以报仇了。他把枪用袖子反复擦拭着,仿佛收藏家擦拭一件心爱的宝贝。

许队长说,这次去漆家大院,廖山虎同志得去找辫子打探民团的兵力和武器配置情况。

一听说要找辫子,山虎一下就卡了壳,赌气道:"俺不找她,她没骨气,当了仇人的姨太太,她不要脸俺还要脸了,八辈子我也不见她。"

许队长有些恼:"山虎,你嫌弃辫子了?她也是苦命女人啊!"

山虎把头垂得更低了,平日里他就不敢看许队长的眼睛,何况许队长生气了。

许队长不知从哪儿得知了山虎"缩阳"之事,她竟然从湖北佬宋记药铺抓来一服药,让山虎泡酒喝。山虎认出那服药中有一味药叫肉苁蓉,是滋补男根用的,心知许队长已经知晓自己的秘密了,因而一遇见她就羞得抬不起头。许队长说,山虎同志受过枪伤,那药酒是给他治枪伤后遗症的。虽然她说得轻描淡写,但队里好几名受过枪伤的战士都没有这个待遇,于是有人暗地里嘀咕说许队长偏心。战士们有些纳闷:许队长从没偏心过谁,这次为啥要偏心那个新战士呢?山虎只能苦笑,他知道许队长是为他好,他知道准是大旺那张没系裤腰带的嘴巴透出风了。一壶酒就这样放在山虎的床头,他每次喝它,眼眶里就起了雾,眼仁就红了起来,脸更通红。大旺就说:"你狗熊真没出息,一杯酒就醉了。"

山虎低着头不说话,摆弄着那支枪。

许队长神情严肃起来:"廖山虎同志,我们这是在干革命,不是扯白说笑,这是光荣任务,组织上信任你才批准你去的,你还不乐意,你要是不愿去,你把枪放下,我另找人。"

"光荣任务""组织上信任",这几句山虎从没有听过的话,说得山虎满脸涨红起来,他不由得把脊梁骨挺了挺。再说,枪还没焐热又要交了,山虎不甘心。

"好!队长,我跟你去摸底!"山虎直起身来。

许队长望着比自己小十多岁的山虎,原本严肃的脸涌上了笑意,她笑他的憨厚,他的执拗。

一阵风吹来,许队长收住笑,捋了一下头发:"山虎同志,走,我教你练枪去!"

许队长是在县衙后院里教会山虎用枪的。

山虎在许队长的催促下,打响了生平第一枪。当瞄准院墙上那个破瓦罐时,山虎眼里的破瓦罐竟然变成了漆龙的头。他用力一扣扳机,"啪"的枪响声如炒豆般传出。山虎沉醉在枪声里,他嗅到一股硝烟的味道。哎!打枪就这么简单,就跟自己放了一个响屁一样。山虎笑了,可他睁开眼看去,却见院墙上的瓦罐晃了晃,没有碎,漆家三少嘲笑的面孔还在那里挤眉弄眼。

山虎懊恼了,恳求队长:"再给我搂一枪吧!"

许队长笑盈盈地说:"第一次打这样,不错了,等你从敌人那里缴到子弹,我会给你打个够,今天你就练瞄准吧!"

有了一杆枪插在腰间,山虎就有点迈不好步的感觉,他迈着醉步走到那个瓦罐前,猛地抽出枪来,嘴里喊了一声"啪",就用枪头把瓦罐顶下墙头,摔破了。他心里一阵舒坦,如三伏吃了井水里冰过的西瓜似的。

"老子有枪了,漆龙你小子等着吧!"他冲着蓝天白云大喊一声。

许队长轻轻地摇摇头:"这个毛头青杆子,还得好好锻炼哦!"

山虎兀自大笑起来,笑着笑着,竟流下了眼泪。他又想起他爹、他娘、他舅,他心爱的辫子了。

第二天,阳光很亮。山虎等三人推着两架鸡公车去了漆家大院。

鸡公车上驮着杂粮,许队长斜坐在鸡公车上,她打扮成一个回娘家的媳妇,粑粑头的发髻上插着一朵白兰花,颤颤巍巍地洒着一路清香。一路上,为了打破路途的寂寞,也是为了让第一次执行任务的两名战士不紧张,她轻声哼起了《劝郎当兵》,刚唱完一段,忽觉不妥就收了声:这可是去狼穴啊,怎能轻率地唱红歌呢?她意识到自己犯了错误。

许队长清清嗓子:"你们不是想知道我的身世吗?我现在就说给你们听听吧!"

在弯弯的山路上,山虎知道了许队长的身世。许队长出身于河南固始的大户人家,十六岁从南京女子学校刚毕业,家里就让她回家成亲。她抗婚未回,家里就断了她的接济。她只身赴上海求学,认识了大她五岁的丈夫。在她怀孕七个月时,丈夫被当成工人领袖遭到反动政府逮捕杀了头。就在她极度悲伤时,她早产的女儿出生不到两个月就夭折了。从此,她就沿着丈夫的足迹,参加了革命,后来认识了现在的周大个子,就是他们的师长,并且将有自己的小宝贝,说到这她摸了摸已隆起的腹部,脸上流露出三月的暖阳。

山虎听到这时,把鸡公车停了下来,问道:"许队长,你后悔过吗?你这样做值吗?"

许队长从鸡公车上直起腰来,用明澈的目光望着山虎,笑笑:"有什么不值的?革命总得有人去牺牲呀……要说后悔,也有,就是没有照顾好我女儿,那时她才两个月,我要是把她抚养到两三岁,她就不会夭折了……"说着说着,许队长声音哽咽,背过脸以手掩面抽泣起来,双肩抽耸着。

山虎和大旺面面相觑,不知如何是好。在他们的眼里,许队长是刚毅的,是不会哭的女人。

山虎蒙了一下,他认为自己把队长问哭了,是犯了大错误,赶忙走到河边搓把毛巾,拧干后递给许队长,小心地说:"许大姐,别难过了,擦擦脸吧!"

许队长接过毛巾盖住脸,好一会儿才擦了一把脸,转头微笑对他俩说:"没事了,不早了,俺们快赶路吧!"

山道上,鸡公车的吱吱呀呀声又有节奏地响了起来。

过寨门,他们仨被民团的兵丁搜了身,还让大旺和山虎摊开手掌,看看掌上有没有枪茧子。山虎和大旺手掌、食指头上都没有枪茧,他们哪里能有茧子呀?那是玩枪玩出来的,山虎才玩了一天的枪呢。

山虎越发敬佩起许队长,她太料事如神了,未进寨门时,他们仨在寨门外五里亭喝茶,许队长向行人打听到寨门盘查得很紧,就决定把枪藏起来,净身进寨子摸底。

"没有枪怎么行呢?万一有个闪失,怎么办?"山虎不同意不带枪。

"现在情况紧,敌人查得严,被查出来,任务就不能完成,人还有危险。不带枪,心里有枪,心里有任务,就不怕什么万一了!"许队长说完就让他俩把枪藏到土地庙神像的香台下。

这会儿,山虎想来有些后怕,如果带了枪,他们仨这第一关就闯不过去了。

没有枪,山虎还是觉得不适,仿佛自己的腰子被别人挖去了,腰间空荡荡的。

他们任把杂粮推进了王记粮行,王老板就和许队长上了小阁楼,让大旺和山虎守在楼梯口,山虎知道这位微微发胖的王老板是赤卫队的眼线。

半晌,王老板下了楼,满面微笑地说:"你们当家的,让你俩上去叙话!"

小阁楼没放什么东西,只有一个桌子和一张床,从桌子上落满的灰尘来看,已经很久没有住人了,阁楼充满了一股霉味。

许队长示意他俩坐在床上。

她站着说:"大致情况我们已经摸清楚了,只是前晚漆老太爷从武汉给漆龙运来一船枪支,还不太清楚,听说还有几挺机枪,所以,廖山虎同志,你还得出马,现在你就去找辫子姑娘,让她打探打探。"她看着山虎。

"可……可……她能行吗?"山虎还是有点为难。

许队长把阁楼的窗子推开:"你过来看,这个后院对面那个小楼,就是辫子姑娘住的,漆家三少专门为她布置的,听说她不愿意住在大院里。漆家三少这几天忙防务,一般只是晚上来住一下,白天只有辫子一个人和一位做饭的老妈子,现在就是一个机会,你从这窗子下去,我和大旺策应。"许队长用手指了指窗外小院对面的阁楼。

山虎顺着许队长手指的方向看去,只见那后院有一棵蜡梅树和一棵银杏树,银杏树高大,枝叶茂盛,挂了满树青果,对面是个二层楼,窗棂半启,门楣紧闭,石级上生有青苔,院子里落满了树叶,看来辫子很少来这院子。面对近在咫尺的亲人,山虎想见又怕见。想见是想看看她过得如何,想见是想问问她为何要嫁给仇人;不想见是她已经是仇人的姨太太了,再者自己是个废人了。山虎陷入了矛盾。

山虎正犹豫不决时,他听到那个院子的阁楼里传来王老板和辫子的说话声,真真切切是辫子那好听的声音,好像王老板送什么东西给她,她表示感谢之类的客套话。山虎知道王老板到那边是摸底去了。

听到辫子的声音,山虎心口猛跳,他想起和辫子在一起的美好时光。不一会儿,王老板满头大汗地上了阁楼,对许队长说:"我刚才过去看了,就她一人在家,现在正是时候,我看现在过去最好。还有啊,我把你要的药给你买来了……肉苁蓉。"说完递给许队长一袋药包。

许队长把药包塞进怀里,看看山虎:"快,你从那个银杏树下去,记住,我扔瓦片,你要立刻回来,知道吗?这是危险警报,你可不敢恋战!"许队长催促着。

山虎没有回答,就跳出窗外,爬上了银杏树,猴子一样灵活。

"你俩速到街两头察看,见到漆家人过来,立刻报告!"许队长转脸向王老板和大旺说。当她再次转身看向窗外时,看见对面的墙上有一只壁虎在慢慢爬着,自己的腹部也隐隐地有了胎动,她不知是吉是凶。

七

山虎觉得那天的阳光分外炫眼。

他踅到院墙下,面对朱色闺楼院门,抬起手来几次都没有敲下去,仿佛那门是块烧红的铁板,手指碰上去就会被灼烧似的。他真的没有这个勇气,便回头求救似的看向许队长,那目光就跟求助的孩子一样。许队长向他示意着敲门的动作,他点头回应,可手指总是落不下去。

许队长低喊一声:"你个孬熊!"

山虎心被钝击了一下,转过身来,背靠着门,闭上眼睛,用脚后跟狠狠地向院门磕去。

"谁呀?"门在身后吱一声打开,山虎一下就蹲了下来,他不敢回头望去,他知道辫子就在他身后。

辫子一见门外的背影就知是山虎,她一下子紧张起来,腹中突然涌上一股酸水直顶喉咙。她赶紧用手抚着自己隆起的腹部,悲怆地低泣:"你……你……你这个冤家,你这个炮冲的,你来干什么?你来腌臜我呀?"说完脚腿一软就瘫在门内。

山虎不知所措,他起身想推门进去。

辫子如被野蜂蜇了一下,惊恐地叫道:"你别进来!你进来,我就一头撞死在你面前!"

山虎不敢动,就蹲在门外九月的烈日下,满脸的汗水和眼泪,一齐滴在青砖上。

山虎仿佛一块石雕被嵌在那石级上,一动不动,空气中流动着辫子的抽泣声,如一块瓷片尖锐地划过另一块瓷片。

许队长焦急地站在对面阁楼的窗子边眺望着他俩,心里既焦急又伤感,不知那一对人儿该如何收场。半晌,她忽然看到朱红色大门里伸出一只白皙如藕的胳膊把山虎拽了进去,还听到一句:"你个狗熊样,晒不死你呀!"许队长悬着的心一下放了下来。

小院芭蕉叶在微风下摇动,梅树上几只蝴蝶在上下翻飞,青果在烈日下渐渐成熟,那天下午的小院静谧而安详。

那天下午,山虎和辫子在房里说了什么,一直是个谜,因为事件亲历者有好几种说法。

第一种说法是大旺爷说的。

据大旺爷说,山虎一进房间就蒙了,他第一眼看到辫子,已经不太认识了。辫子身体发胖不说了,就连好看的五官也放大了一号,嘴唇上有了茸茸的毛,脸颊上有了釉斑,眼睛也没了水灵灵的光,像蒙上了一层阴云。她隆起的腹部显示出:她已经是有了身孕的女人。

辫子告诉山虎,她已经怀上漆龙的娃了,她想等生了孩子,就去金刚台找山虎,哪怕做个山匪的妻子也愿意。辫子又说:"俺身子脏了,俺知道已经配不上你了,我只愿伺候你一辈子,给你当丫头用人都行!"

山虎告诉辫子:"俺现在不是干山匪,俺是赤卫队的人了,俺一定会杀了狗日的漆家三少爷!"

"你杀不了他,他有人有枪,前个晚上老畜生又派人运来了三挺机枪、两门小钢炮,小畜生说有了这些谁也打不进漆家大院的。"辫子哀怨且失望地说。

"我也有枪!"山虎说着下意识地去摸腰间,手触处空空无物,他这才想起枪留在寨门外的土地庙里了。没掏出枪,山虎像撒谎被戳穿的孩子,低着头,用脚尖在砖上画起什么。

辫子看了他一眼,见他没掏出枪来,目光暗淡下来。

"你还能娶我吗?"辫子问。

山虎原想回答,愿意娶她为妻,但转念一想,自己已经不再是男人了,就低下头,怯懦地喃喃:"俺俩夫妻缘分已尽了,你也不要多想了。"

辫子又是一阵痛哭。

"我知道,山虎你要做个男人,我不怨你,这是命,我早就认了。"

这句话如刀一样捅在山虎的心窝上,他狠狠地抽了自己一个耳光,骂道:"我是他娘的什么男人,我是二胰子了!"

辫子一把抓住他抽打自己的手:"山虎哥,命俺是认了,你要杀了那狗日的漆家人,只有杀了漆家三少,你才能在金家寨当回男人,才能大马金刀地活人,你不杀他,我死也不会瞑目啊!"

山虎望着辫子通红的泪眼,点了点头。

然后,俩人抱头痛哭起来。他俩在哭诉中忘了时间,更忘了自身的安全,就连许队长两次扔在院里的瓦片声响,他俩也没有听见。

第二种说法是漆家伺候辫子的老妈子说的。

那个曾做过漆家女佣的老人说,那天,山虎一进房间就盯着辫子看,后来眼神就落在她鼓起的小腹上,不动了。

辫子腆着肚子,将双手护在小腹上,凄凉地看着山虎。

山虎眼睛慢慢就红了,突然哑着嗓子喊:"我要杀了狗日的漆家三少!我要杀了狗日的漆家三少!"

辫子被吓得后退了几步,惶惶地看着山虎:"山虎,别、别叫嚷啊!求你了,你就放过他吧!"

山虎的眼睛更红了,闷声吼:"为啥?为啥要放过他?"

辫子垂下头:"我……我已经有他的孩子了,我不想让孩子生下来没有爹……你就饶过他吧!"

山虎愣住了,既而笑起来,那声音就像飞过一只怪鸟。

……

这些说法就跟吴子轩在去往省城告状的山道上坠入悬崖一样众说纷纭,有人说他是失足而亡,有人说他是伤心跳崖自杀,也有人说那是漆龙派人做的手脚,这些说法哪个真实呢?这些是一个个永远揭不开谜底的谜,留在金家寨的野史里。

无论哪种说法,后来发生的事情是一样的:

当漆龙走进房间时,山虎知道一切都来不及了。

"你是谁?"漆龙见到一个陌生男子和自己女人在一起时,嗅觉使他意识到危险,他迅速地掏出那支大镜面的双响驳壳枪来指着山虎。

辫子赶忙把山虎拉到自己身后,紧张无措:"他……他……他是……"

"哈哈哈……他不就是你那个当了土匪的旧情人吗？娘的，你是阳间有路你不走，阴间无路你偏进来，你这是来找死呀！"漆龙把枪指向山虎，打开了枪的保险。

山虎从辫子身后挤过来："老子就是山虎，今天来是要你狗命的！"说着奋不顾身地冲过去。

"啪！"

一声枪响，漆龙开枪了，但这一枪没有打中山虎，那不是因为漆龙枪法不准，而是许队长冲进来用杠子打在漆龙手臂上，漆龙这一枪就走偏了，走偏了的这一枪偏偏打中了辫子，但那时，他们谁也没有察觉到。

"快跑！"

"快撤！"

"快！"

不知是队长，还是辫子，抑或是大旺的喊声，山虎分辨不清，更记不清了。他在慌乱中夺了漆龙的枪，和队长、大旺一起朝大门跑去。

耳边风声起，山虎听见漆龙在痛呼："血！血啊！快来人呀，少奶奶中枪流血了！"他脚步滞了滞，又被大旺拉得飞跑起来。

一阵疾风卷过尖厉的枪声，许队长、大旺和山虎跑到土地庙时，漆龙领的民团队伍已经追了过来。

许队长取出枪，伏在土地庙后瞄准民团开了两枪，转脸对大旺、山虎喊："你们快跑，速回城汇报！我跳窗时崴了脚，走不了了，如果我明天没有回去，你们一定要来这里找枪，枪我会扔到那口井里,知道不？枪是我们队伍的命根子,不能丢!"

"队长,我们架你走啊!"山虎说。

"混账话,你们那是猪脑子啊,你们快走!"许队长骂出了生平唯一的一句粗话。

山虎听得一愣,他想许队长真是生气了。

许队长快速从怀里掏出老王给的药饵:"山虎,这药是给你的。"

山虎接过药,一时不知所措。

许队长抬起头,又喊了一声:"快向竹林里跑！你们快回去向周大个子汇报情报！这是命令!"

山虎和大旺望望许队长,只得跑向竹林,身后枪声大作,民团在漆龙的喊叫声中冲了上来。

第二天一大早,许队长的头颅就被装在木笼里,挂在寨门口示众了。

第三天黑夜,山虎下到土地庙的水井里,流着泪把那支撅把枪摸了上来。在皎洁的月光下,他跪了下来,向寨门口方向磕了三个响头。

"许队长,大姐呀！俺枉为男人,让你一个女人给我们拼了命呀,俺对不起你!"山虎心里在流血。

月上树梢,山虎终于站起身,把枪别在腰上,然后快步向一队灰衣人追去。他知道:今晚红军和赤卫队要攻打漆家大院,漆家三少的末日到了。

八

选择许队长牺牲的第三天半夜三更攻打漆家大院,周师长他们考虑的是,漆家这天为辫子以及五个民团士兵的出殡忙了一天,应该疏于警惕了。事实证明,他们选对了日子。

漆龙把辫子葬在漆家坟山上,把五个战死的民团兵丁埋在东岗。回来后,漆家三少沮丧地吃着闷酒,他为辫子的死,也为自从"闹红"以来好日子离自己渐行渐远。前些日子他把家眷和老爷用船送到武汉二哥那里去了,但这里的田地、商铺用船拉不走。他爹上船时流着混浊的眼泪说:"你要是我的儿,就一定要守住这份家业,不能让那群穷鬼分了土地,抢了家产,你要枪给枪,要钱给钱,一定要把那伙'红毛贼'、穷鬼给我杀光杀尽!"

漆家三少爷挽着他爹的手臂:"爹呀,你放心吧,有我漆龙在,料他'红匪'几杆破枪也奈何不了什么。"

此时,漆家三少爷没有了往日的自信了。三天前,一个女"红匪"单枪就干掉了民团五条汉子,如若大队"红匪"开来,那还了得?就说那个女"红匪"吧,抓到她时,她竟然坐在坟头上一手散开发髻,一手捺着腹部的伤口,不让肠子流出来,脸上竟然没有半点痛苦,只是用余光蔑视地看了他一眼。他从那目光中感到刻骨的寒意,恍若深秋的风。还有那个山虎,对着枪口拼死地冲上来抢枪的劲头,也让他感到畏惧。一个人连死都不怕,你还跟他怎么斗呢?他妈的有枪的还斗不过没枪的,出了鬼了。漆家三少想自己是否该撤出漆家大院,也到武汉或天津去避避?他清楚自己杀了女"红匪","红匪"一定会来和他算账的,还听说这女"匪"竟是师长的太太,师长太太还怀着身孕来玩命,这是一群什么样的人,什么样的队伍?他莫名地感到畏惧。

漆家三少爷迈着醉步出了漆家大院,身后是喝丧酒猜拳吆喝的醉汉们。他向辫子住的院子走去,想去那里好好睡上一觉,天亮后再做打算,是走还是留。夜色浓酽,他跟在一个拎灯笼的马弁身后,如赶尸人。

攻下漆家大院没有人们想象的那么难,大部分民团兵丁吃丧酒喝醉了,少部分也被一下战死五个汉子的死亡阴影吓破了胆,所以,当山虎他们把岗哨摸下来,冲入漆家大院没有放一枪,民团兵丁就作鸟兽散了。

只是,没有抓到漆龙,山虎很是着急,他审问过那些民团兵丁,惊恐的兵丁们摇着头说:"不知道,打死我们也不敢编瞎话。"

山虎和大旺就一间房一间房地搜,恨不得把老鼠洞都掏一下,看看漆龙会不会躲到那里去了。

"狗日的,漆家狗肯定跑路了!"大旺叹了一口气。

"辫子的仇,队长的仇,先生的仇,还有俺舅俺爹的仇,一定要报,他龟孙子就跑到天边,俺也要把他捉回来杀了!"山虎一拳砸在条案上,案上一面镜子震落在地上,碎成几片。望着碎镜子,山虎想到了辫子,想到辫子时,忽然把大腿一拍:"龟孙子,我知道他躲在哪里了,大旺赶紧和我一起逮狗去!"

漆家三少沉睡在醉梦里,他梦到自己站在金家寨最高处的金刚台山巅,对着脚下万物和人群高喊:"我就是这里的爷,这里一切都是我姓漆的!"

就在他高高在上训话时,从人群里走出一个汉子,他是山虎。山虎大叫:"凭什么都归你?你耕过田、耙过地吗?"

"凭着老子有的是钱,凭着老子有的是枪。"梦里的漆龙把那支驳壳枪晃了晃,开了一枪,山虎便应声倒了下去。但一转脸,山虎又没事似的站了起来。梦中的漆龙就不断地开枪,山虎倒下又站起……

"啪。"漆家三少在枪声中惊醒,他开始还认为是自己在梦里开的枪,等他爬起身看到漆家大院方向灯火通明时才清醒过来:"不得了,'闹红'了!"他赤脚向门外跑去。

在院门口,山虎、大旺堵着了漆家三少的去路。

漆家三少酒已清醒,他转头向屋里跑去,甩手向山虎他们打了一枪。山虎很着急,下意识地把许队长的那柄撇把枪扣了一下,没响,枪里早没有子弹。

"狗日的,我看你能跑到哪里去!"

山虎和大旺拎着梭镖和那杆没有子弹的枪在后面追着。

大旺一边追,一边高声喊:"抓漆龙啊!抓漆家三少啊——"

他这一喊,街上百姓拥出家门,举着火把加入了追赶的队伍,一串串的火把把漆家大院照得亮如白昼。

漆龙跑到哪,都有人在截在追,他最后跑到漆家酒窖内,那里除了酒坛子之外,就没有第二条路可走了。他枪里的子弹也已经打尽。

大旺的手臂和山虎的脚上都受了枪伤,他俩如两只狮子一样慢慢逼近漆龙。山虎手里一直拎着那支没有子弹的撇把子枪,大旺把梭镖抵在了漆龙的喉头上,身后愤怒的百姓围拢了过来。

"狗日的,老子今天有枪了,老子今天就杀了你!"喘着粗气的山虎用枪抵上了漆家三少的额头。

漆家三少颤了颤,绷直身子:"你杀我,就是为了辫子?"

山虎愣了愣,没说话。

漆家三少短促一笑,白净的脸上露出戾气:"你杀了我也没用,辫子直到死,也是我的女人!我就喜欢辫子,我就要定了辫子,在金家寨,我想要的就是我的!"

"只要我们有了枪,你那就是痴心妄想!"山虎脸一沉,"不信,你瞧瞧乡亲们肯不肯答应!"

漆家三少抬头看向越聚越多的百姓,身子慢慢地矮了下去。

山虎用枪抵着漆龙的脑袋,回过头朝愤怒的百姓喊:"各位乡亲,你们说他是不是做千秋大梦?"

"他就是做梦,杀了他!杀了他!"

山虎的脸铁青,回望漆龙:"听到了吗?老子要杀了你!"说着一双豹眼能喷出火来,嘴里大喊了一声"啪",猛地扣下了手里的扳机。

漆家三少爷死了,他临死前含义不明地喃喃了句:"辫子。"

漆家三少爷死了,只是他身上没有一个弹孔,他是被吓死的,胆吓破了,自然没有命了。

山虎用脚踢踢三少爷尸体,发现漆龙裆下汪着一地热尿。"他也不是爷!"山虎说。

山虎和百姓们在酒窖里喝起酒,他喝了一碗又一碗漆家土烧,直到醉去也记不得喝了多少碗。大旺就说:"你个狗熊,原来能喝酒!"

黎明,太阳升上来了,金家寨一片灿烂。

山虎被尿胀醒,他起来撒尿时,惊喜地发现自己胯下那杆枪直挺挺地竖了起来。

"老子有枪了,老子有弹了,老子这是还阳了!"山虎兴奋得举着那杆撅把枪,跳着舞着跑向大街,然后加入喧闹的人群里。

从此,山虎就汇进了一条红色的河流。

多年以后,爷说:缩阳是漆家给治的罪,还阳是红军给疗的伤。

爷说:男人有了枪才有尊严,没枪就是尿人一个。

爷还说:男人的心里也得有杆枪。

一 枪 毙 命

一

伍皂要去城里。

他一起这念头就坐不住了,仿佛念头是一窝蜜蜂,爬过他的心尖尖,那个痒,蜇了他额头,那个疼,使他一刻也不愿待在宋庄县开发区办公室里,这时的办公室就如装有一颗待爆的炸弹,他得迅速撤离。

他收拾收拾该带的东西后,就向侄儿交代了几句,让侄儿在厂里钉着生产经营别出什么事儿,立马启动自己的奔驰车,一溜烟地向南马市的高速公路奔去。他侄子望着穿着一身半旧不新的迷彩服、戴着红五星迷彩帽的叔叔开走了车,有点不解,进城去怎么也得穿上西服或中式立领外套、唐装什么的,这才符合身价几千万元公司董事长的身份,穿这一身迷彩去城里,怎么看怎么别扭。叔,真是个怪人。

其实,他去城里也没有大事,只是看看几个老战友,顺便看看儿子伍神,如果说还有啥事,那就是到一丈青卤肉馆喝一场有感觉的酒。

伍皂工厂里的事也只能和侄儿交代了,老伴去世了,儿子又不愿意回来接他的这个机械设备制造厂。

伍神在城里生意做得大,听说开了个信贷公司,还有娱乐城和酒店什么的,在赤峰还入股了一个什么矿,谁知道他会折腾出什么大名堂呢。但伍皂对儿子的生意看不上眼,他认为要"实业救国",孙中山不都这样说过吗?每每说这话题,儿子总会不屑地回敬他:"你那是老皇历了,现在是新经济时代了。"潜台词是老爸落伍了,被时代淘汰了。伍皂一想到这就有点不服气,他把油门重重地踩下去,车速一下就升到了一百二。他喜欢飙车,虽然已是五十有六的人了,但还是喜欢有刺激的生活,春天时他还在仙寓山景点跳过蹦极呢。想到这他暗笑了下,是呀,自己一辈子如一条披荆斩棘的船,从来都没有被社会发展搁浅过,当人们还哼唱《血染的风采》时,自己光荣地参了军,穿上了绿军装;当人们就业难时,自己退伍被分到江南机械厂,当上了穿瓦蓝色工装的工人;当大多数人都下岗时,自己凭着当供销科长赚的钱和销售网,毅然借钱买下两个车间,自立山头,当了总经理。五年不到,这厂为自己赚得宋庄县首富头衔,自己还当上了县政协副主席,虽是挂名的,但在宋庄县"两会"也是端坐在主席台的领导,也是要在县广播电视、报纸上露脸提名的。这一路走过来,如果有遗憾,就是老伴走早了。

看到前方限速八十的标识,伍皂把脚抬抬,松油门,速度自然就降下来。他按开车窗,点了根烟,抽了起来。此时是江南深秋,路肩下的那些农田,稻子收完了,稻秸秆没敢烧,一垛一垛地垒在那里,如坟包。那叶子落干净的杨树上不时有着一蓬黑色的鸟巢,仿佛树枝大手捧着黑色的碗,在向天空乞讨着什么。他把目光收回来,吸了一口烟,又把大半截烟头扔出窗外,他思忖起自己还有什么遗憾,仿佛,没有什么了。在同学之间,自己是职位最高的;在战友之中,自己是最有钱的。这是有目共睹的事。但确实一直有一个遗憾在那里,到底是什么他也不知道。这个念头时时缠绕着自己,仿佛梦里找厕所,总是有女人在,自己四处找没有女人的厕所,找到惊醒时也找不到,只是下半身是铁胀胀的。

那个遗憾是什么呢?越是想不起来,越是要想,鬼迷心窍一样。狗日的,想它干吗?他常常骂自己。这像是个魔咒,不是自己能骂跑的,那魔咒常常在他耳边念着,听得真真切切的,不是女人的声音,好像是个中年男人的声音,如耳鸣一样折磨着他,让他失眠,让他左手的中指抽搐,到几个医院去找医生看,也没有什么结果,真是邪门了。

伍皂正沉浸在思考中时,车载电话响了。他的电话铃声设置的是部队的起床号声,一听到这声音,精神就会为之一振,仿佛又回到军营。

"老大,你在哪里混来?"一个有点沙哑的嗓音传来。

伍皂知道这是幌子打来的,就打趣地回道:"在给你找对象来,寻到一个俄罗斯娘儿们,美得很!你可要?"幌子和自己一样没老婆了,不过他老婆不是病逝的,是跟人跑了。

"谢谢老大,你先留着自己用吧!俺家伙短。"

"你不是神枪手吗?使 56 冲锋枪的吗!"伍皂喜欢和幌子说笑。

"端56冲锋枪的是张武,张局。你是给俄罗斯娘们玩失忆了吧?"幌子的声音仿佛从门轴里挤出来的,哑且尖。

伍皂拍了一下脑袋,是自己记忆短路了。对呀,冲锋枪是张武用的。

"说正事,找我有什么事,新兵蛋子?"他不想让幌子知道自己健忘了,得了健忘,离老年痴呆也就不远了。当兵的退下,在战友中有个不成文的习惯,就是不服老,不服输。

"是这样,今年我想做下庄主,请大家聚一下。老日子,十二月二十,退伍日,几个战友兄弟到一丈青卤肉馆聚聚,你一定得来呀!"幌子说这话时,伍皂分明看到幌子那张满脸盛开菊瓣的脸。他本想说,你那点退休金请什么客呀,算了吧,还是我来操办吧!转念一想,不能这样说,别伤了幌子的自尊,从部队转业时他可是副连,自己只是排长。

"可以,菜算你的,酒我来带吧!我带二十年的老刀烧。"伍皂爽朗之声传出窗外。

"好的,谁让你开了个酒厂呢!那就这样吧,我这就来通知张武还有其他战友了。"幌子高兴时那副踩到电门的样子,伍皂可以想象到。

"好!我不耽误你陪俄罗斯娘儿们。挂了,哈哈……"幌子说完就挂了电话,电话嗡嗡嗡地叫起来。

这狗日的还当真了,俄罗斯娘儿们在俄罗斯呢。伍皂笑了笑,猛然想起竟忘了告诉幌子自己正在去南马市的路上呢。伍皂就拍打一下大腿,好像大腿是负责记忆的。

一年一度的战友聚会已经搞了十多年了,一直都是热心的幌子张罗。开始大伙出份子,伍皂发达后,就全由伍皂承包出资了,但他不让幌子说,他总是说这是张武请大家的,张武也不解释,大伙也明白这个理,张武是战友中混得最好的,官至正县级,是南马市公安局的常务副局长。大伙海吃海喝也不问谁出的钱。

他们常去的酒店是一丈青卤肉馆,没老板,只有老板娘,绰号一丈青。关于这绰号是怎么来的,幌子也说不清。

一丈青比伍皂他们也小不了几岁,也该有五十好几了,伍皂没问过,这店是幌子介绍的,他和她熟,几次在店里吃喝,一来二去伍皂和一丈青也熟了起来,但他从来没问过她的身世家庭。一丈青长得有姿色,她美在有一个好看的鼻子,高高的,雅典女神雕像的那种。伍皂认为鼻子高挺,面部立体感就出来了,人自然就美起来。

一丈青对他们聚会收费标准低,只收成本价,搞得伍皂有点不好意思了。"大妹子,我不差钱,你收这点还不够煤气费的,亏了咋整?"伍皂一般这时会大着舌头说。

"我愿意!赔完了我到你家吃去。"说这话时一丈青准是陪他们喝得有点高。对!只要伍皂他们战友聚会,一丈青准会自己拎着一瓶白酒,挨个敬酒。五桌六十多人,每人一杯,了得!卤肉馆收费低,还有既漂亮又能喝酒的老板娘,故此,年年聚会都在这里。也有好事战友说幌子张罗到这里,是故意照顾一丈青的生意,幌子对一丈青有点"图谋不轨"。其实,一丈青的生意十分兴旺,尤其是夏天她家的烧烤生意火,来就餐是要排队候座才行的。至于幌子有没有想法,幌子说:"怎么可能呢?刚跑了一只母老虎,又引来母夜叉,我不要命了?"其实,伍皂知道幌子没说真话,他能说真话就不叫幌子了。就是幌子有那个意思,一丈青好像也不待见幌子,幌子也属于剃头挑子一头热。

想到一丈青,伍皂又重重踩了油门,奔驰车如野狗被砸了一砖头似的向前急蹿出去。

二

到了南马市,伍皂在离广泰小区很近的金陵人家酒店住下来。伍神家就在广泰小区里的别墅群里,伍皂不愿住在儿子家,他闹不清自己这是为什么,反正不愿去。仔细琢磨,是那家缺少人气,四千多平的别墅,只有一个厨师和一个保姆在那里住。伍神的妻子得了精神病,常年住在医院里,孙女茵茵被她外婆接到泗水县老家去了,伍神也很少回去住,究竟住哪,鬼知道。听说他外面养有几个女人,伍神的妻子患上精神病,好像也是这事惹出来的。伍皂也骂过伍神,就差动手揍他了,伍神只说改。"狗改不了吃屎。"伍皂在心底骂了一句。嘻!这儿大不由爹。

冲了澡,身上的疲倦和洗澡水一起流到了下水道,全身轻松得如被小乳狗舔过一般。

他给儿子伍神打电话,想告诉儿子自己来了,并想问下孙女茵茵的近况和儿媳妇的病情如何,电话嘟嘟地响竟没人接,就发微信留言自己来城里了。这狗日的,不知又到什么鬼地方厮混去了。

伍神在他心目中就是个混世魔王下凡,下凡的任务:一是来败伍家的财,二是来犯冲伍皂的。

伍神打小就是宋庄县街面上惹事的主儿,伍皂没少在他身上破财免灾。高中快毕业时,伍少爷带着小弟们和南马市一团伙约架,一仗打下来,双方竟轻重伤十多人,眼瞅着伍神就要进大牢,是幌子涎着脸找张武把他从局子里捞出来,按自己的个性打死也不会去找张武的。为什么?还不是因为在部队里的那个结没有解开吗?

记得那是个大雪纷飞、呵气成冰的傍晚。张武开着破警车吉普,把伍神从南马市拘留所押送到宋庄开发区伍皂的办公室门前。车一停,张武把车门一拉开,转身打开后座的车门,用手抓着伍神的长头发把他拎了下来,用警靴朝着伍神的后腚重重踢了一脚,指着雪地里的水塔说:"小子,你不是有闲劲打架吗?给老子绕着水塔跑一百圈,少一圈,老子不会轻饶你!"伍神一脸的恐惧,没有了平日里骄横的神态,双手端着铐子,低着头,伸着颈子,鸭子踩水一样就向雪地里跑去。

这一幕,伍皂和幌子以及自己的老伴看得真真的。

退伍回来后,伍皂一直没有联系过张武,张武也没找过伍皂。但今天他看到一身警服的张武,竟然什么气也没有了,仿佛一切没有发生过。后来他想,可能根本原因还是张武把自己的独子伍神从拘留所里捞了出来,自己对他有感激之情,谁让自己只有一个儿。伍皂搓着双手对张武说:"大武子,不,张连长,张……"

"叫张局!"幌子在一旁提醒。

"什么张局、局张的,都是战友,还是叫大武子好。怎么不请我进屋呀?大雪天的,不欢迎呀?"张武大着嗓子一说,过去的一切怨恨,因为救了伍神就冰释前嫌,灰飞烟灭了。

"大武子,俺们进屋喝茅台,十五年老酒。"伍皂兴奋地招呼着。

"喝什么茅台,烧包呀!我带来了老刀烧。"张武从车后备厢拎出了一箱老刀烧酒,随手又提了一蛇皮袋的东西塞到伍皂老伴的手里,是啥不知道,只见到两只羊腿伸出了袋子外面。

幌子不解:"这老刀烧酒厂不是倒闭十多年了,咋还有老刀烧呢?"

张武没理他,挽着伍皂就进了屋。进门时,伍皂老伴指了指在雪地里绕着水塔跑圈的儿子欲言又止,张武对她说:"嫂子放心,他跑不死,你别惯着他。"

"我没惯他,是怕他跑人了。"伍皂老伴言语了一声。

"他敢!"

伍皂看到那张熟悉的脸狰狞起来,牛眼里射出的寒光。没错,还是在部队连队里的神情。关于那一夜喝酒的场景,他只记得酒了,就是老刀烧的烈辣。他是不喝酒的人,在部队时教导员就要求他们,要当一个神枪手,就要戒酒!酒伤视力和中枢神经,所以,他不喝酒。但那天他破戒喝了,并喝得大醉,吐了半夜,睡了两天,休了一周才缓过气来。现在,伍皂一顿喝八两竟然没事的,照样办公谈合同。幌子说,他喝多少也有酒供应,因为他听张武的话把老刀烧酒厂恢复起来了,现在的老刀烧酒是这一千多万南马市民的酒中首选。

后来,幌子告诉他,那天酒宴上张武拍着胸说,他把伍神这浑小子送到部队去,放在这社会上就是匹害马,还会惹大事。这事还真兑现了,第二年冬季招兵,伍神去部队当兵了。

幌子还说张武酒量真大,喝了一斤半酒没醉。

老伴说那天张武走前叫来伍神还训了话,他指着快跑瘫了的伍神骂道:"狗日的,再犯事,老子替你爹毙了你这个兔崽子!"

当时伍神全身抖颤起来,不知是吓的还是冻的。

听老伴说这句话,伍皂不由得一哆嗦,因为张武真的开枪毙过人,还不是一个,两个!自己亲眼看到的。所以,伍皂一直感觉张武身上有股杀气。

这都是十多年前的事了。

说心里话,如果没有部队上那件事堵着心,伍皂还真愿意回到入伍的那个时光里。有时,自己暗骂自己小鸡肠子,人家张武对得起你了,孩子捞出来,送到部队去,在部队没待两年闹着回家,是张武找关系分到银监局,干了不到两年,又下海干公司,还是人家张武托的底,找人垫的五千万注册资本金。按老伴生前的话说,人家没话说了,摊你,你做不到人家的一半。也是,伍皂自认地叹口气。不过,自己对张武也不薄,每年过节给他上了不少贡,他孩子那辆奥迪,不也是自己送的结婚大礼吗?再者了,伍神不是认张武做干爹了吗?自己帮他养了个儿,伍神啥事只听他的,有时自己疑惑这儿是亲生的吗?不过,伍神认张武为干爹也好,这世上也只有他能降得住伍神,伍神在张武面前不是神,是小妖,是张武麾下的听话小妖。想到这,伍皂心里也就平衡了许多。

伍神给张武做干儿子,是张武儿子出车祸之后的事了。望着老泪纵横的张武,伍皂和战友们茫然失措,不知如何是好。就在这时,伍神扑通跪在张武夫妇的面前,哽咽地说:"二老别难过,我给你们当儿,我伺候你俩终老。爹、娘——"

伍皂对这突来的一幕措手不及,傻子一样望向他们。

张武妻子号啕地搂过伍神哭喊道:"我的儿呀!"

张武立起身来,冲着伍皂摆手:"使不得,使不得!"

伍皂啜嚅着不知所云。

伍神转身冲张武和伍皂:"你们不答应,我就不起来!"

"答应,答应!"

到现在伍皂也搞不清是自己还是张武说"答应"的,生米煮成熟饭了,就这样延续了下来,张武是伍神的干爹了。

只是,后面的一件事让伍皂觉得像吃了口苍蝇,伍神把张武的儿媳妇娶回了家。

你说你给张武当干儿子可以,不该把他的儿媳妇娶回来啊!不错,他儿媳妇长得确实漂亮,但已经有了身孕。伍皂和老伴都不同意,阻拦、发火,摔东西,捆伍神耳光,并且用断绝父子关系来要挟,可人家伍神是铁了心,油盐不进,在外面就把婚礼办了。伍皂也曾让张武劝伍神,张武只是喝酒,不吱声,目光望向窗外,喝了两瓶后轰然倒地醉过去,幌子和伍皂立马把他送到医院就诊。在病床上张武梦呓着,伍皂侧耳听到张武说:"狗日的,老子毙了你!"毙了谁呢?伍皂常想,可能与他枪毙过人有关,毕竟枪毙过人,心里会留下阴影。想当年,那次失误就救了自己,虽然当时损失了许多,提前退伍,狼狈而逃。不过,自己心里是平和的。张武立了功,提了干,但落了心悸做噩梦的毛病。曾经多次,张武喝高了会拉着伍皂和幌子的手唏嘘道:"我只有喝多酒才能睡着觉,不然天天梦到那两个死鬼。你们不知道,三十多年,天天噩梦缠人呀!"人呀人,谁能看到脑后事呢?

后来,老伴悄悄地告诉伍皂,说其实伍神早就和张武儿媳妇有一腿了。伍皂连忙骂道:"烂你的舌根吧!"骂是骂了,但这事成了个秤砣,重重地压在他心上。

……

就在伍皂坐在酒店里浮想联翩时,房门被敲响了。伍皂听到敲门声还有说话声,就知道儿子伍神来了,这小子怎么知道自己在这住呢?在疑惑中他拉开了门。

儿子瘦削的脸上有着笑意,只是他细长的眼睛里却没有,笑意不是应该从眼睛里流淌出来的吗?伍皂一直奇怪儿子的这个神情,好像参军之前他不是这样的,自从办公司后才有的,还有就是他在发火时眼睛里有火,面颊上却柔和得很。真是奇了怪了。

"来了!"

"来了。"

"怎么不提前告我一声?"

"也没啥事,打你电话也不接。你怎么知道我住这?"

"噢!这个店我盘下来了,总台打电话告诉我的,你不是总喜欢住这吗?他们都认识你了。"

在父子对话过程中,他俩分别完成了递烟、点火、落座,只不过点的烟不同,伍神抽的是很粗的雪茄,伍皂抽的是细烟卷。好像当下成功人士都不再抽那常规的烟卷了,这也算是一种时尚。

伍神看着他爹,有点发胖,个子好像在变矮,头发也在大面积地掉落,眼袋又沉重地下垂,仿佛塞着两只鸽子蛋。母亲一走,父亲真的老了。

"我说,你把厂子交给二哥他们干算了,你该四处玩玩,别累着,我们也不缺钱!"伍神原打算说这段老生常谈的话,想想别又惹得父亲不开心,便把到嘴边的话吞了回去。这个话题是他俩吵架的导火索,点燃不得。他只是看了父亲一眼,等父亲言语,并很快把目光挪到父亲那身半新的迷彩服上,心中不由得叹了口气。

伍皂此时目光停在墙上那幅劣质的油画上,是《蒙娜丽莎》。那个西洋娘儿们的神秘微笑在伍皂看来没什么神秘的。傻傻的,有什么呀,就成了上亿元的世界名画了?他吐了口烟,一句话也随烟散在房间的空间里:"小茵茵还住在她外婆家?还不让见?也该让她回宋庄去她奶奶墓上看看,她奶至死也没见过她。"说完又低头抽烟。

伍神接过话头答道:"那边还是不让看,没办法。冬至不行我回去上坟。"

"我就闹不清楚,你们怎么搞得这么僵!自己的女儿不让见,这是什么事儿!"伍皂原来想说这句话,一想无意义,就把话咽了回去,只从鼻孔里喷出两股烟,和一句鼻腔音"嗯"。

接下来,又陷入了一阵沉默,窗外暮色已在悄悄降临。

儿子和儿媳原先好得一个人似的,不知怎么回事,两人吵得似仇人一样,吵到最后,儿子不回家了,儿媳妇就得了精神病住进医院。孙女茵茵被接到外婆家去了,不让张家、伍家人看,并说,自己女儿被他们害了,孙女不能再被他们祸害了。这个结,伍皂看是一时半会儿解不开了。三岁的茵茵现在长什么样子,伍皂是想象不出来的。

"晚上你在哪里吃饭?是回家吃,还是在这店里?我让他们准备。"伍神站起身子,把烟蒂按在烟灰缸里,是要走了。

"茵茵娘现在怎么样?"伍皂还是忍不住问了句。

伍神回过头盯了一眼伍皂:"没好转,还在三院住着呢!"说完折身要出门。

伍皂没起身,摆摆手:"吃饭的事你别管了,我可能和你干爹在一起。你要多到医院去看她。"

"知道了。噢,干爹他现在忙得很,他分管'扫黑除恶',忙得四脚不落地的,可能没有时间陪你吧。"伍神转过头对他说。

"好吧,你忙你的去吧,别管我,我住两天就回。"伍皂朝伍神挥了挥手。

伍神应了声,出了门,却又折了回来,从包里掏出两条烟,塞到伍皂手里:"特级荷花。"伍皂连说"烟我有,烟我有",最后还是接了下来。这时,他看到儿子的眼睛流露出来的是笑意,脸上浮出的也是笑意。

敢情他会笑。望着儿子瘦削的背影,伍皂心里嘀咕道。

当伍神进了电梯后,伍皂折回屋时才想起来,那罐臭霉豆子没送给他。伍神打小就好这口,过去只认他娘做的,现在只有他二婶做的他才动筷子。对于自己的健忘,伍皂很懊恼,看来确实不中用了。

这时伍神的电话来了:"爸,我给你买了一个东西,稀罕物,这两天送给你。"

"什么稀罕物?别整什么小狗小猫的,我不要,没工夫伺候!"他回了儿子一句,潜台词是:我什么都有。

"你见了一定喜欢!"伍神说完挂了机。

啥稀罕物我没见过?伍皂不愿想下去,一想就犯头疼。这老毛病就是在部队发生那件事时落下的,记得那件事发生后,自己有一年多都是偏头痛。不去想了,伍皂站起身来,望向窗外。他想自己明天该去医院看看儿媳妇,但去了又能说什么呢?每次去,她都是不见。嘻!造孽!伍皂重重地叹了一口气。

此时,已华灯初上,他按下了张武的电话。

三

张武果真在忙"扫黑除恶"。"我可能陪不了你,太忙!"张武压着声音说,大概在开会。伍皂说了句"你忙吧",就挂了电话。

伍皂只得约幌子到一丈青卤肉店来喝一杯。幌子在电话里说了句粗口:"你这叫结婚不是结婚,叫敲人!都晚上六点了,我刚吃着呢!"

伍皂尊称幌子一声"柯文书"后,说自己也是刚到,这不是要在一起商量一下请战友们吃饭的事嘛,最后补了句:"你不是想见一丈青吗?"听这一说,幌子语言上不情愿,行动上已经践行了:"好吧,好吧!等着我,马上打车过来,新兵蛋子事多。"

新兵蛋子,在部队里是指比自己晚一点入伍的兵,哪怕早一天都可以这么叫新来的。伍皂他仨是一天入伍的,还拜过把子,结了兄弟,但是他们之间一打趣就相互这么叫。

幌子的大名叫柯胜利,"幌子"是他们给他起的绰号。"幌子"在南马市指扯谎的人,不是酒店招牌。

柯胜利是那年去部队的南马市二百人里,文章写得最好、口才最溜的人。送新兵仪式上,他代表新兵上台发言才思泉涌,一席话下来铿铿地不打绊儿。带兵的何团长事后问他:"这演讲稿是你写的吗?""是呀!只是没呈您审阅,首长您的动员讲话有高度、有深度、有感染力!"柯胜利很诚恳的样子。那时他已经知道要和带兵团长处好,刘团长也是从那时起把他记在心上了,入伍后,就把幌子调到团部当文书了。如果不出意外,幌子不写那个虚假报道,保不齐退伍转业也能当个科长吃上公家饭,就不会分到化纤厂企业当维修工。最倒霉的是,这厂子后来倒了,幌子成了下岗职工,再后来他老婆带着孩子走了。好在现在落实退伍军人待遇,有了个不错的保障,不然,幌子日子一直凄惶的。

幌子写失实报道,也是为了帮伍皂,当然和张武也有关系。

在南马市体检前,他仨并不认识,张武是泗汴县的,幌子是南马市区的,伍皂是宋庄的,本来他们不会尿到一起去,是体检睡觉抽血他仨睡在一大铺上,就认识了,就投了缘。

当时,张武家远,没带被,他嫌驮着棉被挤长途车麻烦。没带被的张武只有涎着脸来蹭被子,当时,大伙彼此都不认识,谁也不愿意成全他。另外,各自心里都有个小九九,就是参军名额有限,他人验上了,自己入伍的概率就会少几分,谁也不想给别人留机会。张武无奈,只得和衣躺在条椅上,已入冬了,夜里冷得可以冻死老鼠。

集中到南马市集体睡大铺体检,听说是为了半夜医生来从耳朵上抽血,要查肝肾上的病。听说只有半夜肝肾上的虫子才会出来活动,这是幌子在床上告诉伍皂的。他俩被分睡在一起,伍皂对有点话痨的幌子的话还是信的,毕竟他是出生、成长在南马市城区的孩子,见多识广,自己来自小疙瘩县区,自然说话气短。

在熄灯前,何团长带人来巡视,见到睡在条椅上的张武,问明了缘由,就朝着大铺上睡觉的人嚷了一嗓子:"我说呢,我说呢,怎么能让自己的战友挨冻?什么觉悟呢?谁带这位捣个腿,老子就先带他当兵走!"他话一完,有几位青年就支起了身子,唯有幌子已经弹簧一样弹跳起来,赤脚咚咚咚地跑过去,拉过张武的手臂,亲切地说:"来,来!上我这里,上我这里!"张武还有点不好意思地忸怩下,拗不过幌子的热情和寒夜的冷,上了幌子的铺。团长走时看了幌子一眼,自言自语地说:"这小子有眼力见儿,你叫啥?"幌子一挺胸,仿佛真已入伍当了兵似的敬了个军礼:"报告首长!我叫柯胜利。"团长哈哈哈哈一笑,说:"当兵就要胜利!这名儿好!"说完带人去其他房间检查去了,团长一席话让幌子激动得如鳏夫娶了媳妇一样。

其实,幌子的被子短而窄,一个人睡勉强可以,躺进来个人高马大的张武就捉襟见肘了。看到这,伍皂就把自己的棉被搭过去,仨人睡俩被。一个被筒子里,三个半大小伙子的体温一下就温暖起来,友谊之火开始燃烧。张武握着他俩的手悄声说:"打今天起俺仨就是兄弟了。"

当晚一点多,开始抽血。

大伙都装着睡熟了,因为听说如果没睡着,抽的血就无效,只有熟睡了,肝肾上的虫子才会爬出来。抽血的医生们打着手电蹑手蹑脚地进来,挨个在耳朵上刺针,然后用玻璃片儿取血,抽完血才小声问,你叫谁谁谁吗?应了,就在盛有血的瓶子的纸条上画上一笔。当问到幌子时,红色的血管在那束灯光的照射下是那样恶心,幌子心跳加速,一下晕眩过去。半眯眼的张武就把被子一扯盖在幌子的脸上,代他应声答道:"是的,柯胜利。"医生没再问,又去给下一个人抽血了。

被子下,张武用手掐幌子的人中,让他苏醒过来,幌子被掐得嗷地叫了一声。医生的灯光扫了过来,张武响起了很高的鼾声。伍皂说:"没事没事,我放了个屁。"

黑暗处传来一阵哄笑。

幌子晕血这是个秘密,如果给医生知道了,幌子就参不了军,幌子打心底感谢这两位兄弟。

天一亮,他仨就扛着被子一道去南马市老沙家牛肉馆,喝牛肉汤,吃牛肉包子,就老刀烧,起盟拜了把子。幌子比张武小,比伍皂大。三人就这样认下了,也没有跪下磕头,省略了一些仪式感。伍皂只记得老沙家的牛肉汤鲜,幌子记下了牛肉包子肉多,张武记住了老刀烧的浓烈醇香。

喊伍皂为"伍老大"是幌子下岗落魄之后的事了。张武是在认了伍神当干儿子后,才喊伍皂老大,为什么乱了兄弟排序,伍皂也闹不清楚。他们喊他们的,自己不应,自己还是叫他俩张兄、幌子老哥,再不就叫他们新兵蛋子。

幌子没来前,伍皂已把菜点好了,打开一瓶老刀烧等着。这时,一丈青就露珠滑过荷叶一般过来了。

她显然是喝了酒,两腮酡红,目光有点向下飘,嘴角微微上扬,眉梢也是上挑着。

"有什么喜事?"伍皂问她。她一指隔壁吵哄哄的包厢:"俺儿子回来了!"

伍皂连忙说:"大喜事,是该喝!"

"喊!又说我傻喝了,哈哈……"她自己笑了起来。

一丈青长得不像水泊梁山里身材魁梧的女将扈三娘,反而有江南弱女子的娇小身姿。她眉开眼笑地端着一碟盐炒野栗子过来,放下碟子,一努嘴说:"吃栗子,儿子刚带回来的,东北长白山的。"一丈青平时总是双眸里布满阴云,脸上也是阴天,眉头微微皱着,不由得让人生怜。她今天脸上阴转晴,是因为她宝贝儿子刑满回来。她丈夫是在云南前线打老山时牺牲的战士,她丈夫牺牲时,她的儿子才一岁半,守着儿,她至今单身。为什么叫她一丈青?幌子说,她可是狠角儿,别看她平日里温温柔柔的,惹急了她,她敢玩儿命。都叫她一丈青,她的真名叫什么大伙竟都不知道了。

"我就知道你少爷回来了,不然你不会这么乐。"伍皂说。

一丈青没接他的话,接过他递来的一支荷花烟,放在鼻子下嗅了嗅,抬头说:"好烟,这烟没抽过,你要给就一包或一条,小气鬼!"伍皂从自己的迷彩帆布包里拿了几包荷花扔过去:"够了吧?!"

一丈青嘿嘿一笑,露出了一对小虎牙,挺好看的。她一折身,捧着几包烟去隔壁包厢了。伍皂知道她是给她儿送烟去了,他不由得想,老话说得对:这上对下的爱永远是真的,下对上就难说了。

一丈青再回来时,嗓门就有点高,可能过去又喝了几杯。"我儿小苗他们说这烟要一千块一包呢!"一丈青说。

"儿子给的,谁知道是真是假。"伍皂轻描淡写地应了一句。

"你是摊了个好儿,我就没有这个命。"一丈青望着烟卷幽幽地叹了口气。伍皂知道,一丈青带着儿子一路走过来不易,儿子没走正路,先是打架入狱八年,出来后,结个婚没过两年好日子,又犯了事,进去关了五年,这不才出来。

伍皂打岔问:"他现在回来就好了,可在干啥事? 不嫌弃的话让他到我厂子先干干。"

"先谢谢你了。他呀,听说在东北一家什么要债公司里干,你说讨债这行是人干的吗? 老话说讨债鬼,谁待见?"一丈青有点埋怨。

伍皂安慰道:"现在是新经济时代,干啥的都有,互联网上的大老板不也空手套白狼吗! 还套的是一只大金狼。"伍皂把儿子的理论一说,还真救了场。一丈青听了这话,觉得也有点道理。

伍皂给她点上烟,两个人自然凑近了些。伍皂嗅到一股女人的发香,是久违的女人气息,他点火的手指又抽搐了几下,火头就变得躲躲闪闪的。

就在他俩头抵头点火时,幌子闯了进来,一见他俩这情景就打趣道:"我来得不是时候,坏了你俩的好事了。"

一丈青白了他一眼:"德行!"

"狗嘴里吐不出象牙。"伍皂也骂了他一句。

幌子嘻嘻哈哈地回了句:"我要能吐象牙,就送给你俩当贺礼。"

一丈青一扭身出门招呼上菜,临出门不忘在幌子的膀子上掐了一下:"就你嘴贱。"惹得幌子嗷嗷嗷叫起来:"你下手也忒狠了吧,陪哥喝一杯。"幌子拉着一丈青不让走。

一丈青冲着他嗔了句:"别闹!就你这小酒量,我滴滴洒洒地都能灌醉你。"

"我就喜欢你滴滴洒洒的……"幌子有点涎皮涎脸的了。

一丈青就真的坐下来,倒起酒来:"今儿个老娘我高兴,就陪你喝。"

幌子张嘴大笑,豁了的门牙就暴露无遗了:"有本事,我们罍个!"

"罍就罍!谁怕谁!"一丈青把两边垂耳的长发向后捋了捋。

俩人谁也不服谁,一大杯连着一大杯地喝。伍皂劝他俩别罍了,别罍了,俩人谁也不听,伍皂只得陪着他俩有一杯无一杯地喝。开过第二瓶喝了一半,幌子就趴在桌子上睡起来,一丈青乜斜着有点蒙眬的眼睛冲着伍皂:"哥!我俩罍个!"

伍皂说:"别喝了,你醉了!"

"我没醉……"话没说完,一丈青一斜身歪倒在伍皂的大腿上,满头的长发披散着,如黑缎般垂到伍皂的脚面上。伍皂不知如何是好,心里就骤然响起京剧的鼓点。这酒喝得!

他把杯中的残酒一口气喝了下去,望望他俩。生活都不易,他俩如走到一起,还真是件好事。

包厢门吱一声被推开。张武进来后,见到他们这样,也没说话,只是向伍皂招招手示意出去说话。伍皂脸上有点罩不住,就啰啰唆唆地说:"他俩……他俩拼酒,我劝不住。"他把一丈青扶坐好。

张武没搭他的话茬儿,只是在前面走,高大宽厚的臂膀摆着,如一头黑熊似的。

出了门,他俩站一棵桂树下,陷在夜色里的张武面部表情看不清,但伍皂知道张武有话说。果然,张武对伍皂说:"这段时间,'扫黑除恶'形势紧,你没事叮嘱下小神仙,让他别惹出什么事,有什么事赶紧了结干净,如今惹事谁也不能担当。"小神仙是伍神的小名。"小神仙又闯了什么祸来?"伍皂赶紧问。

张武摆摆手说:"没有什么,没有什么！只是让你提个醒！"

"真没什么?"伍皂追问。

"真没什么！就是有个署名为安民的来了封举报信,揭发我市三大黑帮,其中提到小神仙。"张武忧心忡忡,说完就上了自己的警车,回头还看了伍皂一眼说,"别多喝,都朝六十岁奔的人了,五十度的酒你扛不住。"

"嗯,我知道。"伍皂看着警车闪着红灯,驶进红红绿绿的街道深处。

"安民的举报信?"伍皂越琢磨越觉得伍神摊上事了,不然张武怎么会驱车来这里,一口酒没喝,撂下几句话就走了呢?没那么简单,伍皂觉得要去问问那个混世魔王最近干了什么事。但他还不能马上就走,幌子还醉在店里呢。他又折回到包厢,没进门就听里面传来吵架的声音,好像里面有人打起来了。他赶忙进屋,但见幌子满头流血地倒在地上,一丈青抱着一个大汉不让他冲过来踢幌子。"怎么了?怎么了这是?"伍皂急切地问。一丈青仿佛早就酒醒了,冲着伍皂焦急地喊:"快把幌子送到医院去!"

那个年轻高个儿的汉子挣开一丈青的胳膊,冲过来一把揪住伍皂的领口,大声呵斥道:"把我娘喝醉了,也有你一份!"这汉子目光里能出喷火来。伍皂蒙圈地点了点头。"老子弄死你这个老杂毛!"高个儿汉子说完,一拳就打过来,不过没打到伍皂,打在一丈青的脸上。一丈青冲过来帮伍皂挨了一拳,一丈青对着那高个子青年吼:"你这个畜生!敢打老娘了,我让你打,我让你打!"说完冲了过去,劈头盖脸地掴那高个子青年的脸。高个子青年节节败退,边退边说:"娘!娘!""你给老娘滚蛋!"一丈青大骂道。高个儿青年委屈地一跺脚跑向门外,一丈青不解恨地抄起一个菜盘子朝门外扔去:"万恶的家伙!一辈子蹲在大牢不出来才省事!"说完转眼看傻站着的伍皂大骂一句,"傻×一样竖着,屄样,还不去救人!"

"是,是!"伍皂连忙说。伍皂看一丈青的左脸小馒头似的肿了起来。

他俯下身子把幌子扛起来,幌子半睁着眼,说了句:"你再来晚点,我这老命就没有了!"说完就晕了过去,他看到自己额头上流下的血,敢情他晕血的毛病到老都没改掉。

四

幌子在急救室打吊水时,伍皂和一丈青一直陪着。一开始两人也没说话,目光也不向一起走,好像两个要打离婚证的夫妻。

到了夜里一点多,天冷起来,一丈青让伍皂先回,这里她钉着,没事。伍皂说:"那哪成呀?他要上厕所什么的不方便。"听伍皂一说,一丈青也就没说啥了。伍皂说:"你回去吧,你脸还肿着呢,回去用热水焐焐。"一丈青不干,说:"我陪你。"

烟瘾上来了,他俩就到急诊中心门外抽烟,两个火星在夜色里一闪一闪的。

伍皂没话找话地问:"你干吗总喜欢和我们这些老头子在一起喝酒玩?"

"我是酒托!"她白了伍皂一眼,"谁稀罕和你们喝酒?你们不来,我拽你们来的呀?德行!"

"好,好!我们不说这。"伍皂说,又递过去一支烟给一丈青,"那你告诉我,你为何叫一丈青?幌子说你这名字有来历有故事。"

一丈青自嘲地笑了笑:"有啥故事呀!一把辛酸泪。这名儿是我用双刀砍出来的。你别睁牛眼看我,真的,你不知道这生意不好做。晚上摆个烧烤摊,这条街上就属我家的生意好,但天天晚上都有不学好的年轻人在这条街上打架。有一次双方五六十人在我摊上打起来,我劝他们到别处去打,他们不讲理,反手打了我,我平时都忍了,这次忍不了。刚好那天听说儿子在狱里得了肝病,自己那天又喝了点闷酒,就他妈的豁出去了,抄起案板上的两把切菜刀,向他们冲去。那晚我是彻底疯了,醉了。哈哈哈……从那以后,别人就叫我一丈青了。其实,我本名可好了,你猜我叫啥?"一丈青轻描淡写地说着,伍皂听得却沉重。他还没从那个刀光剑影的氛围中走出来,他分明闻到一股血腥味,一派厮杀声围绕着自己。让一个娇小的女子奋起持刀砍人,确实应该"扫黑除恶"了,他心里自言自语道。

伍皂摇摇头,猜不出来。

"你猜呀!"一丈青睁着一双大眼睛少女般地看着他,他心里一暖。

伍皂还是摇头。

"没劲!和你说话没劲。"一丈青把烟头扔向黑暗处,一道红色弧线划过,仿佛一块黑锦缎上抖搂一颗琥珀。她转身就回到病房了。伍皂呆坐许久,黑暗中他如一座假山石立在那里。

当第二次一丈青出来抽烟时,她仿佛忘了一个钟头前的事了。她说:"你能告诉我幌子为什么叫幌子吗?"

伍皂的记忆之门慢慢地打开了,他不知道该怎么说那件事,是全说,还是遮遮掩掩地说,还是简简单单地说,最后,他选择简要地说。

"好,我给你说说。幌子叫柯胜利,俺们入伍都分到连队当战士,唯独他破格借调到团部当临时文书。这小子年轻时能说会道,还能写文章,团长带兵时就看中他了。我和张武分在一个连一个排,幌子是第一个入党的,我和张武也干得不错,三年就当了正副排长。你猜谁是正排,谁是副排?"伍皂也学一丈青的口吻问道。

一丈青说:"正排是你!"伍皂得意地点点头。"就知道是你,不然你不会问。"一丈青撇了撇嘴。

"我们一直叫他柯文书。事情出在一九八三年严打的夏天,那年天能热死牛。上级给我和张武下了个特殊的任务,就是去阜城枪毙被严打的犯罪分子,这个事完成后,部队给记功。那天上午柯文书来到我们连队,要写我们连队养猪先进事迹的新闻稿。他来了,我们是老乡兄弟,自然要请他喝酒吃饭。在喝酒时,他没设防,结果大醉,比今天醉得厉害。那天下午我们驱车到了二百里外的阜城,枪毙罪犯是第二天上午的事,按规定我是排长,我先开枪,不料枪卡了壳,出了鬼。两枪都卡了,最后是张武把两个犯人毙掉的。回来后张武被记了三等功,年底就提副连长了,我却因为枪哑火,被人说是怕执行任务,故意在枪上做了文章,就被提前退了伍。你说我干吗不敢开枪?罪犯和我非亲非故,我有必要吗?"说到这个节骨眼上,他总会发出疑问,他总会向倾听者发出这样的疑问。

"你问我,我问谁?说幌子,你人没老,竟有点絮絮叨叨的。"一丈青撑了他一句。

"好,我这就说到幌子了。我们回连队,柯文书已经回团部了,不久,他在军报上发了两篇新闻,一篇是某连养猪一年出栏二百头,一篇是伍皂觉悟高,两枪毙了俩犯人。其实,一个连队养猪一年也只能出个十多头,就这样炊事班人也累屁了,还有我枪哑火没毙人,这新闻就严重失真。团长在排以上干部大会上就骂:'幌子!柯幌子!'就这样,柯胜利就叫了幌子了,从此被贬下了连队。"伍皂把陈年旧事又说一遍,只不过省略了太多太多的细节和情节。

一丈青有点意外:"呀!幌子还有这一出,你们部队真有意思。哦!你不是问我为什么喜欢和你们在一起吗?就因为你们是当兵的,我那位在越南时,每次探亲回来,都和我整天聊部队里的事儿,我挺喜欢听的。唉!好多年过去了。"

伍皂没吱声,他俩陷入了沉默,原有黑色的天幕在渐渐泛白,黎明就要来了。

天亮时,幌子醒了,一醒就如老鸹鸟喋喋不休起来,先指责一丈青的儿子是土匪,接着说一丈青没有管好自己儿子,最后怨伍皂关键时候当了逃兵。他俩也不反驳,由他说去。一会儿,一丈青听烦了,板着脸冲了他一句:"歇了吧你,我看你是挨轻了。"

"瞎!这是什么话儿!老大你给评评理……"幌子支起身子指着一丈青。一丈青上前一把就把他按在床上:"什么话?人话!你睡下吧!不是你操事嚳酒,有这事吗?我半个脸还是乌青的呢,我找谁评理去?"幌子就此哑了声。

一丈青看伍皂不安地立在那里,就让伍皂回去睡一会儿,一夜没睡,这里有她。伍皂说:"你不也熬了一夜?"一丈青说女人比男人能熬,不然,怎么叛徒总是男的多?说得三人都有了笑意。伍皂拗不了一丈青的命令,只好出门回去。

一丈青跟在后面送他出门,伍皂鬼使神差地问了一句:"昨晚那个真是你儿?那么生猛!"

"废话！不是我儿,老娘不操刀子杀了他。"一丈青又撇嘴道。

"是条汉子,没错种!"他嗡嗡地哼一句。"你说啥?"一丈青没听清,追问道。

"没什么,没什么。"伍皂逃跑似的向电梯间疾步跑去。

"德行!"伍皂的背上就贴上了这句话,他当然知道是谁说的。

在回家的路上,伍皂一直在想,我为什么不说出那件事的真实细节？其实,那年严打本没有部队的事,只是枪毙罪犯找到了部队,团长把任务给了伍皂和张武,因为他俩是团里的射击标兵,参加过南京军区的射击比赛,为团里夺过荣誉。也是那时,团里传出来要在他俩中提个副连长,不知道怎么回事,那些天张武变得心事重重起来。伍皂对他说:"别往心里去,这是没影儿的事。组织如来考察,我推你。我家在县里,退了可以找工作。这个连干部对你有用。"张武嘿嘿地笑。是的,张武家在农村,若能提干就跳出了农门,不然哪里来哪里去,还得回村里和土地打交道去。幌子来连队写报道喝酒前,张武从柯文书口中得知真有此事,尤其是柯文书说团里让伍皂当第一执行射手,张武的脸上肌肉就凝固起来,破例酒也不喝了,酒席没散就推说头晕,先回宿舍去了。幌子醉酒,是伍皂背他到医务室的,待到伍皂忙完回宿舍,团部的车子来了,张武已经把枪和子弹领取好了。

一路颠簸,俩人没太多说话,毕竟是枪毙人,这活对他俩都是大姑娘上轿头一遭。

第二天上午,来到阜城郊外一个采石场,也是刑场。伍皂和张武戴上白手套、口罩、墨镜,持枪走向那两个五花大绑地跪着的罪犯前方。这时,伍皂听到了自己的心跳和张武牛一样的喘息。

罪犯背上插着白色尖头木板条,板上黑字写的是罪犯名字和罪名,名字上打着红叉。按规定伍皂是第一执行者,如出意外,第二执行者张武才去补枪。第一个罪犯是一个年轻的强奸犯,听说五年里先后强奸了20多个女性,最大的七十多岁,最小的十二岁。伍皂第一次枪毙人,扣扳机的手指有点抽搐,但他还是扣动扳机,那个罪犯一歪头倒下来,但枪没有响。刹那间,伍皂全身发凉,仿佛掉到了冰窖里。他看到歪倒在地上的年轻罪犯睁开眼,露出狼一般的目光。接下来,伍皂去射第二个罪犯,是个七十多岁的老头,听说他犯的是杀人罪,把自己的弱智儿子杀了。伍皂走上前,拉下枪栓,扣动扳机,竟然还是没有响。伍皂的头突然大了,汗水唰地流下来。那个老头扭过脸朝他笑了笑。就在这时,左侧的枪声清脆地响起来,他知道张武开始执行任务,开枪了。接着他看到张武狰狞地走过来,朝那个老头罪犯开了一枪,枪声震耳欲聋。他突然闻到一股血腥味,一转身,摘下口罩大吐起来。他看到围观的人在笑话他,指指点点的。他看到由于自己呕吐,连带着围观的几个穿喇叭裤的女青年也跟着吐了起来。伍皂抬头望着天和不远处的青山,他发觉一切都是黑色的。

他是被张武搀着走向自己的团部车的,搀他时,张武把他的口罩戴好。他取下口罩,已经是犯了错误。

回到部队又生病大睡三天。三天后,团部的嘉奖和处分同时下到连队,张武记三等功,伍皂记过一次。

三天后,他看天空才慢慢地由黑变蓝,云彩变白,青山是绿的。

望着已来的秋天,伍皂知道自己要退伍了,要脱下绿军装离开这个地方了。

从接到处分开始,他就不再搭理张武。张武也好像躲着他,按照规定,枪毙罪犯后,可以享受一周的特殊假,张武回家探亲去了。

连队里有人传伍皂故意在枪上做了手脚,使枪哑火,伍皂觉得冤呀!

临离开部队回家的告别酒会上,伍皂把自己喝得烂醉,搂着团长哭着说:"我真没有动过枪呀,我冤呀!"团长拍拍他的后背,哄孩子似的说:"我知道,我知道。"

谁动了枪,伍皂心里知道。

他和伍神说过这事,伍神说:"是谁?告诉我,我去杀了他。"那时儿子才八九岁,但目光里已流露出狼眼才有的光。他记得当年那个年轻罪犯的目光里,就流露出来这异样的光。为此,他再也不敢和伍神说这些了。

……

伍皂在酒店一觉醒来已是下午三点多了。

他感觉自己是真的老了,过去在部队里搞夜间穿插训练,几夜几夜都不睡,打个盹就好了。就是当厂长时,到马钢运材料,长途跋涉,开几夜的车,也没这样死沉睡过。如果有,就是自己在部队生病睡了三天。今天就这样睡还感到乏倦,感到没睡够。

在洗漱时,他总结没睡好的原因,是自己做了一个很长的梦。这梦是破碎的,由几个单元组成,大致是:一是情爱单元,梦到自己和一丈青办了婚礼,幌子来闹事,和自己打起来,然后一丈青解围,挽着幌子进了洞房,自己怎么就持一支冲锋枪向洞房开了一枪;二是亲情单元,一丈青的儿子认自己为干爹,在吃认亲酒时,伍神来闹事,两个孩子先打起来,接着一丈青和自己打起来,幌子也加入其中,最后是张武开了一枪才得以平息;三是荒诞单元,茵茵的娘和伍神打起来,张武死去的儿子怎么也加入其中打伍神,自己和茵茵在一旁看着,自己死去的老伴怎么和张武妻子打了起来,最后是张武端着冲锋枪向空中扫射;四是神怪单元,那几个被张武枪毙的人,都端着枪向张武开火,幌子先被他们打死在战壕中,自己和张武的枪里没有子弹了,那几个人凶神恶煞地端枪冲过来,枪声响起,自己惊醒了。这四个单元的梦是纠缠在一起呈现的,还是系列剧似的推进的? 他有点迷糊,理不清了,反正梦里有枪和枪声。

这个梦是吉是凶呢? 枪的出现一定是凶器的暗示,如是那样,自己还真得小心才是,但人们不是常说梦是反的吗? 嘻! 随他去吧,是祸躲不过。

一想到"祸"字,伍皂立马想起张武昨晚上和自己说要叮嘱小神仙别惹事的话,他责怪自己怎么把这事忙忘了。他立刻打电话给伍神:"我晚上给你送二婶做的霉豆子。"电话那头有点吵,有一个声音盖过了儿子的声音传过来:"不信,我弄死你……"后面就听不清楚了,伍皂速问:"咋回事? 小神仙咋回事?"伍神说:"没事,没事的,我晚上联系你。"说完就挂了机。伍皂举着手机怔了一会儿,让他发怔的是电话里传出来的声音,有点熟悉,是谁呢? 他一下想不起来,就骂了句:"狗日的,这是谁呢!"

在楼下,伍皂买了点水果,开车去的不是伍神的别墅,而是幌子家。

幌子回家休养了,是一丈青打电话告诉他的。

幌子家门是一丈青打开的,一丈青围着围裙,是从厨房里烧菜出来的样子。她扫了他一眼,就在折身去厨房时,不忘扔给伍皂一句话:"别忘了换拖鞋。"一副女主人的姿态。伍皂在换鞋时,嗅到了一股浓浓的鸡汤味,心里不知怎么就有了醋酸在心底向上翻起来。

幌子此时幸福地躺在床上半眯着眼,微笑地对伍皂说:"来就来,还带什么东西。"

"慰问新兵蛋子,不带仨瓜俩枣的怎么行?不过没带鸡汤。"伍皂话面上是调侃,话下面可是有点羡慕忌妒恨。幌子没搭理他的话,而是另辟一个新话题:"我说,怎么听说你儿子做的是放地下高利贷的生意,你可得提醒他不能干这行,这是犯法的事儿。"

伍皂吓一跳,赶忙问:"你听谁说的?"

"我说的!"一丈青端了碗鸡汤走进来,对伍皂答道。

"我可没说你说的。"幌子辩解。

"你那嘴没松紧,你喝汤吧。"一丈青有点烦地撑了幌子,说完一拧身又去了厨房。伍皂着急地跟了过去:"你听到什么了?咋回事?"一丈青没有答,只是又盛了一碗鸡汤递给伍皂说:"慢慢喝,烫!"

"我喝什么鸡汤呀,没病没伤的,快告诉我小孩的事儿。"伍皂没接碗,一丈青没理他,径直把碗塞到他手上说:"汤里有毒呀?不喝,你别想从我这里知道什么,你自己打听去。"

伍皂领教过她的倔脾气,只得接过碗。鸡汤的香气扑鼻而来,食欲也就有了,才想起自己睡了一天,早中饭还没吃。他喝了两口,看了一丈青一眼,暗示她该说事了。

一丈青仿佛没理会,只是把围裙解下来,挂在厨房门后的挂钩上,然后拍打下紫色的平绒上衣,理了理高盘的发髻,换了鞋,一副要出门的样子。

伍皂急了:"你还没有告诉我子丑寅卯呢!"他放下了碗。

一丈青对着床上的幌子说:"我走了,公安局找我还有事,明天我让人给你送吃的。"说着看看猴急的伍皂,"我才知道你的公子是大名鼎鼎的伍神,早知道我早告诉你了。你儿不干正经营生,你不管,他早晚出事,不是他送你高级烟,是你哪天要去给他送牢饭。"说完打开门准备下楼去,好像又想起来什么,对伍皂说,"告诉你,我被砍伤就是你儿手下马仔干的。"说完拾级而下。望着她的背影,伍皂张着嘴不知道说什么好。

幌子在屋里叫他:"别急!没事的,她是吓你的!"

伍皂三步并作两步来到幌子床前,急切地问:"她告诉你什么?小神仙还干了什么事?"

幌子表情挺为难,语言挺不顺畅的:"也没什么,只是她听说小神仙是你儿,就惊诧了。她说小神仙是南马市黑道上的人,开赌场,放高利贷,打群架什么的。"伍皂追问:"还有什么?"幌子把手摆了又摆:"没有,没有什么了。"伍皂骂了一句:"狗日的!"说完就冲出门去。幌子在身后喊他,他也没回话,匆匆地奔下楼去。

他想追上一丈青,但一丈青的车子早没影了。"她去公安局干吗?公安局找她有什么事?"伍皂丈二和尚摸不着头脑,一脸茫然,手指又抽搐了几下,他用左手重重地打了右手一下,并骂道,"让你狗日的不老实。"

五

伍皂和伍神见面不是在他住的别墅里。伍神给了他爹一个手机定位。

伍皂开车到那里一看,是过去南马市老化工厂的车间,听说这里开发成了南马市文化产业园,但从这黑灯瞎火的状况来看,这里不太景气。

伍皂是被伍神公司的人领进一个钢管纵横的高大车间里。车间内已没有了设备,却放着一辆坦克,一架战斗机,还有一排排山炮、六〇炮、轻重机枪等军械。虽然里面改造成了军营的兵械仓库一样,但依稀还能嗅到淡淡的酸铵味。

伍皂不知道儿子为何把自己叫到这里来,他见到伍神时,伍神已经在那个挂着司令部牌子的绿房子里。一切都是部队军营的模样,喝水杯是绿色的,印有"谁是最可爱的人"的字样,倒水用的是军用水壶,墙上挂了一张军事地图,还有一柄日本指挥刀,桌子是子弹箱垒起来铺上绿毯的案子。还有一个大作战模型沙盘,插着几个红白小旗,桌上的望远镜就有四五个不同的款式,红灯闪闪的发报机在嘀嘀嗒嗒地传来发报的声音,一副要打大仗的样子。

"你这是干什么？要打仗?"伍皂不解地问。

伍神微笑着:"爹！我知道你心底一直想着军营,我把这里盘下来,置了东西,还算个样子,做个军事展示中心,你没事就到这里走走玩玩,这就是我送你的礼物。"

伍皂怔了一下,半会儿才缓过神来。

噢！不错,是自己喜欢的。他瞄了伍神一眼,把手里的霉臭豆子玻璃瓶放在军事长桌上:"你二婶做的。这枪炮、飞机、坦克的,要花不少钱吧?"

伍神看爹喜欢,就凑过来说:"花不了多少钱,就是这些难搞到,要不是文化产业项目,这些东西进不到。"

也是,这些飞机、大炮、机枪轻重武器若人人都能搞到,那社会还不乱了套？伍皂嘴上没有说,阴着个脸嗡了一句:"小神仙,我怎么听说你搞什么高利贷？还组织人追债打仗？手下养了不少马仔,干祸害社会的事？有这些事吗?"

伍神听了这话没惊没乍,倒了一杯水,放在父亲面前,微笑地说:"你看我像干那些事的人吗？正经的生意都忙不过来了,那都是我刚下海经商时干的,手下人不懂事干的。过去的陈年旧事了,现在早洗腿上岸了,你就放心吧。"

"你什么时候能让我放心过！你好自为之,你真有事,就永远别回宋庄,老子不会认你的。你干爹也让我提醒你,现在是非常特殊时期,有什么事自己赶快了结清楚,别犯傻,老婆孩子一大家子,不比年轻时候。"伍皂脸板着像欠他债似的。

伍神连声说:"我不会干对不起你的事,我知道了,放心！干爹还说什么了?"

"说了,你要有事,谁也不能帮你扛,现在非同往常。"伍皂直视着小神仙的一双眸子。

伍神把手里的精致打火机咔嗒打着又咔嗒关灭,也注视着伍皂的双眼:"你就放一百个心吧,南马市人就是全抓完了,也抓不了我,我没事。"小神仙说这话时语调沉稳舒缓。

"那卤肉馆女老板一丈青前几年真是你手下人砍的?"伍皂追问。

伍神双手按着沙盘,弓着身子:"是他们干的,误伤!我赔了钱,医药费、误工费都是我出的,并且我让手下从此不在那边闹事。干爹为这事还揍了我。"

"该!"伍皂冲着伍神怒道。

伍神立起身,满脸堆笑:"爹你放心,如我再犯事,你让干爹毙了我。"

伍皂手指一抽搐,心脏也跟着抽搐一下。

伍皂望着伍神诚恳的表情,又听他这么说,觉得一下轻松了许多。他喝了一口茶,准备起身走人,伍神像想起什么似的,说:"爹!你等下,我给你一个宝贝玩。"说完就按下沙盘上一个按钮,只见挂有军事地图的大幕徐徐上升,露出一个精致的钢门,他走过去在门边的密码锁上按了按,小门就开了,他进去拿出一个长形鹿皮套盒,两边拉链一拉开,是一支猎枪。

伍神熟练地把枪拿起来:"爹,这是给你的,雷明顿700,桃木原料枪身,方格防滑装饰,每秒2800英尺速度发射子弹,还有高倍瞄准仪。"说着他熟练地把黄澄澄的子弹压上了膛。一切都做得行云流水。

看着瓦蓝的枪管,曲线优美的枪身,拿到手里沉甸甸的,伍皂一下来了精神,拉了拉枪栓。那熟悉的声音和枪体发出的独特香味,以及自己从瞄准仪里真切清楚地看到远处墙上细微处,使伍皂有了莫名的兴奋感:"好枪,好枪!你这是从哪里弄来的?"

伍神吸了口雪茄看了爹一眼:"买的!这东西弄不来,只能买!不过现在你还不能拿走,我正托干爹在给你办持枪证,你得把身份证复印件给我,办好了你才能玩,不然是非法持枪,那可是犯法的事。"伍皂听他说要依法办事,心里就有些慰藉,八成一丈青他们弄错了。

"这家伙好!"伍皂爱不释手地盘着手里的枪。

伍神吐了口雪茄说:"我知道你在部队就是神枪手,就爱枪!"

儿子这话说到自己心坎上去了,伍皂这会儿一下明白自己的遗憾所在,这辈子就是爱枪呀!搂着一柄枪,比搂着女人舒服。有了枪自己就回到青春时光中,就有了一种依靠和支撑。

伍皂为终于找到遗憾的原因而欣喜。他又摸了摸那支枪,如女人摸珠宝一样有手感,或者男人摸豪车一样舒心。

这时,伍神的手下小范走过来,附在他耳边说了句什么,只见伍神眉头皱了一下,嘟囔一句:"怎么找到这里?好!让他们待会儿进来吧,烦人。"小范应声出去,伍皂知道他有事,就站起身来再一次看了那枪一眼,说了句:"我先走了。"伍神也没说话,只嘿嘿笑了。

送到门口,伍神给了伍皂一把钥匙:"这是开这司令部门的。"接着伍神又给了伍皂一部苹果手机,伍皂说不要,伍神说:"你一定要拿着,这手机可以在任何一处看到这里的情况,这里五十多个监控和这手机联网的,可以随时监视这里,别来小偷呀。"伍皂只得收下了。

伍皂出大门时,见到小范领着三个年轻人擦肩而过,觉得那个高个青年汉子有点眼熟,是谁?一时想不起来。

他开车往回走,迎面来了几辆警车和自己逆向而行,仿佛是警车提醒了自己昨晚的事。想到昨晚的事,自然想到了一丈青和她的儿。呀!是他!伍皂一脚刹车停了下来,一丈青的儿子找伍神不会有什么事吧?对了,跟伍神通话时冒出话音"我把你弄死"也是一丈青的儿子说的。

"不对!要出事。不行!我得回去看看。"他立刻开车掉头向文化产业园疾驰而去。

等车到那个仓库时,公安已经拉起警戒线,伍皂看到公安是一队佩带微冲的特警,都身穿防弹衣和钢盔。"这里怎么了?"伍皂问公安特警,特警说:"你立刻离开这里,这里危险。"伍皂说:"我不能走,我儿子在里面。""你儿子叫伍神?"特警问。伍皂点点头。特警说:"他被劫持了,你暂时不要乱动。"

"劫持?谁劫持谁?"他再问时,特警已经不理他了。

伍皂有点不知所措,心里起毛了,就和那年接到枪毙罪犯任务时一样。

就在这时,他看到在一角落蹲着的伍神手下小范,他过去问:"咋回事?"小范把伍皂拉到警车后面吞吞吐吐地说:"老爷子,是这样,那几个歹匪是从东北过来讨债的。闹了几天了,今天他们带刀上门了,我溜出来准备招呼人,没想到公安已经赶到了。"

伍皂不解:"你们不是放贷的吗?怎么还让别人上门要债了?你们欠人家多少?"

小范抱着头蹲下来叹了口气:"老爷子,你不知道我们这行,放贷出去也要资金。这几年我们伍总战线拉得太长,金融、三产、酒店、房地产什么的都在做,赤峰还投了一个矿,资金链吃紧!我们放出的也要不回来,为要债,不瞒你说,都快出人命了,没有2个亿,怕过不去。"

"2个亿!"伍皂也抱头蹲下来。

伍皂想,既然是一丈青的儿子劫人,就赶快打电话给一丈青吧,让她来劝劝放人。

电话一通,一丈青听到这事就炸开了锅:"这个畜生是找死了!"说完就哭了起来。

"别哭,赶紧的。"他挂了电话,又想该给张武打电话,电话没打完,一辆警车停在跟前,下来的是也穿着防弹衣、戴钢盔的张武。张武没有搭理伍皂,径直走向指挥车,伍皂跟了过去,特警拦着不让过。

张武沉声说:"让他过来,他是当事人家属。"伍皂跟了过去。

"怎么回事?让你们来抓人,人怎么成了别人的人质?出了什么鬼?!"张武豹眼圆睁责问那群特警。

那位队长身份的干警解释说："我们刚到这里,就接到他报警,说伍神被东北来的人劫了。他们有三人,听说手里带了刀,我们的人刚刚进去,他们就要杀人质。"

"先喊话,注意观察,来几个人跟我先进去。"张武吩咐完,抽出手枪就进了仓库。

伍皂听说要抓伍神,腿先软了。这小祖宗,还是惹事了。

他跟着张武身后也要进仓库,被张武呵斥了句:"别添乱了!"伍皂说:"我不添乱,我有这个,里面的情况这手机能看清楚。"说着把伍神给的手机打开给他看。他俩就隐蔽在坦克的后面,看到司令部里面的画面,没有声音,画面却十分清晰。但见,三个人拿着匕首抵着伍神的喉结和前胸及后背,伍神在和他仨说着什么,一丈青的儿子仿佛听不进去,用手掴着伍神耳光。

"你得快救人!不然就打死了!"伍皂焦急地对张武说。

"活该!救得了一时,救不了他一世。"张武向地下吐口痰。

"怎么回事?"

"据查,小神仙是我市黑帮老大之一,身上有命案,今晚公安是来抓他归案的,所以我回避了,据报他被劫持,我才被派来的。"张武没有看伍皂,只是盯着司令部的那扇绿门。

"命案?!"完了!伍皂瘫坐在地上。

公安喊话开始了,声音在宽大的厂房里嗡嗡地回响。

房子里传出来回话:"你们敢进来我们就敢杀人。"

僵峙开始了。一袋烟时间一晃就过去了,张武没有下强攻的决定。空气仿佛变成固体的冰河,缓缓地流动着。

"小苗儿！我是你娘！你可不能做傻事,快把枪放下。"突然传来了一丈青的声音。

伍皂闻声望去,看见一丈青正举着喇叭,她斜倚着神色慌张的幌子的肩膀上,他俩不知什么时候赶来了。

手机画面里,一丈青的高个儿子,一跺脚朝门外嚷了一句:"娘！你来干什么你！"

伍神这时看起来十分平静,给三位递香烟,好像在向他们说着什么。接着,一丈青的儿子小苗在向伍神说着什么。伍神就被他仨用匕首抵着后腰,来到门前朝外嚷:"给个手机,他们要谈条件。"

张武对特警说:"给他们送手机。"

手机打过来是张武的号码,张武喊:"你们持刀劫人是犯法的行为,立即放下凶器,走出来！"

"别吓唬老子,我们既然做了就不怕,拿人钱财替人消灾,借钱还钱是天经地义的事,他还我们的五千万本金和八千万的利钱,我们立马放下刀,随你处置。"一丈青的儿子声音没有太多慌张。

"我给我给！钱我给,我卖厂都给钱。"伍皂连忙说。张武没理伍皂,只是说让伍神接电话。

手机画面上出现的是,一丈青的儿子把手机递给了伍神。

张武对着手机严肃地说:"伍神,我是南马市公安局张武,你立刻答应他们的条件,还钱。出来后,我们再来理你在赤峰黄金矿的事和百乐水汀娱乐门的事。"

伍皂看到伍神拿着手机发呆的样子,心想完了,伍神知道这是摊上事了。

突然,发呆的伍神朝探头奇怪地笑了:"干爹! 敢情你不是来救我的,是来抓我的。"

张武果断地回答:"先救后抓!"

"好! 好的!"说完他把手机给了小苗,并朝小苗说了几句话,就见他按下沙盘上的按钮,军事地图那面大幕就缓缓地升上去,并露出伍皂刚进出过的小门,伍神在门前按动密码,小门打开,他们就鱼贯而入。

"坏了! 要坏事!"伍皂还没说完,就听到里面传来两声闷响。"一定是枪声。"伍皂和张武以军人的敏感异口同声道。

手机屏幕上,只见那个小门后有一个身影举着双手一步步退了出来,而正面出来的是持枪的伍神,他端着那支雷明顿700,伍神用枪示意一丈青的儿子跪下,小苗也就范了。

张武急忙打电话,伍神接了:"那两个人让我干掉了。我现在要出去,给我准备一辆车,不然,你们知道我会干什么。"

张武对着电话在喊:"你糊涂呀,你不想活了! 你、你爹跟你说!"

"别废话!"伍神困兽一般。张武把手机递给了伍皂。

伍皂怕接那个电话,无奈还是接了过来,他抖颤地说:"你,你怎么能干这事呢!"

"爹,我这是为了你,你别说了,我早就知道有这天的。"伍神说完就把电话关了。

伍皂不解:"怎么是为了我?"他的老泪蚯蚓一样从眼眶里急速地爬出。

"我的小苗儿呀!"一丈青母狼似的闯过警戒线一下冲到司令部门前,一脚把门蹬开冲了进去。

张武骂道:"你们都是干什么吃的,让一个娘儿们……废物!"说完带头向前面飞机处急速走去。

伍皂鬼使神差也跟着跑了过去,听到屋里的声音,一丈青说:"放了我的儿!我来当人质。"

伍神说:"好!我成全你!"一丈青骂儿子:"你个尿包货,还不快点滚出去!"接着,高个子小苗就屁滚尿流地跑出来,边跑边喊:"杀人了,他杀人了!"疯了一般。

屋内又传来伍神的喊话:"我不要你们备车,让小范把我的路虎开过来。"

张武说:"找人开车!"

伍皂的头脑中一阵空白,忽然想起给茵茵打电话。他打开手机找到茵茵外婆的微信头像,按了下去,茵茵外婆那边一直嘟嘟响,没有回音。伍皂想:只有茵茵可以阻止这件事,茵茵是救命的稻草。茵茵快点接爷爷的电话啊!

路虎开了过来,伍神押着一丈青向车子跟前挪动,张武端着手枪瞄准,伍皂知道,他开枪,伍神准死。伍皂闭上了眼睛。

伍皂听到"啪"的一声扣扳机的声音,枪却没响,睁眼看到张武瘫在地上,喘着粗气,那支手枪也掉在地上,他的手指在抽搐。

伍皂看了一眼张武,张武喘着粗气说:"枪……枪……"他艰难地爬着,想去拾起枪来,伍皂拾起枪塞到张武手里。

突然,伍皂的手机发出起床号的号声,在这寂静的仓库,这声音来得突然,大伙都被这声音惊了一下。伍皂赶紧接电话,是茵茵外婆打来的:"快让茵茵说话,劝劝她爸爸别干傻事,人命关天的大事。"说完举着手机对伍神喊道,"是茵茵的,茵茵的电话。"他向伍神跑去,此时,伍神已经押着一丈青走到了车边,伍皂把手机递给了伍神,伍神没用手接,只是用肩膀为底座歪头夹着手机,双手还持着枪呢。

"茵茵有事吗?"伍神轻声轻语。

手机是免提状态,只听茵茵奶声奶气地说:"爸爸,我今天去看妈妈了,妈妈说她没病,是你让她住院的,你真坏! 妈妈说我不姓伍,该姓张,你说我该姓什么呀?"

"这、这、这一句话两句话说不清楚。"伍神结巴起来,脸上的杀气也在渐渐地退去。

"妈妈说我亲爸的车祸是你弄出的,是吗?"接着传来茵茵的哭声。

伍神突然被抽出骨头一样,站立不稳,有点晃荡。

就在这当口,一丈青见机迅速反身夺枪,伍皂也冲过去夺枪,伍神死死地握着枪不松手,只听"砰"的一声枪响,三人都倒了下去。

张武的枪从飞机起落架的轮胎上滑落下来。他伛偻着身子大口大口地吐了起来。

特警们一步步地持枪围过去。

幌子没敢上前,他晕血……

六

第二年的清明,宋庄大龙山墓地。

有一女二男三位老者在一座坟前烧纸钱。

一位老人在碑前絮絮叨叨说着什么,春天的风把他的话撕得断断续续的:"茵茵还在她外婆家回不来……小神仙怎么没来……他呀,出国了……出哪国?……但愿是天国吧……去天国你们就可以见面了,但他、但他,可能、可能呀,是去不了你那里了。"

"这不,幌子也来看你了。老张,那个张局,他提前退了,他没来,不来就不来吧,他过得也不舒坦……"

"噢!你问这位她是谁?她叫什么名字?她……她叫一丈青。"

"我不叫一丈青,我叫安敏!"

"安敏?还是叫安民?"

"安敏呀!怎么了?"

"噢!……我知道了。"

"德行!"

……

"老大,这枪真要烧吗?"幌子问。

伍皂点点头:"烧吧!留它惹事,眼不见心不烦。"

一股鹿皮烧焦的味道从火焰中弥漫开来,突然,火堆里爆出一声"砰"的炸响,幌子一哆嗦,伍皂竟然一下子跌坐在地上,一丈青赶紧去搀扶他。

……

风又大起来,纸钱向空中飞去。

三个扫墓人都抬头望向天空,天空是那么空呀……

丧　舫

上篇　瓦岗湖

瓦岗湖原先不是湖,是个村。村的大号就是瓦岗村。

那时大窑煤矿还没开,出瓦岗村的村道上还没有奔跑起来如疯狗样的运煤大卡车,也没有众多的白脸下井、黑脸上井的走窑汉,瓦岗村还沉浸在山岚和炊烟、稻青麦黄的色彩里,行走在牛歌牧笛声中。

大窑煤矿掏空了瓦岗村地下的黑金,地陷了,水漫了,汪洋一片。瓦岗村彻底地变成了湖,一个面积几百亩的湖。这是六年前的事儿。

被瓦岗村小学校长王鸣骂为"村奸"的村主任方子雄,在六年前很是风光了一阵子,因为大窑煤矿是他招商引资招来的,大窑煤矿矿主吴大窑也是方子雄老婆的拐弯亲戚。大窑煤矿出的黑金煤炭一见阳光就变成了可流通的真金白银,瓦岗村收入最好的年份达到百万元。最难得的是,大窑煤矿还是县里的纳税大户。你说方子雄能不受到县领导的表扬吗?能不戴大红花迈着矫健的步伐上台领奖吗?被县报、市报宣传,方子雄开始还有点乐颠颠的,后来,再来采访的若不是电视台的记者,一般他是没时间接待的。

王鸣第一次大骂方子雄"村奸"是因为大窑矿放炮采矿,因为一放炮村里的房子的墙就会出现裂缝。那时,瓦岗村小学的房子也不例外,墙上爬满了蛇纹,有的裂缝里能塞进三个指头。

王鸣就对妻子小莹说:"我找子雄去,这样下去准会出事的。"小莹拍拍手上的粉笔灰说:"你要好好和他说,别又拧着脾气吵架。"王鸣跨上自行车头没回地说:"没事。"小莹知道他俩是儿时伙伴、少年时同学,真是吵架也会没事。

王鸣走进村部大院时,方子雄正捂着腮帮子,咧着嘴,"咝咝"地吸着凉气。从卫生间里出来,见到王鸣,他摊摊湿漉漉的双手,表示不能握手了,就一抬头示意"上屋里去"。

主任室宽大、华丽而俗气,高大的老板椅后面竖着一面党旗。

方子雄扔给王鸣一包黄鹤楼,说:"你抽,我牙肿了,上了火。有啥事吗?"

王鸣打开香烟抽了一支,看了看方子雄。一个没到四十的人,已经被酒和繁杂的事务腌制得满脸都是疲惫之色。头发花白,眼袋肿大,双目赤红,因为左脸小右脸大,双眼也显得有大有小。这让王鸣想起了黑白片里的汉奸,不由得笑了起来。

方子雄不怕王鸣发火,也不怕他那副严肃的样子,但怕他的笑。

记得上中学时,从村里到镇里住校学习的孩子,总是被镇里孩子欺负。有次,镇长的少爷吴大窑领着一群镇里的学生,把王鸣和方子雄拦在镇头炸油条的摊子边上,让他俩把锅巴交出来。那时,他俩都在镇中学住校,一周回家拿一次口粮,这一次回家拿的口粮就是锅巴,如果交了锅巴,那这一周就得挨饿了。方子雄见对方人多就乖乖地摘下自己的食袋,怯生生地递了过去。于是吴大窑布满青春痘的胖脸上就堆满了笑,只是笑了一半就凝固下来,他见到王鸣站在那里没有动弹,恼火地用手一指王鸣,骂道:"日奶奶的,把食袋给老子送过来。"说着冲上去朝王鸣踢了一脚。王鸣面对围上来的几个小混混儿却没有半点怯意:"俺不能给你们,这是俺的口粮。"他固执地说着向后退去。

吴大窑生气了:"给老子向死里揍!"这时王鸣却突然笑了起来,他的笑先从厚厚的嘴角开始,然后向上挤,走过双颊快到双眼角时,霎时就收了回去。就在笑结束后,他的脸变得青白。接着只见王鸣跳到面铺边,夺过一个盛面条的汤碗,端起来就朝吴大窑面门砸去,同时一闪身,端起了炸油条的油锅,朝向他扑来的小混混儿脚下的街面上泼去,油溅在几个小混混儿的脚上,痛得他们嗷嗷叫。小混混儿们一边叫,一边抬着吴大窑就跑。

面摊前,王鸣掏出一块钱递给面摊主人:"这是赔碗的。"

面摊主人一直痛恨吴大窑一伙常来吃白食,见王鸣这个勇敢的乡下小子惩罚了镇长的儿子吴大窑,心里高兴,像欣赏古代大侠一样欣赏他,就慷慨地说:"不要给钱了,不就一只碗吗?"站在旁边一直惊魂未定的面摊主人的女儿说:"还有半锅油呢。"她就是小莹,后来成了王鸣老婆的小莹。

王鸣的笑不是好笑,是昙花笑。

此时,方子雄一见王鸣笑,心里毛毛的:"啥事吗?你说话。"王鸣又抽了口烟才说:"瓦岗村可给大窑矿祸害完了,你看全村还有谁家墙没有开裂？水井漏水,吃水到十里外去驮,田地开裂还在下陷。你是不知道,还是装糊涂？你这主任是咋当的呢？这里是没办法活人了,你得想办法。"

"啥办法?"方子雄歪着头问。

"迁村!"王鸣把烟头按在烟缸里,像是按手印一样。

"咝咝,你以为这迁村容易？得要镇上同意,最关键的是这搬迁安置费谁出？这五十多户的人家,没有五千万不成呀! 咝咝! 我这几天就是为这事上火呢。"方子雄用湿毛巾捂着腮帮子,边说边咝咝地吸着气。

"这是大窑矿毁的,这搬迁安家费他大窑煤矿得出。"

"当时招商合同上没有这一条。再说了,他大窑煤矿也没少俺村的好处,小学校的二层楼不是他大窑矿给盖的吗?! 过年过节哪家不都分到香油和半片猪肉？你说我说得对不?"方子雄把头发向后梳理了一下。

"村民们都说你是吃里爬外的东西! 你和大窑窑主是亲戚,你把俺村给卖了,你真是……真是村奸!"王鸣激动地站起来,冲到方子雄的办公桌前。

"村奸？什么意思?"方子雄惊慌地问。

"你不管,俺们瓦岗村村民自己管。你这里说不上理,有说理的地方。"王鸣摔门而去。

在方子雄的疑惑不解中,"村奸"被瓦岗村村民叫开了。汉民族有汉奸,村里就出了村奸。

方子雄不喜欢王鸣给他的称号,他知道王鸣是个很拧的人。

当年,王鸣因为打了镇长的儿子吴大窑,就休了学。回村后,他爹就让他到十里埠舅舅家去学木匠。在木匠铺没干半年,他坚决要回去,他舅留他,他也不干,因为他要当村小学老师。小学教师没几个钱,哪如干木匠?他舅认为王鸣冒了傻气。

村小缺老师,王鸣就被村支书叫去带课了,让方子雄当了会计。

王鸣很喜欢学校,他一个人带四个班的,两年不到,就把瓦岗小学的教学质量搞了上去,超过了镇中心小学。镇中心小学要调他去,他竟拧着不去:"我就在这里干,我要去就去北师大!"他一直就有一个梦想,到北师大去读书,并在那里任教。为此,他爹用擀面杖打他,他拧劲上来,就住进学校里不回家了,并发誓哪也不去了,就在村小学当"孩子王"。那段时间,他经常去镇上看武打录像,看累了就到小莹面摊上吃一碗粗面。那时,吴大窑看到王鸣腰里别着一个木匠凿子,远远地瞄着自己,就知道没有考上大学的王鸣恨自己。

小莹要他赔半锅油,王鸣就把第一个月的工资给她,她说:"俺不要钱,要油!要刚打下来刚榨的菜籽油,谁稀罕你的钱?"

王鸣抬头看看初春的天,说:"那你得等到菜籽下来吧。"

"我等!"小莹脆生生地答道。

没等菜籽黄,小莹就和王鸣好上了,而这时村支书已经接到王鸣爹下的聘礼,答应把自己的女儿翠儿许给王鸣。王鸣却拧了起来,不干!王鸣爹拎着擀面杖赶到学校打人,刚好撞见小莹,小莹见王鸣被他爹打时竟然不跑也不动,就上去护。王鸣把小莹推到一边说:"你别管!"头已被他爹的擀面杖打破了。

"你应不应?"

"不应!"

"你这犟种,你让我这张老脸没处放呀!"打着打着,王鸣的老子就扔了擀面杖,干号着走出院子。小莹用手帕捂着王鸣流血的头:"不行,俺俩就散了。""不行! 俺就不信拧不过他。"

小莹不知道这个"他"是指谁,是他老子呢,还是老村支书?

接着,老村支书就通知王鸣不要来学校教孩子了。

王鸣是在油坊榨香油的那个晚上,带着小莹去了他俩心中的大城市阜阳的。他俩出逃的时候,神州大地刚刚涌起打工潮。

打工的故事,人们说得太多了,按下不表。

说说他俩怎么又回村里来的。其实王鸣是被方子雄请回来的,那会儿王鸣和小莹已从大城市阜阳到了真正的大城市上海生活快十个年头,小莹为王鸣生了个女娃惠子,惠子已经会把吃饭说成"吃歪"了。

方子雄是拎着家乡的土特产青皮红心萝卜去见他们全家的。他乡遇故人,王鸣高兴地拉着他下了饭馆。小莹吃了一口萝卜说:"还是瓦岗的萝卜好,脆,水足。"方子雄就打趣道:"瓦岗的萝卜和瓦岗村的女人一样水足。"王鸣灌了他一杯:"日奶的,没想到你这个村干部到了上海也不讲文明,乱吐脏物,小心罚你的款。"方子雄那会儿已经是村主任,这次到上海,一是来请王鸣回村当村小学校长,二是来招吴大窑这个商。吴大窑在上海可是运输业有名望的人物。

当了村主任的方子雄酒量大,两三杯就把王鸣放倒了。他和小莹打车把王鸣扶回家,出了门,又折回来对小莹说:"我明天还来,忘了把一件事告诉王鸣了。"小莹点点头。其实,她知道方子雄是有事来的,但她没想到方子雄让王鸣回去当小学校长。方子雄一开始对请王鸣回村当小学校长和让吴大窑回村投资挖煤矿一样没有把握,然而,最后把"招商""引智"这两件事都办成了。

方子雄是这样说服王鸣的。他说:刘志的小二去年冬天去镇里上学时滑倒在山涧里被水冲走,尸骨都没找到;瓦岗村小学生成绩现在是全县最末,只得请王鸣回村收拾旧河山了。说着说着,方子雄就给王鸣跪了下来,刘备请诸葛亮出山一样。于是王鸣决定回乡,可小莹不同意。老婆越是不同意,王鸣越是要回去。小莹惩罚丈夫的招数就是不给他做饭,他就啃青萝卜。"抗战"一星期后,王鸣扔下句话给小莹:"明天的车票,你要回就回,不回,你就在这里带惠子过活。"说完把手里的三张火车票扔在桌子上。小莹一看车票,绝望地抱着惠子痛哭起来:"天杀的,炮冲的!"王鸣一拍桌子:"你骂谁呢?"小莹擦了一把泪:"我骂那丧心病狂的村主任。"

有的人性格拧能成就大事,但王鸣的拧给他带来了无尽的悲伤和厄运,他为此付出了极惨的代价,这是后话。

王鸣自打骂完方子雄是村奸后,拧脾气又上来,他要为全村人讨个说法。

他去了镇里和县里,呈上自己写的要求赔偿的报告,那是份按着全村两百多人红手印的报告,还附了一沓照片。镇里和县里领导回答说这事重大,要研究研究。王鸣听出来这潜台词是大窑煤矿是县里利税大户,动不得。他还去了大窑煤矿找吴大窑说理,吴大窑是董事长,在上海,留下的经理兼矿长是吴大窑的侄儿吴三炮,这是个剃板寸头、满脸横肉、颈上挂着黄金链、开着两百多万绿色美国吉普车、叼着雪茄的五短汉子。当王鸣代表村民和他谈判时,吴三炮把双脚架在老板桌上,叼着雪茄,目光如豹一样盯着王鸣,不耐烦地听完了王鸣的话,他把大半根雪茄扔在烟灰缸里,起身说:"这事与我们矿里有关系吗?我们没有义务管你们村里的事,我们是该交的税、该交的费一分都没落下过,其他的事你们别找我们,我们不是唐僧肉,更不是福利机构。送客!"

王鸣看着骄横的吴三炮,没有动怒,只是把嘴角上的笑意一收说:"好!你财大气粗,你横!我找你家董事长吴大窑讲理去。"

"哟!找我叔,他怕你拿碗开他的瓢呀!"吴三炮哈哈大笑着,在他的眼里自己的叔怎么会怕这个瘦削的乡村教师?他感到不可思议。

王鸣铁青着脸回家后,就在电脑上忙开了。他把十多张瓦岗村地裂墙裂的照片传上了网。一时间网上热闹起来,很快就惊动了省里领导,要求县委、县政府立刻解决这件事。县里、镇里迫于舆论压力和组织上的批评,组织调查组进村调查。同时,王鸣又带领村民挖断了煤矿出入的公路,矿上吴三炮这时才急了眼。吴大窑在上海总部更是来电严肃地批评三炮:"大窑公司正在准备上市,此时如果大窑煤矿出事,影响了大窑公司上市,三炮你就别干了!"上市前事务缠身,吴大窑没有来瓦岗,派来总公司的人帮助处理。

上面来了调查组,大窑来了协调组,村民成立代表组。三方经过了多轮谈判,最后决定迁村!

迫于时令已入冬,新楼房不能建设,大窑煤矿在瓦岗村后岗盖起了一批铁皮房。

方子雄马上动员村民搬过去暂住。大多村民都说过了春节才搬,王鸣和方子雄又一次察看地裂和墙裂,觉得不行,再住下去真的危险。他俩就一家家地催村民搬家,王鸣更是每天都忙着牵驴套马帮村民搬家,累得身体都散了架。一天王鸣回家后小莹说:"惠子问你呢!"王鸣抬起头看了一眼做作业的女儿。女儿没停笔,问:"爸,我们什么时候搬家呢?"

王鸣用手摸了摸惠子的头说:"快了,还有两三户搬完了,就搬俺家了。"说完,去洗脸准备吃饭。这时天上下起大雨,隐约还有雷声。王鸣知道冬天是很少打雷的,一见在这轰隆隆的声音中,地在抖颤,墙在掉土,就知道吴三炮又违约开采了。按照双方定的协议,大窑矿在瓦岗村搬家期间是不能开采的。王鸣看到每一声雷响时,山墙就如患病的人打一个寒战,裂缝就从小蛇裂纹变成大蛇裂纹,他把脸盆水一倒,拿起伞就冲进雨里。

这时,女儿惠子冲着他的背影喊:"快去快回,爸爸,别忘了吃歪。"王鸣答应了女儿一声,便走远了。

王鸣和方子雄打着雨伞沿着山道深一脚浅一脚地向前走,快到大窑矿时,身后的瓦岗村在一连串奇怪的轰鸣声中塌陷了。三户人家十二条性命瞬间消失了,这十二条性命里有小莹和惠子。

随后,瓦岗村就叫瓦岗湖了。

接着,王鸣疯了,住进了医院治病。

吴三炮被逮了,进了监狱。

方子雄倒了,被撤了村主任的职。

下篇　丧舫

王鸣在医院里住了一年半才康复出院。

他挪着双腿来到瓦岗村时,冰冷的湖水阻隔了他的去处。这期间,方子雄跟在他后面,怕出什么意外。

"惠子,爸回来吃歪了,你咋不来接俺呢?"王鸣泪水纵横,他向着湖水大声喊着,"小莹哎——!惠子哎——!俺的亲人哎——!"

湖风把他的喊声传得远远的,他的喊声惊飞了湖苇里的两只水鸟。王鸣望着两只飞远的水鸟,仿佛看到自己妻子和女儿的化身,他向湖水里走去,他想追赶她们。

方子雄一把抱住王鸣,他说:"俺哥,可不敢这样,你得活下去,不能绝了后。"

"我活着还有意义吗?你这村奸拦俺干什么?"王鸣在水里挣扎着,湖水四溅。

"你打俺吧!"方子雄松开手,跪了下来,湖水一下漫到了他的颈子。

王鸣抬手打了方子雄两个耳光说:"打你,便宜了你!"

"俺是真心向你来赔罪的。"

"呸!村奸!"

王鸣折过身向岸边走去,这时方子雄心里轻松了许多。

不久,瓦岗湖岸多了一个草棚子。

从此后,大窑煤矿给瓦岗村塌陷后的村民在后岗盖了楼房,王鸣也有,但空着。

王鸣说他不能住在那里,心堵!在湖边空地上,他开始了他的另一项工作——造舫。

当他在造船时,方子雄就去给他打下手。王鸣骂他村奸,让他滚远点,方子雄也不恼,就像牛皮糖一样黏着他,每日三餐还让自己的妻子给王鸣送饭菜。

两个男人拉大锯、改木料、钉龙骨、刮油底、上油漆,半年后,舫造出来了。

舫快要下水了,王鸣去了一趟镇里,扛回来两捆白布和一卷黑布。方子雄不知王鸣又要发什么神经,但不敢问,只是说:"明天舫下水可要庆贺庆贺?"

王鸣抬头看了看方子雄,摇摇头说:"不必了,这么多天你和弟妹都辛苦了,明天你别让弟妹再来送饭了,你也别来了,我俩已经两清了。"

"俺哥!"方子雄蹲了下来,鼻子发酸,泪流了下来。因为,这回王鸣没有叫他"村奸"。

第二天一早,方子雄来到岸边,王鸣驾着舫已经驶远。方子雄赶忙划着小船追过去,到了舫边,他不由得毛骨悚然。

舫的船沿和小阁楼用白布捆扎着,舫头扎着一个硕大的黑布球花,两沿挂着十二朵小的黑布球花,这哪里是舫?是丧舫。

舫的船头用黑漆写着斗大的"殇"字,一看就是王鸣的字迹。

在盛夏的早晨,望着这只丧舫,方子雄觉得后脊梁冒冷汗。"哥!你这是……"他望着坐在船沿上流泪的王鸣问。

"你走吧,你不要再来,俺们两清了。"王鸣哽咽着说。

方子雄只得划着小船伤心地走了。

舫停的地方就是王鸣过去的家。学校塌陷了,但学校那杆不锈钢的国旗杆,还露二尺多的杆头在水面上。

王鸣就把舫的缆绳系在那个旗杆头上,让白色的舫泊在那里。

王鸣在舫上安装了风动电机,夜晚有灯,吃饭用的是液化气,白天就撒网打鱼,每天都有收获,岸边有收鱼的,仿佛他的日子过得很惬意。他不要大窑矿的赔偿钱,也不要镇里给他安排的工作,只是守着舫过活,守着湖过活。只有过年过节,他才回到岸上,在自己父母家吃些饭、喝点酒,再摇摇晃晃回到舫上。

又过了一段日子,王鸣觉得自己越来越不能离开这舫、这湖水了。他一到岸上,走起路来就摇晃,他知道这是晕陆,只有回到舫上他的眩晕才会消失。

在舫上,王鸣大多时间是劳作。三年前他开始在湖水里设网养鱼,鱼养得很好,不愁卖的。他只有在喂鱼、起网时才有一点笑,余下的时间就是苦着张脸,仿佛喝了苦药汤似的。

方子雄一般半个多月才摇船到舫那儿走一趟。隔着船,方子雄会向舫上扔一条烟或一刀猪腿肉。他俩依旧没有多余话,各自在各自的船上抽一支烟,抽完了方子雄会问:"可有啥事吗?"

"没事,你回吧。"说着,王鸣会向方子雄的船板上扔两条活鱼。方子雄也不说谢,划船走了。波光中小船起起伏伏,摇船人的背影也随波起伏,如一耸一耸爬行的龟。

这天一大早,方子雄就摇船过来,他神色紧张地站在船上喊:"俺哥!快去!老爷子不行了!"王鸣慌忙扣着衣问:"俺爹咋了?"

"你快下来吧,赶紧!"

王鸣跳到方子雄的小船上,一人操一支桨奋力向岸边划去。等他俩跑到镇医院,老爷子只剩下一口气了。伏在爹的身边,王鸣听到他爹说:"儿呀!上岸吧,那不是正常事理。回吧,胳膊拧不过大腿。"说完就闭了眼,去了。

王鸣呆呆地看着父亲沟壑纵横的脸,半晌才落下泪来,"胳膊拧不过大腿"这句话让他百感交集。

出殡那天,王鸣看到方子雄急匆匆地走来,身后还跟着一群抬着花圈、穿着黑色西服的城里人。

方子雄抢先几步,拉过王鸣:"俺哥,跟你说个事,你先别发火。"

"快说!"王鸣瓮声瓮气地说。

"是这样,吴董事长带人来给老爷子行孝了。"

"哪个吴董事长?"

"就是吴大窑。"

"我操他姥姥家的,让他滚!"王鸣嘴角又露出了昙花笑。

"抬手哪能打行孝人呢!"方子雄低头嘟囔一句。

"别废话了!"王鸣扔下一句话就走进了屋。

方子雄走出院子,和那群人中一个胖子低声说话。

"你再和他说,我是真心来赎罪的。"胖子说。

方子雄就又进了屋,和王鸣嗫嗫嚅嚅地说:"吴大窑说他是来向瓦岗村人赎罪的。"

"王八蛋,现在来赎罪了,让他滚蛋,不然我出去砍了他!"王鸣激动地骂道。

"他……"方子雄还想解释什么。

"你再说,你也给我滚蛋!"

方子雄见王鸣这样犟,只得垂着头出了院门。一会儿,那一群着黑西装的城里人就走出了村口,方子雄跟在后面,如赶着一群山羊出村的老汉。

丧礼结束后,王鸣没有听爹的话回岸上,依旧去了舫上。在舫上,他养了一群鹅和一只土狗。入夜,在鹅的叫声和狗吠里,王鸣会拉起他心爱的二胡。那是一支无名的曲子,是他自创的还是他从哪里学来的,不得而知。只是这支曲子很哀怨、凄苦、悲怆。

在二胡的旋律里,鹅和狗会很安详地静下来。王鸣在前俯后仰的拉琴中,暂时会忘了一切,他觉得这只白色舫在游动、在升腾、在向皎洁的月光深处飞升。

在那里,他见到了自己的妻子和女儿,听到了妻女的嬉笑。女儿惠子问:"你吃歪了没有?"

他伸出手来想摸摸惠子的脸,而琴声一停,妻子、女儿就如湖上飘动的水雾一样退去了,他伸出的手空空的,僵在那里。接着他又疯狂地拉琴,在琴声升起时,她们又回来了,又围绕在他的身边,围绕在舫的旁边……

琴声停了,人儿倦了,一天就这样走过瓦岗湖。如果没有这只丧舫,没有琴声,没有那个伤心的汉子,这湖是静谧的,是平和的。

有丧舫在,白色的舫,黑色的花,这湖变得诡异和不安起来。

如果2010年的初夏没有到来,瓦岗湖和那艘舫都会平静如初,王鸣和方子雄也不会有更多的恩怨。

就在这之前,当瓦岗湖的芦苇和荷花盛开时,方子雄和吴大窑又一次打起了瓦岗湖的主意。吴大窑总觉得欠瓦岗村十二条人命。方子雄自从被组织上撸掉村主任后,一直想还要干点什么。因而吴大窑一提建设瓦岗水上游乐园,方子雄就立即觉得这是个好主意。吴大窑乘机邀请方子雄来当旅游公司的经理,出资方是大窑公司。

方子雄接下这个经理位置,是因为吴大窑的一个承诺。吴大窑对方子雄和瓦岗村的村委会和村民说,大窑煤矿在这瓦岗村留有罪孽,欠所有村民人情,作为反哺和赎罪,大窑公司准备无偿投资两千万来办瓦岗湖旅游公司,也就是说所有的收入都归瓦岗村村民。"这样我心里也就安慰,晚上也不会做噩梦了。"吴大窑说这话时,眼睛里升起晶莹的湿气,让所有人不由得相信吴大窑是真心实意地要帮瓦岗村人致富。

这是岸上发生的事情,等传到丧舫上,时间已过去了好几个月。这期间,方子雄不再来给王鸣送东西了,这让王鸣有些不适应。虽然方子雄来时,王鸣和他也说不上几句话,大多是晒晒太阳,吸支烟,但没有人来,王鸣心里有些空荡荡的。

接下来是围湖修堤坝,在湖水的浅水处种莲藕,在种藕的地方修起了弯弯曲曲的栈桥。栈桥用清漆漆过,露出原木的色泽和年轮,使这年轻的湖变得有了一种时尚感。

王鸣向收鱼的人打听才知道,村里正在办水上游乐园,而且方子雄还当了经理,只是不知资金是大窑公司投的。想想方子雄的经历,王鸣也能理解和同情他,已过四十岁的门槛,出去打工也没有技术,在村里当个村主任又给撸了,往日的风光不再,活得也不容易。他干这事太忙,不来就不来吧,王鸣在心里原谅了他。

六月,瓦岗湖里的几百亩荷花突然开放了,引得游人如织。湖边的瓦岗村村民开的土菜馆已有十多家了,就这还不能满足游人的需求,瓦岗湖沸腾得如一锅煮沸的水。

在荷花的清香里,望着一天比一天多的游人,方子雄兴奋起来。在公司员工每天的请示汇报中,在左一声经理右一声经理的喊声中,他又找到昔日当村主任的感觉,觉得自己的第二个春天来了。

当他把第一个月的门票收入五十多万支票交给村主任时,他觉得自己高大了许多。那天傍晚,方子雄划着船带着酒来到舫边,他朝舫上喊:"俺哥!我整了几个菜,你过来喝几杯。"

舫上阁楼传来王鸣的咳嗽声:"你喝吧。"他拉起了二胡。方子雄知道劝他也没有用,就打开了酒瓶盖,斟了杯准备喝。王鸣停下琴,从高处看他一眼说:"别忘了向湖底几位乡亲敬杯酒。"说完把方子雄晾在那里,自己又拉起琴来。

方子雄想了想,就把酒和菜全泼洒到湖水里。酒是好酒,酒香浓烈。

做完这些,方子雄想和王鸣再坐一会儿,把自己的事业进展和他说说,这时手机响了,是吴三炮叫他:"吴总进县城了,你过来一下。"方子雄犹豫了一下,站起身来。

"你去吧,你的事我知道,只要对得起乡亲,你就多做点。"王鸣说完,拎着二胡走进舫上的阁楼。那条土狗冲着方子雄习惯性地叫了声,算是送客了。

方子雄很惆怅地把船向岸边划去。

吴大窑对瓦岗湖旅游公司的投资是真心的,他又从上海运来了五艘游艇,把旅游从浅处向湖心延伸,准备做足水面旅游大文章。

这自然是好事,方子雄笑得合不拢嘴。因为游艇一下水,生意就会出奇地好。

但是这让王鸣痛恨和反感,游艇的到来搅乱了他心底守着的悲哀和寂寞,游艇掀起的浪花更是打散冲坏了他的养鱼浮箱,游艇的尾气和漏出的柴油使不少鱼儿翻了肚,更让他不得安静的是游人的嬉笑、快乐。王鸣一直认为瓦岗湖不该有这些嬉笑,这里属于悲哀和悼念,属于肃杀和寂寞,这是水上陵园,是心灵上的陵园。

几次他在夜里拉二胡时,在音乐里浮现的逝者都在告诉他,游艇吵了他们的梦。在水中,在那边的世界里,他们是太阳升起来时才入睡的。

王鸣觉得要找方子雄说一下,他让收鱼人给方子雄带口信,方子雄回答说:"太忙,等等。"一拖就是五六天。眼看又到了周末,城里游人又要拥来了,王鸣认为不能再等了,他朝着岸边吐了口痰说:"好!你不来谈,我就不信治不了你们!"

周六,五艘游船刚到湖心,就见丧舫划了过来,舫上挂着十二位亡者的黑白照片,并用喇叭放着哀乐。城里的游客一见这出殡船,自认触了霉头,游兴大减,赶忙让游艇掉头。

丧舫仅仅在湖心游动了一天,第二天就没有游人再上游艇了。

望着静静地泊在岸边的游艇和一天比一天少的游人,方子雄急了。让他更为担忧的是,如果游人从王鸣的丧舫得知这湖里还有十二具尸首没有找到,这里还有人来玩吗?

吴大窑知道了这事,从上海打电话来说:"王鸣提什么条件都满足他,这个项目不能毁了,这是我为瓦岗村村民办的造福事儿。"有了吴大窑这句话垫底,方子雄划着小船上了王鸣的舫。

吴三炮对叔叔的无条件妥协有点不悦。他认为王鸣不离开湖心是为了养鱼,对于王鸣只能釜底抽薪,只要鱼一死,他一准会回岸上去。为此,他让手下带着几桶柴油划着小船向湖心处的鱼箱划去。

方子雄把船停靠在舫边。他敲了敲舫帮,向上喊了一声:"俺哥,我能上来谈一谈吗?"

"你上来吧!"

方子雄攀着软梯上了舫。

王鸣坐在底舱里,黑着脸,方子雄进去后坐了下来,他俩都沉默着,一时间底舱里悄无声息,只有湖风把电机的扇叶吹得吱吱响。"俺哥,这事咋办?你说话吧,我都满足你的要求。"

"你能代表吴大窑?"

"哥!你别记恨他了,他投资这个公司,也不要回报,收入全归村里。"

"哦?你又拾了大便宜,那我还要感谢他不成?"

"还是说事吧。"

"我不会离开这里的,你就别说了,你回吧!"

"哥!你让一条路给我活个人吧,也给自己留一条路活人。"方子雄哀求道。

"说到活人,我先说说我为什么要做这个舫吧。八年前,你到上海让我回来,我就回来。走前小莹和惠子让我带她俩去嘉善西塘玩一趟,我就同意去了。在那里小莹和惠子要上那只画舫,舫票都买了,还排队呢,摊到俺们了,舫突然坏了,小莹和惠子就要求下一次来一定要坐回画舫,像城里人一样活回人。这个愿望不高吧,可我却不能帮她们实现。现在,每天晚上她们都到舫上来玩,所以我觉得这才是我的活人法。回到岸上,就离开她们,我能活人吗?"王鸣断断续续地说着,目光熠熠生辉,在夜色里如两点烛光。

"唉!那我怎么办呢?游人让你吓跑了,这个旅游公司就要关门。我这一年的心血扔在湖里事小,瓦岗村百姓失去了收入事大呀!"方子雄摊摊手。

狗朝网箱处大叫,月光下影影绰绰可见到几个人影。王鸣站起身来拎着渔叉高声问:"谁在那里偷鱼?"方子雄也跟着出舱门,在王鸣的大声呐喊中,几个人影拉响了汽艇马达"突突突"地急匆匆逃去,接着,他俩都嗅到浓浓的柴油味。

"你狗日的,你让手下来干好事了!"王鸣看着方子雄,笑了起来,"你原来还有下毒的手段!"方子雄看见王鸣笑,知道事情不好,赶忙说:"哥!你误会了,俺怎么会干这扒屁眼的事呢?"说着将手里的烟头丢进了湖中。"隆"的一声,湖面一下升腾起一片火海。

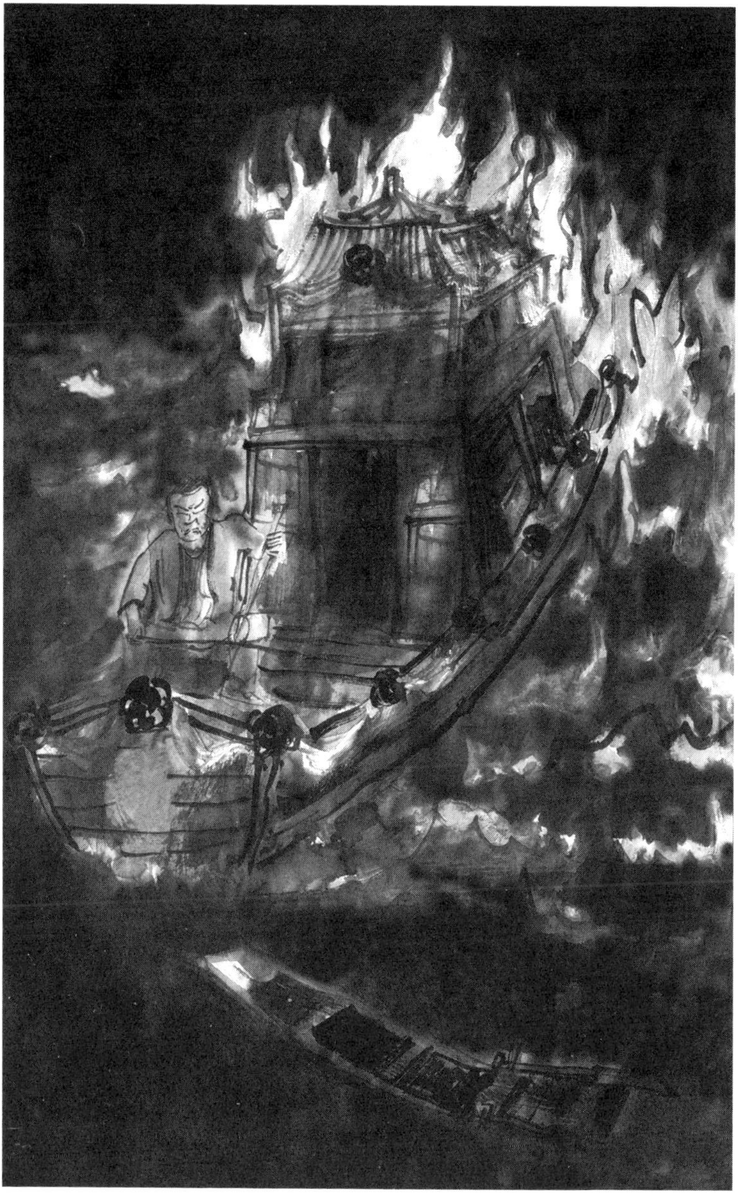

"你个王八蛋!"王鸣突然收起笑,"你不但是村奸,还是杀人犯!"说完举起了渔叉。方子雄害怕地向后退去:"哥,哥!天地良心,我真没干这缺德事……"说着,忽然失足掉进了火海。方子雄沉浮几下:"哥,真不是我干的!"见到方子雄掉到湖里,王鸣赶忙把渔叉伸给他,想拉他上岸。方子雄认为王鸣要用渔叉叉他,挣扎着逃开,很快就葬身在火海里。

火蛇急速爬上舫的舱板。见到方子雄沉没了,王鸣抱着那条土狗,把狗扔向没有着火的湖面。此时,他也可以跳下去,但他没有跳,他操起二胡在火焰中拉响那悲怆的旋律……

第二天,丧舫不见了,瓦岗湖湖水平静,波澜不惊。

去 老 塘

一

在千米深井里,见不到星辰和动植物,没法以日出日落、花开花谢为参照物,把握时间靠的是人体生物钟。比如:大夜班工作到尿急了,要冲着煤帮或支柱撒尿,这时辰是早晨五六点了;小夜班人的上眼皮和下眼皮老是粘在一起不松开时,时间八成到了十二点之后;白班的时间好估算,巷子里传来馒头或者肉包子的香味,那就一准是到中午十二点了。

你问,怎么不带钟表下井掌握时间呢?

这里有讲究:一是谁把金贵的钟表带到潮湿且粉尘飞扬的井下,他准是败家子烧包;二是矿井有矿井人的忌讳,这"钟"与"终"谐音,"表"与"丧"字形相似,谁敢戴着它们下井犯忌呢?

这个忌讳是老塘的行规。老塘系煤矿采空区的俗称,老庙煤矿的老塘大多是清末民国时期留下的,这个规矩就一直萧规曹随到了今天。

也有人不靠生物钟把握时间,杜海泉看看矿灯光线的强弱,或者嗅嗅风筒里传过来的风,就能一口报出精确的时间来。他还有个绝活,把刚采下来的煤放在手里攥攥,然后走到巷口抓一把陈煤捏捏,也能报出个子时午时来。所以,井下汉子们称他为窑神。

有人说他这一绝技来自他在部队当侦察兵时的特别训练。是的,退伍前,他是参加过自卫反击战的侦察兵,传说他原来是侦察连里的班长,有一次去抓"舌头",背回一个敌兵,这敌兵却因窒息死了,这死了的还是一个女兵,他因此受了处分,退伍来到老庙煤矿。是真是假谁也不知道,他本人不说,谁也不问。老庙的矿工就这点好,不在人背后乱嚼舌根。

窑神杜海泉不只有推算时间的本事,井下十八般武艺样样精通,打眼儿放炮、立柱架棚、敲帮问顶、探眼儿诱水、嗅风识瓦斯……这些关系到生命的技能他都会——当个窑神你得有一双鹰的眼,能看透厚厚的煤层和岩石后面藏着的东西;你得有一双猎豹的耳朵,能从一滴水的滴答声里听出洪水来临的信号;你还得有一个猎犬的鼻子,能从一缕酸甜的风里嗅到瓦斯的浓淡;当然,你还得有一个果敢的大脑,在生死之间,能立刻决定撤与进、生与死。在井下汉子们的心目中,杜海泉就是他们的神,唯独竹笋不睬他。石碾不知道为何竹笋会对窑神不敬,也是奇怪,杜海泉在竹笋面前却总表现出怯意来。

杜海泉在他三十七岁这年,被煤矿领导推荐为全省劳动模范,戴着大红花,坐上矿长的坐骑——苏联产的"乌龟壳"小轿车,在锣鼓喧天中到省里参加劳模会,受奖去了。这是一九九二年五月,正是杜海泉最风光的时候,用现在的话说就是他的高光时刻。可四个月后,老庙煤矿发生了震惊江城的"九一三"安全事故,他从采煤队队长被降为掘进班班长,开始走麦城了。

这大概就是命吧。

二

石碾快来了。

掘进迎头上的十条半个汉子都知道。因为,巷子里传来了馒头的香味。在地面上,馒头的麦香味是弥散在空气里的,人们不太注意;到了井下,尤其是巷道里,这香味是被巷壁聚拢的,是在封装的空间里流淌的,人们就觉得馒头的香是诱人的。

老疙瘩一副馋相:"乖乖,今天我们这是要吃韭菜肉包子了。"

小独眼抻着脖子:"不,是红烧牛肉的。"

臭屁虫摇摇手:"这分明是鱼香肉丝味。"

"我怎么没嗅出来?这不就是馒头香吗?"在躲炮巷里看书的竹笋走过来大声说了句。平常他说话总是细声细语,这次破天荒地大了嗓子,众人有些诧异。

"你那个沙鳖的鼻子,能嗅出什么屎香屁臭来!"老疙瘩乜斜了他一眼。

"你才是沙鳖!"竹笋㨃了老疙瘩一句,摸过锹来低头向链板机里捋矸子。

"海泉,你说说,可有韭菜味?"老疙瘩端着铁锹问杜海泉。

杜海泉手没闲下,用力捋着矸子。他侧脸向巷口耸耸鼻子,空气里是飘着韭菜合子香味,好像还夹有牛肉味。杜海泉暗道:不可能啊,今天不节不年的,矿上不可能给加餐啊!这也没搞大会战,也不可能上会餐的"功劳宴"啊!是自己鼻子坏了,还是怎么了?

就在杜海泉陷入疑惑时,小独眼又说了一句:"好像还有高粱酒味,嗯,是烈性的,52度的,海泉你可嗅着了?你可是喝大酒的。"

一听到"酒"字,杜海泉眉心一跳,手里的铁锹"咣当"落地。他无端地骂了句:"你们是馋酒了,都长着狗鼻子,上井后你们做猎犬去吧!"骂完又低头捋起矸石来。

大伙不再吱声,都在朝链板机里出矸石。一会儿,巷子里小山似的矸石堆就被他们运完了。接着立支柱加棚子就快了,两架棚子,他们十条汉子一二三就架好了,都不用竹笋打下手的。这时,杜海泉才说:"洗手,歇工,吃馍。"

众人听到这声令,就"砰砰"地扔下手里的家伙,关掉噪声四响的运矸石的链板机。链板机一停,整个巷子就安静了许多,除了人声,就是局扇在巷口老牛受刑般的吼叫。局扇不能停,一停,新鲜空气进不来,瓦斯就会升上来,人就得撤出巷子。

十条半个汉子东倒西歪地歇下来,在昏黄的矿灯光照射下,个个显出饥饿感和疲惫相。照例,趁着这空闲,大伙要讲一些荤话。那些围绕男女脐下三寸地方发生的事,在井下是汉子们解乏的春药,它能让汉子们再次热血偾张,生龙活虎,生机勃勃。

竹笋和石碾初听他们说荤话时,裆里家伙就不老实地昂起了头,把工装裤顶出小帐篷来。老疙瘩和小独眼就会把他俩逮住放倒,戏弄一番。为此,竹笋曾举着矿斧满巷子赶着要劈人,还是杜海泉拦腰抱住了竹笋,并"保证不让他们乱来"才算了事。也是从那时起,他俩有了梦遗与晨勃,当然也伴生着惊心动魄的艳梦。若干年后,他们在结婚第二天下床时都暗道:自己的性经验是在八百米深处的掘进迎头,由那群汉子启蒙的。

老疙瘩不要人提醒,就开腔了:"我昨天遇到了一个骚婆娘,她到底有多骚,你们听我说来……"这是他的开场白。一说这话,竹笋就会拉着石碾走到巷口去,要不石碾会痴迷地听的。被拉走的石碾总会问竹笋:"老疙瘩怎么天天能遇到骚婆娘?"一副羡慕的表情。竹笋就会骂道:"你也想遇上?你看你的龌龊样儿!"石碾就自我嘲讽:"狗烧火,猫做饭,老鼠推磨崴了脚,哇啦哇啦疼死了。我是我、我龌龊。"石碾说话总是夹着家乡的民谣,竹笋就曾问过他:"你在家里是说书的,还是卖老鼠药的?"石碾一下收紧胖脸上的笑肌,忙问:"你怎知道我卖过老鼠药?"竹笋没搭理他就走远了。

此时,竹笋朝巷口走去,刚才老疙瘩说韭菜肉包子时,竹笋心里一揪,这事要是让窑神知道,那一切就毁了,所以,他要在巷口把石碾截住。

杜海泉看到挎着瓦斯测气机的竹笋朝巷口去,就问:"小方,你去哪里?"

"我去给石碾拎水去。"竹笋没有停下步,往常也是他去接石碾的。

"小方,你把瓦斯机放下来,别摔坏了,几千块呢。"杜海泉仿佛不经意地说了一句。矿灯光刺破浓酽的黑色,打在竹笋的后背上。

竹笋觉得后背热辣辣的,他停下步,摘下如盒子枪皮套装着的瓦斯测气机。瓦斯测气机有个装药粒的长圆柱形的有机玻璃瓶,容易摔碎。竹笋迟疑了一下,迅速摘下瓦斯机,挂在躲炮岔洞的支柱上,径直走向巷口。

竹笋心里暗骂了句:"这老鬼太鬼了。"接着又暗责石碾办事不力,"不能指望他办半点事儿。"想到这他加快了脚步,他要在巷口之外的漏斗处堵住石碾,不然一准会露馅,不仅是窑神,那十条汉子个个是井底的高人,在他们眼皮下真藏不了什么秘密。

三

杜海泉看着竹笋瘦削的背影遁灭在巷子出口的黑色中,就想:方大刚怎么给他儿子起了个方竹笋的名字?是他老家的山上出毛竹的缘故吗?还是他儿子生下来就瘦?就那细瘦的毛竹竿身板,就决定方竹笋不会属于井下的。杜海泉这样想着,收回了目光,看了一眼或坐或躺的那些汉子。今天他们没有往常的喧闹,老疙瘩说的荤故事也很稀松,大伙没有大笑,或是沉默着,或是眯着眼睛打起盹儿。臭屁虫和小独眼还在一块矸石上画好线,下起了三子棋。两个人下着下着就互责悔棋吵了起来,吵着吵着就不下了。小独眼拿起皮尺,约上老疙瘩一起去迎头量进度。杜海泉没去,按说这该是班长的活,他俩今天却抢活干了,有点反常,也就任由他们去了。

量不量进度杜海泉也知道今天这个班又赶超了两米多,干好两架棚子就算完成当班的掘进任务了。他想吃过中餐馒头,领着大伙再干一会儿,完活了就让他们先下班上井。今天眼儿打得顺,炮放得顺,出矸子顺,架棚子顺,杜海泉感到了一种久违的精气神在回归,仿佛一年前的那种干劲又回到这个班上每个汉子的身上了。他想,这样干下去,自己的班还可以回去采煤的。

在煤矿井下有两大生产主力,一是采煤,二是掘进。煤矿里有个不成文的规则,采煤的比掘进的让人高看一眼,因为采煤的更艰苦、更危险、更能出效益。杜海泉这班是从采煤转到掘进的,杜海泉自认为这是他的一个错误决定带来的耻辱。班上的其他汉子是不是也有这个感觉,杜海泉不想问,也不愿问,更不敢问,这是一块结了快一年的痂,不能揭,揭了会流泪,更会流血。关于那个决定,直到今天,他还常常暗问自己,是对了还是错了?他私下里问过矿上的技术人员,技术人员都说那个决定是及时、果断、科学的。可他总是不能原谅自己,毕竟两条鲜活的生命因为自己的判断而折在 V 号老塘了,那可是自己亲如兄弟的工友啊。

小独眼在迎头尖着嗓子喊:"窑神,今天我们超了三米五!"

"这样干,我们这个月可以突破一百架棚子了。"老疙瘩也在一旁兴奋地说。

提到一百棚任务,他们都会想到一个人说的那句话:"你们一个月干超了一百架棚子,我可以考虑你们回去采煤。"这是熊矿长说过的话,全班人都知道这句话。他们就是冲着这句话埋头干的。但这一百架棚子任务不好完成,有诸多条件制约着,比如迎头的岩石状况、会不会遇到断层等。现在有望突破一百棚,但谁也不敢说后几天的掘进会不会遇到什么拦路虎。

"那我们今天可以下早班了。"臭屁虫瓮声瓮气地说。

九束矿灯光唰地一齐照向杜海泉。

在井下用矿灯照人的脸,尤其照人的眼睛,是不礼貌的。杜海泉有些生气,他知道矿灯下是九条汉子火辣辣的目光,便向矿灯光挥挥手:"照啥照?吃过馒头,把剩下一架棚子架好就下班。"

九束矿灯一下就如九个带光的动物乱摇起来,九条汉子嗷嗷地叫好。

说到馒头,杜海泉又抽动下鼻子,韭菜合子、牛肉包子等诸多味道再一次扑鼻而来。他不由得望向巷道口,那边有一盏灯光如渔火游过来。

杜海泉知道石碾来了,那竹笋又去了哪里?

四

"你怎干一点事都干不好?"竹笋在巷口的溜斗处截到了石碾,恨不得给他一巴掌。

石碾背着馒头筐,拎着一铁皮桶热水正在向上爬木梯,看到瘦长脸的竹笋居高临下地用矿灯照着自己的眼睛,就低着头避过矿灯光说:"哥,你生啥气?我这不一切都按你说的办的吗?"

"还按我说的办,能得不轻,我们在巷子迎头都嗅到你带来的菜味和酒味了,你怎么装、怎么藏的?这事让班上人知道了,尤其是让窑神知道了,还有我俩的好?"竹笋斥责道,长缝眼里射出两束很亮的光。

石碾一听也是,没想到井下有点儿香味啥的就会被风吹散到四处。他便擦了擦汗,赔着笑脸说:"三包菜、三个馒头、一瓶酒,我用荷叶包好,外面又用塑料袋包裹,不放心,还用包炸药的防水硬皮纸在外面再扎了一下,按说不该漏味。这真是又哭又笑,老猫上吊,老鼠解绳,屁股摔得生疼。"

"都什么时候了,还在说笑哩!快把东西卸下来给我,我下到大巷里先藏一下。你快送馒头到迎头去,他们问我就说我方便去了。"说完,竹笋从石碾手里接过布兜子,和石碾错了个身子,麻溜地滑下梯子,准备去大巷。

石碾把自己的小棉袄脱下来向竹笋扔过去:"用袄子包起来,别凉了。"

黑棉袄如一只大黑鸟飞落下来,竹笋接着,他抬头向上看去,看见那个胖墩的圆柱体向上笨拙地爬去。"把水桶放在那,我回头来拿。"竹笋朝上方喊,说完就用棉袄把那布兜裹严实,又找来一截炮线,把它绑紧,四方体,炸药包似的,用手拎着。他把布兜放在鼻子下用力嗅了嗅,没有了菜香味和酒味。"这下保险了。"竹笋暗道。

竹笋今年十九,石碾说自己也是十九,但十条汉子都清楚石碾只有十六或者十七,他瞒了岁数才顶职上班的。其实矿里的领导也知道,只是均不说破,政策规定,不到十八岁不能下井。

竹笋和石碾按政策也可以不下井的,在地面井口当推车工,或者去看煤场、做地磅工,也是可以的。但他俩铁了心下井,还非得去当采煤工,不同意,就在采空区里不出来。矿里领导劝也不成,最后还是杜海泉出面做工作,让他俩跟着自己的班先干一个月试试。

"你说了可算数?"石碾问。

"我杜海泉说到做到!"杜海泉拍了一下胸脯说。

竹笋看了看杜海泉的国字脸,在他左脸颊上看到了一块青色的"煤矿痣"——煤块砸伤或划伤留下的煤疤,那让他看上去有点凶恶,但是他的目光里流露的是兔子眼睛里的光亮。

"不错,你说的比你做的好。"竹笋讥讽了杜海泉一句。

"他是窑神。"石碾在一旁扯了一下竹笋的衣角。

竹笋把石碾的手打下说:"什么窑神!连自己工友都不敢救的人,我看就是软蛋。"

杜海泉往前走一步说:"竹笋你这孩子怎么说话呢!"

"我说错了吗? 你敢说我说错了?"竹笋也走前一步,目光锥子一样扎进杜海泉的眸子里。

杜海泉仿佛被一块矸石砸到腰一样,一下跌坐在地上。

竹笋走到杜海泉身边又补了一句:"我叫方竹笋,竹笋是我爹叫的,你不配!"从此,杜海泉就叫竹笋为小方了。

方竹笋的父亲叫方大刚,石碾的父亲叫石斗,均是老庙煤矿"九一三"事故的遇难者。

五

"小方迎你去了,你没见到他吗?"杜海泉见只有石碾一人走来,即问石碾。

石碾边卸背上的馍筐,边回答:"他在后面大解,马上就到。"

老疙瘩掀开馍筐上的白盖布,只见筐里拥挤着一群白胖胖如白崽鹅的馒头,有点儿失望,看了一眼石碾:"咋没有韭菜肉包子呢?"

"今天食堂就蒸的大白馒头,配的咸菜,没有包肉包子。"石碾低头忙着给大伙发馒头。

大伙的手都借着打眼机的水洗了,但手上煤迹还是有的,拿馒头就不能五指全用,只能用大拇指和无名指捏着馒头吃,吃到最后,就把捏脏的两点面皮扔了,也不可惜。

小独眼有点怀疑石碾把包子藏在馒头下面了,就死死盯着馍筐看,馒头发完了,也没见到自己嗅到的牛肉包子。

"小石碾,你把包子藏哪了?我们都嗅到韭菜肉包子味了,怎么没有了?你八成和我们打埋伏了。"小独眼盯着石碾那山芋红的圆脸上两只小黑豆眼问。

石碾用挂在肩脖上的毛巾擦擦汗,他确实热,背馒头筐背累了。要不是竹笋先打了预防针,大家猛地这么一问,他还真不知道该如何回答。不过石碾有自己的办法对付这个局面:"俺俩好,俺俩好!俺俩凑钱买手表,你戴戴,我戴戴,你把我手表戴坏了,我把你老婆逮卖了。俺俩好!俺咋会骗你?真的没有肉包子,你嗅的肉包子是采煤队他们自己带下来的加餐。"

石碾这套话,听来有趣,大伙哈哈笑起来。

杜海泉却没有笑,他相信自己的鼻子不会骗自己,心知石碾显然在说谎,那石碾为何要说谎呢?如果有韭菜肉包子石碾是给谁吃呢？疑问如炮烟在他心里升腾了起来，炮烟的刺辣味让他心里有了疼痛感。

在杜海泉的眼里，竹笋和石碾只是半大的孩子，所以他称自己的班是"十条半汉子班"，竹笋算半个汉子，石碾就是个孩子，比自己的儿子大五岁的大孩子。

他给他俩派的活一个是随队瓦斯测气员，一个是送饭的馒头工，都是最轻巧的工作。测气员原来属矿里安全科直管，"九一三"事故后，测气员下放到各队班，一个测气员要负责三到五个掘进迎头的测气。杜海泉向矿里领导软磨硬缠，把竹笋留在了自己的掘进班里，他说："小方还是个半大的孩子，让他在我班上干上一年，身子骨长硬实，技术全面了，再让他跑别的迎头吧。"矿领导也就同意了。竹笋虽然仍旧冷着那张苍白含霜的脸，但心里还是有些感谢杜海泉的，因为他测完气后可以在躲炮洞里看自己的书，他想考电大，不想一辈子就这样在没有阳光的地方度过。送饭工大多是让受过工伤或岁数大的人来干，这活下井迟、上井早——送饭工洗完澡，井下的汉子们才从大巷向副井去，接他们上去的吊罐还没下来呢。石碾有了时间不去看书，而是主动去帮杜海泉家干农活。杜海泉找的媳妇是当地农村的，家里有五亩水田，石碾不干农活时，就去掏泥鳅、逮黄鳝，再不就是逗他喂的"白猫"玩——他的宠物"白猫"其实是从井下老巷里逮的一只白毛老鼠。杜海泉私下让他向竹笋学习看书，但野惯了的石碾捧起书比捧起一块石头还难。这叫：人各有命。

杜海泉斜靠着支柱啃着馒头，望着小胖子石碾，不由得想到石碾的爹石斗。石斗也有一张山芋红的脸颊，魁梧，是结实的那种壮，不是肥胖。他可以两个胳膊夹两根支柱走上坡一二百米不喘粗气，在掌子面大铁锹出煤，一班可以轻轻松松地捋出五六十吨，不会第二天叫胳膊疼腰疼。工友送他一个外号：链板机。石斗不喜欢讲话，这是和石碾之间的最大区别，老疙瘩就说过饶舌的石碾："你是串种了，你不是石斗的儿。"石斗属于一棍子打不出一个闷屁的主儿，而石碾聒噪得很。听说，是石碾娘嫌丈夫不会说话，才让儿子拜集上那个卖老鼠药的人为师的，不图学到制药，就是学成"会说话的人"。石碾娘让石碾叫那个卖老鼠药的人"舅"，但石斗不愿意，请探亲假回家先把自己的婆娘打哭了，后把那个"舅"揍跑了。在竹笋和石碾两者之间，杜海泉更喜欢石碾，他认为竹笋清高且有戾气，石碾却老实纯朴。这回，石碾说谎为哪番呢？杜海泉觉得自己今天有些心猿意马，仿佛有什么事要发生似的，他暗暗告诫自己悠着点儿。

这时，竹笋斜着身子拎着铁皮水桶晃荡晃荡地走过来。

竹笋把水桶放稳，石碾赶忙把桶上的小铁杯子从桶口拧下来，斜倒了一点热水把铁杯子烫一下，涮了涮，泼掉，重新倒了一杯水，给杜海泉端过去，说了声："干爹，你喝热汤。"在石碾的老家，把喝水、喝茶、喝粥皆叫喝汤，石碾也不知为何。叫杜海泉干爹是自己娘让认的，已叫了快一年。

在杜海泉接杯子时，竹笋向煤壁呸地吐了口痰，一拧身去躲炮洞里看书了。他最瞧不起石碾这样，这是认贼为父啊！

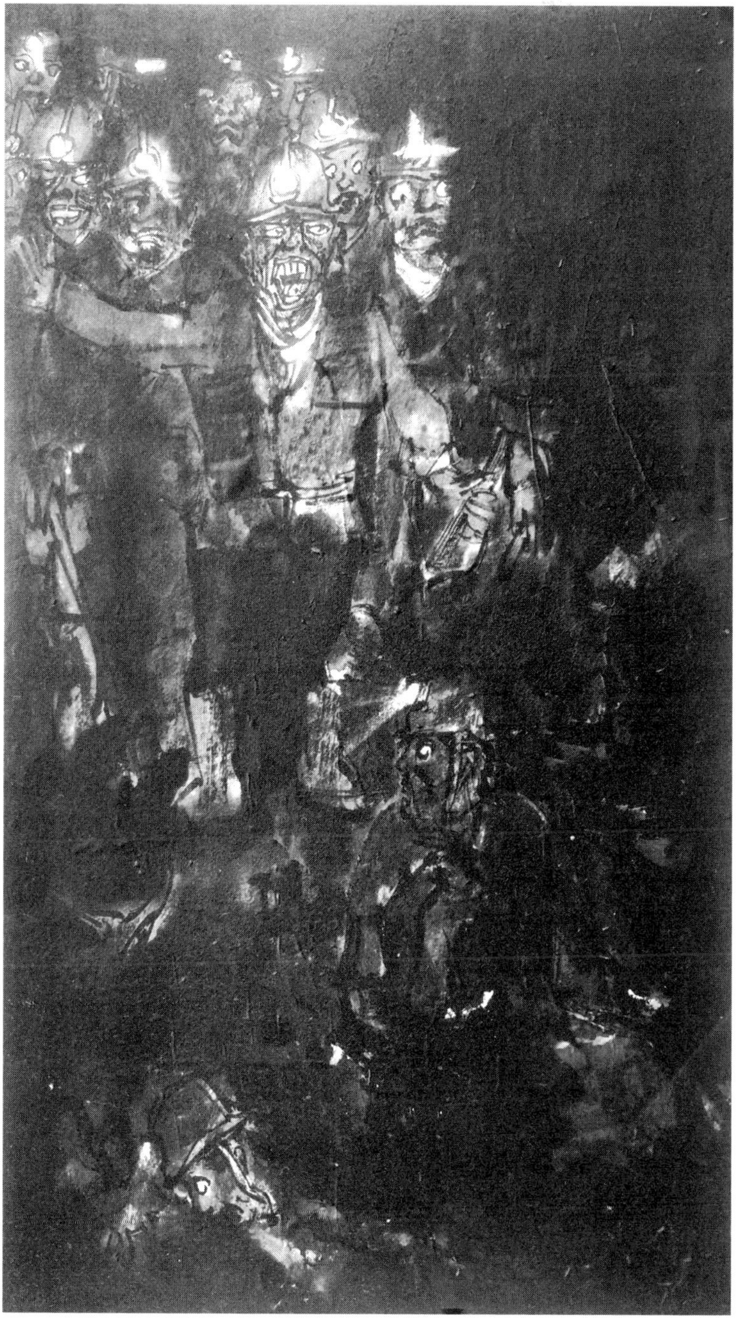

六

　　石碾见竹笋一拧身去了,就意识到他又生自己的气了。

　　石碾暗里叫竹笋"河豚姑子"——河豚姑子是长江里的一种鱼,就是河豚。你越碰它,它越胀气,使自己的身体变成一个球,球体上还支着肉刺儿——这还是竹笋告诉他的。石碾老家在淮河以北,淮河产鲤鱼,却从不产河豚,他不认识这种会生气的鱼。上班第一月领"关饷"53元,竹笋带他到江边大通古镇吃小刀虾子面。在那个码头边,看到这奇怪的鱼,竹笋说这是"河豚姑子",有剧毒。不过石碾喜欢这鱼,他觉得比"白猫"还好玩。"白猫"是他在老巷里逮到的,井下老鼠都是灰鼠,白色的老鼠少见,竹笋说这是老鼠得了白化病,石碾不信,得了病就死了,咋还活着?但他终没有买下"河豚姑子"来养,是竹笋不让。那天还喝了白鱀豚啤酒,石碾第一次喝这"马尿",就醉在了码头边的小饭店里。等他醒来,竹笋已经在鹊江上游几个来回了。石碾从木格窗望去,竹笋瘦长白皙的身体在破浪前行,有点儿像大鼓书里说的——浪里白条张顺了。

　　鱼就是鱼呗,干吗叫"河豚姑子"。竹笋也解释不清楚。"姑子"不就是"姑娘"的意思吗?是姑娘就会生气,石碾是这样认为的。这符合竹笋的性格,石碾刚认识竹笋时,总是十天左右,竹笋就会爬到高高的矸石山上,哭上一场。他这好哭的习惯印在石碾心里就是个姑娘形象,也就暗里给了他一个外号——河豚姑子,但明里石碾叫竹笋为"哥"。

石碾和竹笋是去年九月下旬认识的。他和母亲、三个弟妹,以及爷奶、大伯小叔二十多口,从淮北老家一车拉到江城的东风饭店住下。路上,矿上来人告知他的父亲石斗在矿上受了一点伤,让家里人来矿上看看。车窗外热浪滚滚,阳光如火。石碾娘是个大大咧咧的人,开初没在意,一路该奶孩子就奶孩子,该说庄稼的事就说庄稼的事,只是爷奶的脸上布满了阴影,仿佛要下雨的天空,心里估计儿子这是凶多吉少了。石碾也没当回事,他好奇地看着窗外渐渐变化的风景。平原一到长江就收住了脚,丘陵和群山多了起来,大片大片的绿劈头盖脸地砸下来,让人感觉十分清凉,也让人眩晕。长江比淮河更加宽敞绵长,江水也比河水清冽,石碾渐渐有点儿喜欢上这江南了。

刚住进东风饭店时,他们就听到楼上有许多人在哭,哭声如瀑布般倾泻而下。石碾有点儿发蒙,接着听见母亲在隔壁号啕大哭起来,她的哭声如鞭炮连接自己从家里来的众亲人。这会儿,他们被矿上人告知,石斗在矿难中"光荣"了。矿上的人给他们发了白毛巾和黑纱孝章。石碾戴上黑孝章,想到自己那个不太说话、喜欢低头抽烟的父亲,心里有了刀戳的感觉。他逃也似的走出房间,一个人向东风饭店的后院走去。后院有一片竹林和一个假山,假山前有一个鱼池,里面游着几尾金鱼。他如一块浮木,被哭声四起的声浪冲到竹林前,望着天空正午发着炽热且苍白的光芒的太阳,小腹有了绞痛感。他蹲下身子,看到地上成群的蚂蚁,一条黑线般向假石山后面的竹林爬去。"蚂蚁搬家雨必淋。"石碾的耳边响起了父亲的话,他看着蚂蚁在搬着家,想着自己将是没有父亲的孩子了,小腹又绞痛起来。他只得沿着蚂蚁搬家的路线向竹林深处走去,仿佛这样小腹就会轻松点儿。

当走过一棵芭蕉树时,他看到一位瘦削的青年靠在竹子上,在无声地流泪。那个青年袖子上也套了一个和自己一样的黑纱孝章,看到石碾就把身子转过去。石碾看到那个青年双肩耸动着,全身在颤抖。他有点后怕地向后退去,突然后背被人重重地击打一下,转身只见三个穿花格子衬衫、留长发的青年站在面前。其中一个戴蛤蟆镜、扎双枪皮带、下着鸭蛋青喇叭裤的青年怒斥道:"小土鳖踩脏老子皮鞋了,你赔我钱!"另外两个青年一个手里提着一支气枪,一个手里拎着一串被打死的麻雀。石碾看到这些奇装异服的城里人,有点儿惧怕,连忙弯下腰用袖子为那个青年擦起鞋来。没料那个青年一抬脚猛地踢在蹲着的石碾脸上,踢得石碾仰面朝天地倒下。三个青年哈哈大笑起来,蛤蟆镜青年一把抓住石碾的衣领,一记耳光打在他的脸上,恶狠狠地说:"没听见?让你赔钱,不赔钱老子一枪要了你的命!"

面对冰冷的枪口,石碾咧开大嘴哭喊道:"爹,爹来救我!"

"你们也太欺负人了。"瘦青年走过来,用手拨开那支枪管。

三个青年见到半路杀出来又一个戴黑纱孝章的人,怔了一下,定睛一瞧,是一个瘦弱的人,一看衣着就是乡下人,就吼道:"你他妈的多什么事!"说完相互递了个眼神,忽地对瘦青年拳打脚踢起来。面对突来的群殴,瘦青年只有挨揍的份儿。石碾爬起来向不远处的宾馆楼号叫:"快来人啊!快来人!出人命了!"他的呼喊声引来了老庙煤矿处理丧事的矿工,他们大步跑来时,石碾正扑在瘦青年身上,把厚实的后背让给三个青年拳打脚踢,还有气枪托的击打,他听到自己如一面鼓被他们擂响了,感到身下的瘦青年在倔强地喘着粗气。

三个青年看到一群戴黑纱孝章的汉子野牛般奔来时,赶忙跳后院的矮墙跑了。

那群汉子中冲在最前面的就是杜海泉。

那一仗后,石碾认识了那个叫竹笋的瘦青年,知道竹笋和自己一样,爹不在了。他认了救自己的竹笋为哥。

任竹笋再不高兴,石碾都会把他哄乐了。石碾自信自己有这个本事,何况今天他俩还要干一件大事——他俩要下井,也是为了这一天,为了这一天要干的大事。

石碾来到躲炮巷里,竹笋啃着馒头,没理他。石碾只得把口袋里的"白猫"拿出,给它喂食。其实也就是几颗生花生米,他把花生米掐碎,一点点喂这小东西。"白猫"长得肥硕,和石碾一样有着圆滚滚的身体。它有一个长鼻子,一双红色的眼睛,很灵敏,也很通人性,好像能听懂石碾的话,让它跑就跑,让它停就停,神着呢!

七

吃过馒头喝过汤,杜海泉就带着大伙立柱架棚了。

石碾和竹笋这时可以下班上井了。杜海泉让竹笋把瓦斯测气机留下来:"这迎头还要用。"竹笋没说话,留下机子,向石碾使了个眼神,自己先走了。石碾装模作样地戏弄一下"白猫",待竹笋走了一会儿,也背起馍筐、拎起铁皮桶走向巷口。

一架棚的活,十条汉子半小时就干完了。杜海泉让他们先走,自己留下交班,众人说说笑笑离开了迎头。

杜海泉在安静的巷子里找到一块矸石坐下,手下意识地向口袋摸,这是摸香烟,如果这会儿是在地面上,他会美美地抽上几口。口袋没烟,有烟也不敢带下来,他的手又朝工具包里探去,摸摸那只保温杯,手指在杯盖沿口摸了一圈,又把手指放在自己鼻子底下嗅了嗅,没有一点儿味道,那狗日的臭屁虫咋嗅到酒味的?见鬼了。

是的,这杯里藏着酒,52度的高粱酒。这要是让安全员查到了,杜海泉可得开除回家了。这只保温杯是一颗要爆炸的手榴弹,让他提心吊胆了一个班的时辰,现在好了,大伙都上井了,自己过会儿交了班就可以去老塘办事了,办完了那件事自己心会安稳点,不会再做那个让人心悸的噩梦。

今天是9月13日,石斗和方大刚走了的一整年,自己怎么都该去老塘拜祭。这是井下的规矩,在井下殁的,要在井下祭,当然,祭祀不能用香火和鞭炮,拜祭后还要从老塘拾一块煤带到地面上的亡者坟头烧了,亡者的魂才会回到地面。想到这杜海泉的心就往下沉,就想扇自己的耳光。

记得那天,采煤很顺,他们采的是V号老塘边上的那块煤层,采到快结束时,一切均正常,都在杜海泉的掌握之中。一般遇到老塘,大多会绕过去,不去碰这个可能会吃人的老虎——老塘也叫老虎。可是V号老塘旁有七八千吨的肥肉,煤矿的领导不愿放过,像杜海泉这样的老矿工也不愿放过。杜海泉是公认的窑神,矿上就把这个任务交给了他们这个队。其实,这里的安全已做到了极致,在这足球场大面积的掌子面,他们布下了十二个梯次推进的保安支柱塔、二百多个支柱顶板,而且没有事故的先兆,顶板没有开裂,煤帮没掉煤块,支柱没炸开,支柱塔没有坍崩,老塘也没刮阴风,一切都好端端的。杜海泉认为万无一失。眼看最后百吨煤,再用半小时就要全部被捋到链板机里,就可以和V号老塘说再见了。石斗捋煤处突然噗嗒一声,掉下来一块酒桌大小的石块,把石斗压了下去。石斗在石块下拱了拱,想把石块顶开。离他不远的方大刚就向杜海泉喊:"海泉,快救人!"说着就跑过去用手搬石块,朝石块下的石斗喊,"石斗石斗,我来了……"他话没说完,头顶上方又轰的一声坠下一块双人床大小的石块,把方大刚压在下面。杜海泉跑过去时,昏暗的矿灯光下,他看到两条汉子抽搐的腿在蹬着煤灰。杜海泉这时听到头顶上传来冰河开冰的咔嚓咔嚓声,他连忙止步,并对跑过来的小独眼、老疙瘩他们说:"撤!快撤!"说完拉着他们向支柱塔跑去。当他们在支柱塔边上蹲下时,似乎还能听到不远处传来石斗的呻吟和方大刚救命的呼喊。他们听不得这凄惨声,纷纷站起身来要过去救人。"都别动,谁过去我劈了谁!"杜海泉拿着一柄斧子堵在前方,头顶上的顶板还在撕裂着,仿佛有几百头大象在向两边拉着岩石。顶板在开裂,那裂缝由一条条蛇身变成蟒身,从只能放进手指到后来可以放下拳头。

臭屁虫问:"我们是撤还是进?你说话!"杜海泉说要等,等顶板上安稳下来才能判断。前方慢慢没有了呻吟和呼叫,十多条汉子有人低声抽泣起来。也就十分钟左右,顶板不再咔嚓咔嚓作响,杜海泉大声喊道:"搬支柱立垛,打安全通道,救人!"刹那,众人仿佛出笼的猛兽赶紧四处去搬支柱,开始打立垛,打一个通道,接近出事点,救起两人来。但杜海泉心里清楚一切都迟了,现在只能从老塘这只老虎嘴里抢回两个汉子的全尸了……

想到一年前的那场事故,杜海泉的泪水就要溢出来,这时他看到接班的王班长到了,他抹了一把脸,把泪水攥在手心里,迎了上去,他提醒老王说:"老王,前几天连着下雨,这迎头岩壁上都挂汗了,别是前面有老塘,你们多打探钎,抢了进度,却透了水。"老王笑着回答:"你狗日的每个班都超产,当先进,让我们给你们垫底吧!"

杜海泉认真道:"我说的是真话,你别不听,壁上水珠,我试了,有点儿臭味,八成是老塘的。"

八

去V号老塘有两条路。一条直走大巷,到V号老塘下口巷,爬上山,走老回风巷,斜岔就到了,这个走法省力气、安全,但老采空区或老塘处一般不让人去,除非你是安全员去例行检查。另一条路走老回风巷,过火焰山采空区,再爬一段老矮巷,只是这条路不太安全,尤其是老巷道和采空区没有通风,靠的是风门控风,内存的新鲜空气少,瓦斯超标,可以放倒人。竹笋与石碾走的是后一条路线。

走这条路近,半个小时就可到达,拜完祭,回大巷升井,迟不了多少时间,不妨碍去爹的坟上烧煤、焚纸、招魂。瓦斯机被杜海泉留了下来,他俩对于这条路上可能遇到的危险还是清楚的,本打算放弃,石碾说:"别怕,我有'白猫'带路,准行,它鬼机灵的,一有危险它跑得比兔子还快。""这行吗?"竹笋问。"你把'吗'字吞回去,安稳跟我走吧,这路我踩过点,这真是……"竹笋立刻打断他后面的啰唆,严肃地说:"别嚼舌头了,快走!"

竹笋拎着绑成四方形的"炸药包"走在前面,石碾跟在身后,走向老回风巷。他口袋里那个白色的活物,不时地探出头来,用一双红色的眼睛打量这废弃的老巷,不知主人今天为啥反常地走这条少有人问津的路。

竹笋和石碾要去老塘祭拜父亲,是他们自己的心愿,更是他们的娘和整个家族的主张,也与矿井规矩有关——在井下亡的,亲人一定要在一周年时去井下拜祭,去为亡者招魂。为此,他俩商量了大半年,包括坚决要留在井下工作、踩点、设计祭拜物秘密地携带,只是没有想到杜海泉会把瓦斯机给截留下来。

望着长长无尽头的黑煤巷,竹笋暗暗祈祷:爹保佑我们能到老塘。

爬完一段上山巷,就来到老回风巷。此时,巷子里陡然燥热起来,竹笋脱掉了棉袄,塞在支柱的帮梁上。他们头顶的矿灯光也变得有些昏暗,从鸡蛋黄色变为尿黄色。巷底道上的浮煤也一踩一噗地扬起尘来,巷子的支柱都静静立着,顶板的压力已经被支柱消解,到处一片死寂,风不动,立柱上滋生的黄白色的菌丝如胡须一样悬着,不时有灰色的蛾子和不知名的幼虫扑在他俩的矿灯和脸上。

不一会儿他俩来到火焰山的采空区。采空区大半已经垮落,只有一座小山似的岩石在顶着顶板,为采空区留下一个通道空间。那块岩石在矿灯照耀下不是青灰色的,而是赤色,所以称为火焰山采空区了。

竹笋觉得太阳穴在怦怦跳动,石碾也心跳加快起来。

竹笋说:"快把你的'白猫'放出来,试试看瓦斯。"石碾掏出白老鼠放在脚前,念叨着:"小老鼠,上灯台,下不来,老鼠急得喊奶奶,你给俺俩带个路,回头给你吃猫肉……"小白鼠耸动一下细长的鼻子,很听话地向前跑去。竹笋舒了一口气,老鼠可去的地方,自然安全,瓦斯也不会超标。他俩在采空区走了一炷香的时间,空气变得阴冷,湿气也重了起来。他俩来到火焰山下,再向前走出矮巷,就可到老塘了。就在他俩有点儿放松绷紧的神经时,"白猫"却停下来,不愿再朝前走,一骨碌爬到石碾的口袋里,探出头,"叽叽叽"地叫着。

竹笋把矿灯向前打探,但见前方巷子依旧平静,他抓一把煤尘漏斗似的从手里滑下,煤尘下坠时有一道弧线。他再看看支柱上的黄白菌丝,那一条条的菌絮也在摆动,他知道这里有风,有风的地方,瓦斯不会超标的。

石碾以为"白猫"是跑累了,就对竹笋说:"哥,我们歇一下吧!"

竹笋也有点儿累,就点点头,把"炸药包"放在一块岩石上。他坐在立柱下,从工具包里掏出那本高中数学教材,翻看了两页,也提不起精神。他是在想父亲,越是快到父亲的失事处,越是有一种悲哀袭来,仿佛父亲就在不远处看着自己,好像还如平常一样告诫自己:"不能偏科,学好数学能拿高分的。"竹笋一直不爱学数学,高考落榜后,就一直在复习准备考个电大。他在井下一测完瓦斯,就躲在躲炮巷里看书。杜海泉对九条汉子说:"我们这个班一定会出个状元,让全矿人看看,我们没孬种。小方你好好学,为我们班争光。"

石碾一见竹笋看书就乏味,他不爱读书,在老家的小镇上野惯了,三天一集,人声鼎沸,有吃有喝,还能听大戏。他准备把爹招魂的事办了,就不在矿上干了,回家去卖老鼠药,落个自由快活。他又一想,他走了竹笋就没伴了,不过,他推测竹笋也不会在井下干一辈子的,不然他也不会熬灯油看书了。

"哥,你咋对窑神不待见呢?他对你多好啊,你生病是他背你去医院的,你得阑尾炎,他照顾你。"石碾终于问了。

"他?!"竹笋没有马上回答,只是把矿灯拧暗许多,沉默了一会儿说,"你该听说了,我们的爹爹遇事时,还活着,是他不让人进去救的,他是胆小鬼,如及时抢救,我们的爹爹就不会……所以我恨他!你还叫他干爹,一点儿出息都没有。"竹笋对着空荡荡的采空区,吐出了积压在心底的怒气。

"可……我听说,他是……"石碾刚想说什么,手指却被"白猫"咬了,他"哎哟"惊叫了一下。

竹笋把矿灯射过来,看到"白猫"咬着石碾的手指不放,赶忙一巴掌把"白猫"打落在地。"白猫"掉在地上,就四爪撒开,一耸一耸地向回路跑去,一溜烟跑没影了。石碾赶了几步,骂道:"这牲畜,坏了良心!"

忽然,巷壁传来"轰"的一声倒塌声,接着两股水山洪般轰隆轰隆地冲过来。"快跑!"不知他俩谁先喊的,他俩向前跑,向老塘方向跑,跑了十来步,竹笋拉着石碾扭头向火焰山的顶端爬去。

"哥,这是咋了?"

"透水了。"

听到透水,石碾害怕起来,在下井前安全培训时,技术员说过"透水"是井下"五大灾害"之一。爹爹牺牲在"五大灾害"的"冒顶",余下的还有瓦斯爆炸、偏帮、火灾。

火焰山顶端只能供一人待,竹笋把"炸药包"递给石碾。

水漫过矿靴,接着就爬到腰间。

石碾红脸颊泛白,嘴唇打战,说话有点儿结巴了:"哥……哥,你上来挤挤,我们不会死在这里吧?"

竹笋仰着头对石碾说:"我会游泳,不怕,你把矿灯关了,我的灯开着,省点儿电。"

水继续上涨,到竹笋的肩膀了。水是刺骨地寒,这是百年的老水,他俩都在打寒战了。

竹笋把包里的教材一页页撕掉扔到水里,并把一个笔记本递给石碾说:"记得多撕书,这纸会流出去的,工友看见了,我们就有救了。"

石碾接过笔记本,大哭起来:"爹!快来救我!"

他俩号啕大哭起来,哭声撞击在采空区岩壁上没有回音,只有水流的声音漫上来。

九

杜海泉在去老塘的路上,他走的也是竹笋和石碾的那条道,那条路近。

一路他用瓦斯机测着气,还好,没有超标!

走着走着,他看到老巷道的地面有两行新鲜的脚印朝前延伸,这是谁在走老巷?是安全员吗?接着他又嗅到老巷里有韭菜肉包子的味道,就莫名紧张起来,不由得加快速度,不会是他俩吧?如果是他俩——他拍打了一下自己的额头,是他俩,一定是他俩,他俩去老塘了。

他被自己的判断吓傻了。

他开始向前跑起来。

就在快到火焰山采空区时,他的矿灯照到前方奔来一群老鼠,其中有一只白鼠。他冲着白鼠叫了句"白猫",那只白鼠停了一下步子,望了杜海泉一眼,又继续逃命去了。"坏事了。"他转头向前面巷道喊道,"石碾!小方!"巷壁是厚厚的海绵,他的声音被吸收干净。

忽然前方涌来怪蟒游动似的水流,水流把他冲得差点儿摔倒。他抱紧身旁的支柱,目光死死地盯着前面。水流把他冲得漂浮起来,他看到水面漂来众多纸张,猜是竹笋的教材,他意识到这是竹笋有意为之,发出的求救信号。他为两个孩子还活着而暂时放下心,同时,为他们机智的自救感到欣慰。

摆在杜海泉面前的是两条路:回撤求援或自己冒险救人。

没有多想,他迎着水流向前游去。他知道自己这样会凶多吉少,只有自己游过去才能把他俩救出来,可这是冒险,可能自己也会淹死在里面。如果回撤求援,两个孩子可能等不到援救的人就被淹死在里面。

终于,他游到一豆灯光的火焰山顶端时,看见水已经到了两个孩子的肩上,他们只是抱着一块顶板下悬的岩石。

水还在涨,他清楚他们没有力气游出这个采空区了。

石碾见到他的到来,仿佛见到了救星,大喊:"窑神!我们在这!"

他抬起头:"孩子,坚持一下,水会退的!"

竹笋沉默地点点头,石碾哭着说:"干爹,我不该!"

"别说了!"杜海泉想:这采空区的水只有排放出去,他们才有希望脱险。那只有潜游到巷道的回风巷打开向内关的风门,这样水就会流出去。想到这,他对竹笋说:"我去水下打开风门,你守着石碾。"

竹笋"嗯"了一声。

杜海泉说完就潜到水下。

竹笋看到水面留下一个水涡的痕迹。他突然有点儿感动,仿佛不再生他的气了。

杜海泉潜到风门处用力拉了风门两下,风门没有动,仿佛焊死了一般。他只得浮上水面换口气,他听到不远处石碾在喊"干爹",

便回了句"快了",再次潜到水下。在黑色的水里,他再次用力拉着风门,当他快要力竭时,感到身旁有一束昏黄灯光靠近,一个人游了过来。他知道这是谁来了,他俩并肩一起拉开了风门,汹涌的水流找到新的出口,奔涌向前。

水流把杜海泉冲向另一个巷道。

竹笋抱着一根立柱,向远去的灯光大声喊着:"窑神!窑神!……"

……

水终于退去,两个孩子相互搀扶着蹚着水,向V号老塘走去。他俩没有发出哭声,只是满脸热泪。

他俩踽踽蹒跚地走近V号老塘,远远地看到一串灯光在老塘边上。他俩走近灯光一看,跪在地上的汉子竟是老疙瘩、小独眼、臭屁虫等九条汉子。

"爹呀!……俺爹我来了——"石碾仰头大喊道。

竹笋直挺挺地跪了下来,对着前方老塘的黑暗大声喊道:"爹!我们回家!"他拾起一块煤,捧到眼前,仔细看着,仿佛不认识。接着,他扶着立柱慢慢站起来,向长巷走去,他的身后,众汉子也拾起一块煤,慢慢站起来,低下头跟竹笋走着。

"爹!我们回家……"石碾的声音在长巷里反反复复地回响着。

走在最前头的竹笋依稀看到一个微弱的灯光在前方游动,并传来浓浓的酒香。他张张嘴却没叫出声来,加快了步子向那盏灯光走去……

渔 光 曲

一

阿香婆在提锚撑竿之时,乔松已经熟练地拉响了船上如手扶拖拉机一样的柴油发动机。

木船活了起来,全身颤动着,像一条遇水即游的鱼。

乔松得意地笑了笑,阿香婆连忙对孙子乔松说:"莫急哉,莫急!"说着干净利索地抬腿跨上了船。

身后岸边台阶上那群在用棒槌捣衣的妇女就喊:"阿婆呀,莫去了,多大年纪了,该享福了。"

阿香婆朝她们回答:"没法子,那些牛祖宗要七(吃)盐,一天都不能脱。"

洗衣的那几个婆娘就三三两两说:"你就是个犟子。"

还说些什么,阿香婆不想听,也听不清了,阿松已经把船驶出了河岸。

阿香婆猜到她们会说什么,无非是她想发财想疯了,要钱不要命了。

阿香婆擦擦头上的汗,随她们去吧,自己都六十有八的人了,在这大湖上风里来雨里去,什么样的风浪、什么样的人没见过?由她们说吧。

她习惯性地抬头看看这三伏天大湖上空,蔚蓝蔚蓝的天幕,有一些棉絮样的白云稀疏地挂着,东边的太阳已经在大湖远方跃出来,远方的湖面被太阳的金色染成了被香油煎熟的鲫鱼背色。

她习惯性地自言自语:"是个好天。"

往常这时,湖上已经是早捕船载满舱的鱼回来了,而现在,满湖空荡荡的,半天才会冷不丁地有一两只船快速行驶过去,那是渔政巡湖的。整个上仓渔队的四百多号渔船都泊在岸边,一个挨着一个,湖水一拍,那些船就像是喝醉酒后相互搀扶的渔民似的,东摇西晃。

唉,还不知道要几年才可以给船解绑,听镇上白书记说还要五年。

五年?五年这船不下水可就废了,更可怕的是那些上岸的渔民已经变懒,变得上船都有点不识水路了,自然连鱼窝在哪里,他们可能也找不到了。

可这一切又不是自己能管得了的事,这是国家大事。

渔民上岸凭良心说,政府真做得没话可说:给上岸的渔民盖了安居房,每月还发补助,渔民们可以去镇里或县城工厂打工挣钱,日子过得自然比在湖上贪早摸黑讨生活要好得多。

只是自己不适应这种无浪起伏的平静时光。

刚上岸的那一年,自己和老伴总是整天晕乎乎的,看什么都是在晃,脚踩在地上,如踩在棉花堆里,不踏实,不像踩在船板上那样舒坦。

这不,老伴第二年就落寞地走了,走时还拉着阿香婆的手说:"把我水葬了,别烧了,我吃了一辈子鱼,让我也下湖喂次鱼吧,也算还了债。"最后,阿香婆还是按照国家政策送他进了县里的殡仪馆火化厅,捧回了小盒盒。阿香婆想不通怎么一米八的鱼把式,最后落得这么一捧灰,想到这阿香婆就觉得眼睛要泛潮,她抹了一下眼睛,站在发动机边,对乔松说:"别开那么快,压着浪走。"

乔松的满头红发被湖风吹得如一支点燃的火炬一般,乔松欣喜着:"放心了您哪,我行的您哪。"

乔松这时觉得自己驾驶的是一艘快艇。

他十五岁,按说不能让他开船,但这小子绝顶聪明,看到奶奶阿香婆发动一次机子,自己就知道驾驶这船的子丑寅卯了,一上手就把船开了出去,靠岸也妥妥地,不撞他人的船帮,离岸拐弯转向也麻溜得很,聪明劲有点像他爸,他爸是上仓镇第一个考到京城、留在京城的。

想到儿子,她有苦难言,在镇上她没法对人说,这事开不了口,儿子不省事,好好的京城机关工作,他竟辞了,下什么海经什么商,湖边长的人都知道:湖都不好下,下什么海呀?果不然,儿子的生意做得越来越难,他现在把房子都赔了进去,目前全家在北京郊县租房住。

唉,败家的。

乔松在阿香婆眼里什么都好,如湖水里的胭脂鱼一样,灵动、活泼、神性,胭脂鱼背脊上的红色和乔松头上的红发是一样地泛着铁锈红的光泽。

只是,她讨厌乔松刚来时没日没夜地玩电脑,打什么游戏。"他不愿上学了,一打就是几天几夜,把成绩都打下来了。"乔松的爸妈无奈只得把他送到上仓镇奶奶这儿。儿媳妇把她拉到一旁说:"妈妈,这孩子可就拜托您了。"说着还抽泣了起来,并悄悄说,"这孩子不听我俩的,我们说多了,他差点跳了楼。"

阿香婆没有回话,心里还惦念着那个"拧"字,拜托"拧"?我和谁"拧"了?只不过一句"妈妈"还是甜心的,更重要的是自己就一个孙子,乔家的唯一香火不能说跳就跳没了,不行,我得把乔松带好!阿香婆暗道。

乔松后来不再打游戏,是因为阿香婆整天带他去大湖,让他渐渐喜欢上这大湖了。阿香婆指着大湖对孙子说:"这里什么都有的,天上飞的,水底游的,够你学一辈子的。"听这话时,乔松只是向大湖戏谑地吹了一声口哨。

在大湖,他学会了游泳,阿香婆在他腰间绑上三个葫芦,然后就在岸边用力把乔松推到湖里。"呛了几口湖水,自然就会游的。"她想。也是,渔民家的孩子不就是这样学会游泳的吗?乔松在湖水中挣扎着,呛了几口湖水,慢慢漂了起来,阿香婆看到这就放心地走上台阶回家了,扔下他在水里扑腾,如一只刚学起飞的雏雁儿击得湖水四溅。

几天下来,乔松已经离不开湖水了,湖水是他的第二空气。

在上马墩,乔松喜欢那里的牛,那里的鸟。他的时间给了大湖,累的快乐使他早早倒到床上沉睡起来,他开始冷落那个银色的电脑,如一块沉睡的铅块躺在床的一角。

乔松戒掉游戏瘾,阿香婆想这是大湖的功劳。

二

是的,如果你们见过大海,这大湖就该是海了。

大湖叫蓝湖,是宿木县五大湖之一,听说它的面积有半个香港陆地面积那么大,因为它通长江,所以有了阿香婆养牛的烦恼。它濒临湖北、江西,不过它属皖地宿木县辖管。

乔松一到大湖上就觉得自己长上了翅膀,仿佛能飞起来,心里突然敞亮了。在京城,他每天只能从逼仄的出租房出来沿着窄仄的胡同往外走,挤入众人簇拥的地铁里,在混沌的人贴人的空间里,忍上五站路,再折进巷子到那所学校。在学校,他感到心底闷着一口气吐不出来,总是堵着,没有什么快乐,只有烦恼和忧郁,为作业、为成绩,嘻!别提它了。

他慢慢地喜欢上这辽阔浩渺的大湖,更让他离不开的是大湖上的马墩,和墩的上那群牛、那群鸟。

"阿香婆七(吃)了吧!"一艘船突突地从后方开过来,开船的是个后生,穿着一身藏青蓝的西服,扎着猩红的领带,头发梳得油光锃亮,胸口还戴着一朵红色小胸花,花尾上写着"新郎",他向阿香婆热情地打招呼。

阿香婆一眼就认出是船老漆的小儿子——漆小山,一个在县城里开公司的小老板,阿香婆还看到这船舱里端坐着一位一袭白婚纱的女娃子,那个女娃子是船老王的小女儿——王倩,小倩不好意思地低着头。

船舱上都披盖着红缎被面子,船头船尾还扎红绸子的大红花,这是喜船。

乔松好奇,就把船驾驶着靠上去,和那艘喜船并齐,并问:"奶奶,这是干什么?"

阿香婆没理乔松,冲着喜船上的他俩就笑开了:"七(吃)过了,祝福你俩早生贵子呀。"说完向他俩扬扬手,"我听你俩的喜炮声,看你俩的喜旗升。"

小山有点腼腆,不好意思地说:"阿婆晚上过来七(吃)酒。"

"那是、那是,我一定去讨一杯喜酒七(吃),现在还得上岛喂牛去。"阿香婆答。

"阿香婆不要再上岛了,天热得很。"王倩在舱里轻声说。

阿香婆仿佛没听到一样,只是向她点点头,微笑一下。

王倩知道自己说错了话。因为,在上仓镇不能劝阿香婆莫上上马墩,谁劝谁就成了阿香婆的"敌人"。王倩是镇里公务人员,最近跟扶贫挂职的杨镇长去过几次阿香婆墩上和岸上的家里,都是为了劝她从墩上撤下来。所以,阿香婆没有给她俩好脸色。

今天,是她的大喜日子,说什么也不能撑她,只能装着没听见,笑了笑,只是阿香婆却觉得自己的笑有些寡淡和潦草。

乔松想一直摽着喜船走,看红色船到底要干什么。

喜船却拐了弯,去了南边的芦苇荡,湖面留下一道被船犁开的水路。

乔松有点失望地问:"奶奶,他们这是去哪里?"

阿香婆还是不想说,因为该怎么告诉他呢?孩子还小,这是渔家大人的事。她只能这么说:"开你的船哉,管事多。"

乔松知道奶奶不想告诉自己这船的事,她不说,就算了。

太阳升高了,金色的阳光洒在湖面上闪烁着万千枚金币的波光,高大密匝的芦苇把喜船淹没了。

这时,阿香婆却对着芦苇荡的方向轻声唱着:"棉花籽,紫绿苞……牡丹花上一对鹅,盛盛熙熙过江河。"

这是大湖里的规矩,遇到喜船就要唱起送喜歌,她知道一对新人将按照渔民的婚规要在芦苇荡里"过红",然后放炮贺喜,再在桅杆上升起红色喜旗。岸上的家人一听到有鞭炮声,再看到喜旗升起,就知道一对新人把终身大事给办了,也会回应放炮贺喜,这样婚礼才算正式开始了。渔民的洞房在船上,渔民的新婚第一次是在芦苇荡里,亘古不变。

他们的船一过小上马墩,到大上马墩,也只有半个课间操的时间,一加挡位,突突地一会儿就到了。

小上马墩的妈祖庙里传来木鱼声,应该是张婆婆又在念阿弥陀佛了。乔松认为在湖里盖这庙保佑渔民平安是可以的,但念阿弥陀佛,好像不对。

他第一次和奶奶去妈祖庙时,就向阿香婆提出来过这个疑问,阿香婆说:"你别乱说,跪着磕头就是了。"

乔松无奈地被奶奶按着跪下来磕了头。

起身后,乔松看着妈祖的金色塑像,觉得这声"阿弥陀佛"仿佛又有点适合这里的香火环境。

阿香婆告诉过乔松,这大湖里的这两座小岛,一座是小上马墩岛,一座是大上马墩岛,说要从空中看蓝湖就是一个佛首,仿佛她在空中看过一样,其实乔松知道奶奶连飞机都没有坐过。这两座岛是两只佛眼,在这两座岛上,有两个月沼——天池水塘。

奶奶还说它是"小姑娘娘"丢下的两只绣花鞋。什么是"小姑娘娘"？在乔松还没弄懂妈祖时,奶奶又说了"小姑娘娘",奶奶用指头点了一下乔松的额头,笑着说:"书念到狗肚里去了,连小姑娘娘都不知道个子丑寅卯,还是北京来的……"接着自己就哈哈哈地先笑起来。当他们离开小上马墩岛时,奶奶告诉他"长江小孤山的小姑娘娘"的故事。

奶奶向西北边一指说:"小姑娘娘山就是小孤山,在我们不远的长江里,等你爸妈回来,我划船带你们去。嘻！城里孩子苦,连小孤山都没看过。"

乔松只能笑笑,心里想,下次让爸爸带奶奶去北京看看长城和故宫,让她看看皇帝住过的地方。

对于奶奶唱的歌,乔松很喜欢听,觉得极有味道,什么味道,自己也说不清楚,反正好听。

船到大上马墩岛,一靠岸,奶奶就不唱了。

在他们收拾东西上岸时,他们听到不远处的芦苇荡里传来"轰轰"的冲天炮声响,阿香婆脸上浮出了笑意,不用回头看,她也知道芦苇荡里船的桅杆上会升起红色的喜旗。

乔松拎着盐袋说:"奶奶,湖中放炮,岸上也在放炮,这是在干吗呢?"

"喜炮,喜事。"阿香婆拎着油和杂物朝前方径直走去。

三

杨瑶瑶这几天眼睛红赤,嘴唇和鼻子上火,溃疡的嘴巴让她不太想说话,但不说又不行,她还得去做阿香婆的思想工作,她要完成镇党委白书记交给她的任务,劝阿香婆撤岛上岸,把那群牛要么杀了,要么运到镇上圈养。

这是杨瑶瑶从县文旅局文化科副科长到这里挂职副镇长后,镇党委交办的第一任务,也是唯一的任务。

因为镇党委班子里唯有她是女性,"阿香婆同志是女性,女的对女的好做工作"是白书记说的话。其实内在原因是,镇里所有的党委班子成员都上门去做过阿香婆的工作,阿香婆不答应离开岛,更离不开那群牛,好说歹说她油盐不进,就是二十四个不答应。

杨瑶瑶为这事伤透了脑筋,这天一入伏,让这事一闹,自己的五脏六腑都升腾着火焰。王倩请了婚假,自己在镇大院里,仿佛寡助无援了。望望天,烈日当空,她咽了一下口水,走出了门。

她戴上下乡用的草帽,骑着电瓶车去了阿香婆家,只见到铁锁把门,不用问,阿香婆又去岛上了。

这时,太阳已经升高了,烈日如泻下的钢水一般,空气里流动的仿佛全是灼人的热浪。她只得用手机打通渔业管理局老耿的电话,让他安排一艘船上岛,"和阿香婆谈事"。老耿知道她去谈什么,吩咐小刘开船过去。

阿香婆在岛上养牛这事被报道出来,惹得全省人都知道,也是怨自己,是自己给惹的祸,确切说是自己的男朋友刚子惹的祸。

刚子在市电视台工作,这几年电视台成了"困难企业",刚子就从栏目主持人退下来自己拍短视频,做得不温不火的,勉强养活自己,所以,他不甘心失败,铆足劲要"火"一把。

杨瑶瑶和他谈恋爱已有五年了,一直没结婚,刚子给的理由是,最起码要能在宜城买上四百平方米的东山别墅,不然就暂不结婚,不能让亲爱的瑶瑶吃苦。

杨瑶瑶拿他没招,自己都奔三十岁,也不能再换人,再加上自己又当了副科长下派挂职,是县里要重用的女干部,怎么着也不能当个女"陈世美"吧?当然主要的还是舍不下这五年的爱情长跑,扪心自问她还是喜欢刚子的幽默、机灵和小小的坏的。不分手,也只能这样拖着。

刚子对自己好。

下挂后,第一个周末他就从市里开车来看她,在上仓古镇一支烟工夫就走完了不古色也不古香的小街后,刚子有些失望地问陪同的王倩说:"你们这镇还有什么特色可玩的?"

那时,大湖里野荷花刚开。

王倩就说:"我们去大湖吧,大湖上有岛,还有庙,还有大片的野荷花。"

刚子来了精神,就怂恿杨瑶瑶说"走,走,我们去看岛吧",他把随身带着的手提式摄影机摇了摇说:"我给你们两位美女当摄影师,保证把你俩拍得如荷花仙子一样。"

杨瑶瑶动了心,点点头,王倩看了看女镇长满脸欢喜,就带他们有说有笑地来到码头。也巧,他们遇到阿香婆去岛上喂牛。

那天阿香婆一身黑,下着黑棉绸的长肥腿裤,上着黑棉绸的对襟褂衫,戴着一个竹斗笠,清癯的面庞有点黑,但五官有着经过风霜雕塑过的结实线条,尤其是两只眼睛亮着黑玉石一样的光泽,不是斗笠下露出的几绺白发,凭她上船撑竿的动作,任谁也不敢说她已经是六十八岁的老人了。

阿香婆听到王倩说这是新来的镇长,欢喜地招呼他们上船,并把水嫩的野菱角用瓷碗端给他们吃。这时,刚子把手提式摄像机举了起来。

阿香婆看到镜头忙把斗笠拿下来遮着脸,只露出满头银发和一双黑色眼睛,阿香婆对王倩说:"小倩,他想做什么?"

王倩连忙用当地话解释:"照相,照你。"

阿香婆有点严肃起来:"莫照,再照我,你们就下船哉。"阿香婆把发动机停下来。

杨瑶瑶赶快让刚子放下摄影机,笑着说:"伯母,我们不拍你,不好意思。"

王倩和刚子也连忙说不拍她,阿香婆面有愠色,这才转身拉动发动机,船又破浪前行起来。

他仨就相互吐了鬼脸,杨瑶瑶第一次知道渔家女的倔强,刚子觉得这个老太婆"有戏"。

水路上,一缕缕沁人心脾的荷香漾来,满眼的绿如浪般汹涌着扑面袭来,阿香婆在荷花荡时,就把船放慢点,让他们拍照,让他们摘那些洁白的野荷花,自己只是远远地坐在船尾看着他们。

他仨在浓浓荷香包裹中玩得很快乐,刚子他们站在荷花丛里唱起一些流行歌曲来,阿香婆用斗笠扇风,静听着。

王倩忽然说:"阿香婆唱渔歌是全镇第一人,我们欢迎她唱一首。"说完带头鼓起掌来,杨瑶瑶和刚子也鼓起掌来。

这一下让阿香婆红了脸,刚子从包里掏出一瓶包装花哨的瓶子递过去:"阿婆喝饮料。"

阿香婆也为上船时的不快有点尴尬,再看这几个比自己儿子还要小的年轻人那充满期盼的目光,轻声说:"唱不得,唱不得,不比你们公家人唱的,我们就是湖里人胡扯八爷的。"说完自己站起身来,把后背给了他们。

他们认为阿香婆不会唱的,还有点失望之际,倏忽间,一支水鸟啼鸣之声从船尾处,或者是从船尾的湖水里破浪而出。

一粒谷,两头尖,爷娘留我过千年。
千留百留留不住,婆家花轿大门口,
娘哭三声牵上轿,爷哭三声摸轿门。
……

众鸟飞过,仿佛被阿香婆的歌声所引,他们都被这歌声震惊了,呆呆地坐在那里,如中了定身术,远远地看去仿佛是三尊木雕一般。当阿香婆慢慢回过身来时,她看到三个年轻人出神的样子,下意识地认为自己唱的歌太次,而让人惊诧,就惶恐地跌坐在船尾,低着头说:"我说过我不唱的,我说我不唱的。"好像做错事的孩子。

"好!太美妙了!"刚子把大腿一拍,呼地站起来,拿起摄像机就准备拍摄。杨瑶瑶站起来一把拉住刚子,自己走上前去,对阿香婆轻声说:"伯母,你唱得真好,今年县里的春晚我请你去电视台录节目。"王倩也过来问:"阿婆,你是二郎河的人吧!"

阿香婆站起身来,扶着船上发动机的把,目光望向鸟飞的方向,对着她俩说:"录什么节目,我一个老太婆子,在二郎河,比我会唱的人多得很。"说完她又补了一句,"我们有句老话呢,二郎河边姊妹多,不做生活专唱歌,你要录节目就去二郎河找年轻人吧。"

刚子想拍又不敢拍,手里提着的摄影机就显得沉重起来。杨瑶瑶对着阿婆说:"伯母,你到岛上去是干啥子?"

"喂牛,喂鸟。"阿香婆把船开快了起来,湖风把她的黑色衣服鼓荡起来,刚子看她仿佛是一只黑色的大鸟。

湖水溅了起来,清凉的湖水溅在他们仨的身上,有些凉爽的感觉。

刚子问:"你喂了多少牛?"

"说不清楚。"阿香婆答。

"怎么说不清楚?"杨瑶瑶有些好奇。

"四十五头吧,还有五头怀着崽的,它们没生你说怎么说清楚?傻孩子。"阿香婆望着他仨说。

"那鸟是什么鸟?有多少只?"杨瑶瑶悄声问。

245

"那更说不清楚有多少只,今天来明天走,冬天来春天走,春天来秋天走,真数不清。不过白鹭鸟是一直在岛上长住的,有九十二个巢,大概有三百零四只大小鸟,这也不能说绝对,有时,它们孵出小鸟你没看到。"阿香婆如数家珍地说着。

"这些牛是你喂的吗?"刚子问道。

"这荒岛,十年前就有牛了,我们住下后牛就多了起来。"阿香婆轻松地说。

"那原来牛是哪里来的?"杨瑶瑶追问。

"那就要问这大湖了,我也不知道,自从有了妈祖庙,就有牛了。"阿香婆说这话时,放眼望向大湖远处。其实,阿香婆不想告诉他们牛的由来,牛来自妈祖庙的祭祀,有怀孕的牛,阿香婆就鼓动老伴去花钱买下来,然后放养在上马墩岛上。

"那就算是野生的,这牛是野牛喽?"刚子颇有兴趣地问了句。

阿香婆望着大湖好似思考了一下,又望了望他们仨,没说话,也算是默许了。

刚子还想问啥,船此时顿了顿。

阿香婆扬扬下巴:"到了。"

刚子他仨回头一看,船靠到一个绿树成荫的小岛上,就在他们仨准备仔细打量这个大上马墩时,忽然,他们看到那上岛的小道上以及小道旁边奔来一群毛色乌黑发亮、盘弓弯角的牛,它们的蹄子踏在岛上发出阵阵轰响,它们的响鼻喷出了"哧哧"的声音,它们是在一头高大健硕的黑水牛的带领下朝码头奔来的。

他们见到这个阵势有了一阵惊恐,如一股强大的黑色泥流冲了过来,杨瑶瑶一把抓住刚子的手,刚子也有些害怕,但他不忘打开摄影机录像,王倩吓得直接坐到船舱里。

阿香婆却向牛群迎了过去,冲着牛群吆喝了两句:"有你们七(吃)的,急不得,急不得。"又转头对他仨说,"莫怕,他们不伤人的。"

头牛听到阿香婆的话,放缓了步子,慢慢踱步过来,把头低下。这时,阿香婆就把那挎在自己手臂上的竹篮子挂在头牛的角上,头牛昂着头,角上竹篮子一晃一晃的,篮子里装着食盐和玉米,阿香婆用手打了一下头牛的天灵盖,也就是它的额头,轻斥一声:"去哉!"头牛听话地带着牛群向岛上那个草房处走去。

阿香婆朝他仨招招手:"上岛来,七(吃)杯茶!"

他仨在阿香婆的招呼里,仿佛还了阳,纷纷跳下船。

刚子暗喜,这老阿婆会火,野牛会火,自己也会火起来。

这是一个月前的事,杨瑶瑶没想到这事会引起后来的风波。

刚子没有告诉杨瑶瑶,自己把岛上阿婆养牛之事,做了系列短视频宣传出去了,他的短视频连发了三集,圈粉就过了千万数,第一期短视频是《蓝湖岛上有野牛》,第二期短视频是《野牛和一位老阿婆》,第三期短视频是《野牛趣事多》。

刚子火起来了,众多人看了视频都驱车来到了上仓镇,一下拥来上万人去岛上看野牛的景象,小镇倏然恢复到禁渔前的样子,白书记认为这是宣传上仓镇的绝好时机,并且,还表扬了杨瑶瑶说:"你们年轻人就是有点子,利用网络的手段让镇里一下知名度火遍三省,高!高!实在是高!"白书记说这话有点像扮演胡汉三的演员在《地道战》里的一句词,只是白书记是个矮个子,白皙面相的文弱书生,没有刘江那满脸狰狞的坏。

白书记还告诉杨镇长抓紧邀请刚子再来镇上继续做节目,"要趁热打铁",说这话时,白书记正在镇政府四层楼办公室窗子前向上仓镇街道望去,镇里的街道上稠密的人流都朝着码头拥去,比端午赛龙舟时的人还多。镇上小旅馆和饭店都住满了人,这人流来了,物流就动了起来,资金流也跟着流到这里。白书记知道上仓镇复苏的春天该是从这炎热的夏季开始了,而这一切的功归于网络短视频。

他让封停的渔船都去为观岛顾客摆渡,摆渡船是要收钱的,每位开始收五元,后来渔民自己私下涨到五十元一位,依旧有人争着上船,去看野牛。

白书记对于突如其来的热闹和喧哗,开始有点发蒙,现在他适应了,他想,老百姓富了,小镇繁华了,这是硬道理,所以,他催促杨镇长让她男友再来上仓镇。"我们镇可以落实刚子一切费用,还要给奖励。"白书记看着小杨说。

杨瑶瑶兴高采烈地打电话给刚子,刚子半天才接电话,原来他病了,对于杨瑶瑶的邀请,他说自己烧一退就来,现在在宜城发热病房隔离着。

杨瑶瑶有点心急:"别是'新冠'吧?"

"放心,我不会的,观察两天就行了。"刚子说得很轻松,但话筒里的声音是哑哑的。

那几天,上岛看牛的人多,更多的还是去看阿香婆的。

阿香婆很烦,渔家女——她好静,不太喜欢人多。

她对着乌泱泱的人流和众人用手机拍照很是不适。她怕照相,听老人说拍一次相,就会把人身上的阳气吸了去,她不迷信,却真的怕照什么相的。她认为再好的相,都不如镇上季跛子画的炭精画好,他给老伴画的那张,就是逼真传神,自己也应该找他画一张,不然,他如果先走了,这小镇可就没人会画了。

开始她躲人流,接着,她就不上岛了,她到小上马墩岛妈祖庙王婆婆那里躲着,喂牛吃盐的活,也改为晚上才上岛去喂。

群牛当然不适应这样喂食,更不适应这一船一船运上的欢乐人群,看到那些人奔来,头牛只得带着自己的家族迁移到岛的后尾部的水沼草地或岛上的黑松林里。人们只能远远地望到那群黑牛群在移动,当然,人们有的是办法,他们放飞无人机,照样把野牛的生活点滴一点不落地摄录下来,就像云南野象北上一样让世人关注。

牛王和他的家族像讨厌牛蝇一样讨厌这嗡嗡作响的无人机,对于牛蝇它们还可以用自己的牛尾去驱赶,最不济可以在月沼泥塘里滚一身泥,让牛蝇"望泥止步",对于无人机它们没有办法,它盘旋在半空,跳起来用牛角顶,也只能引来不远处观望者的阵阵哄笑和欢呼。

四

当然,一切事物的发展总是祸福相依的。

白书记在野牛"火"了古镇时,突然接到市里领导来电的批评,接着市里派专人来调查了,并紧急叫停对岛上野牛的各种宣传,同时禁止人们再上岛观光,所有渔船都被再次封停,理由很简单,蓝湖是长江禁捕和长江环保的一部分,长江环境治理不准喂养沿岸牲口,因为这些牲口会污染水源。要求上仓镇立刻把岛上的野牛转移出去。接到这个电话后,第二天市里的专项调查组也来了,白书记连夜召开镇班子会议,立刻开始行动起来,封船是第一位的,船不给动,外来观牛的人自然上不了岛,看不到野牛,也就没有了来上仓镇的兴趣,如大湖退潮一样,几天一过,街上又恢复了往日的平静,接下来要劝说阿香婆把牛处理掉。

这下好了,阿香婆也不用躲在小上马墩岛的妈祖庙里了。

可以自由地回岛喂牛喂鸟,她认为这一切才是正常,而那几日平白而来的热闹是不正常的。

平静是渔民在湖上的根本生存要求,他们不希望湖上每天都大浪起、小浪涌的,那还讨什么生活?那只能被大湖讨去生命。

麻烦总是找着不平静的人,或找着有麻烦的人,阿香婆想自己现在就是有麻烦的人。她怨自己从一开始就不该让那三个人上岛,上岛不该让他乱拍乱照,唉!惹出这么大的风波,好在这一切都风平浪静了,阿香婆没想更大的麻烦只是刚刚开始。

白书记以及镇上大大小小的干部都来做她的思想工作,也有的是来宣传政策,大致是上面有规定,在长江沿线多少里内不允许产生污染。

阿香婆不解:"我养牛怎么就有污染了?"

镇干部给她耐心地说:"养牛可要拉屎撒尿?"

阿香婆说就"它们的屎我都收集起来晒干做了过冬的烧灶的柴火。"

镇干部问:"那尿了呢?"

阿香婆无语。

"尿就会产生大量的氨氮,流到大湖里,就等于流到了长江里边,这就是污染,所以要搬出岛……"镇里的干部都是这么说。

至此,阿香婆陷入麻烦和烦恼中。

但她不同意搬,为何哩?牛散养在岛上,有吃不尽的青草,到了陆地上,那还得买草买饲料喂着,阿香婆知道这样一来肯定喂不起,她就和镇里耗上了。

镇里对于一个近七十岁的老人,又不能动粗的,最后就把这个工作给了杨瑶瑶。"解铃还须系铃人。"白书记说,"让小杨办,我放心,你耐心点,力争在十一国庆节前把事办妥。"

为何要在十日前办好?十月一日,市县定下了蓝湖跨湖大桥要开通,届时省、市、县领导都要到古镇来。跨湖大桥开通可是全省人民关注的一件大事。

白书记他们都在忙这事,杨瑶瑶只得每天登岛登门拜访阿香婆,和她谈心。

上岛多了,杨瑶瑶闭着眼睛也能在岛上走个来回。

望着渐近的岛,杨瑶瑶心里希望阿香婆今天能够答应条件。因为,她手里有了一张白书记给的"底牌",这张牌打出去,这个僵局可能会解套。

五

阿香婆照旧给青饲料撒上盐,拌好后盛入食盆给牛们端去,水牛们都有点等不及,簇拥在食槽前,昂着头焦急地等着,青饲料一撒下去,牛们马上埋头吃了起来。

乔松拎着谷袋去了岛上的黑松林喂鸟。

黑松林有一块青岩伸向湖边,乔松在青岩石上撒下谷袋里的黄灿灿的玉米,然后,向黑松林方向吹一声响亮的口哨。奶奶一般是吹那生锈的铜哨子,乔松只是把小拇指弯曲地放在嘴里,用力一吹,就发一声悠长的脆响。众鸟闻声飞来,铺天盖地的,众鸟的羽翅扇起的风会掀起湖浪和乔松的衣袂。乔松认为这样很酷,早些天杨瑶瑶曾用手机录下他吹哨子唤鸟的视频,转给他,他发给在北京的几个同学死党,他们都说帅呆了,死党们还都表示要来岛上玩。

对于杨瑶瑶在奶奶那里的"碰壁",乔松很是同情,但也没办法帮到她,他悄声说:"姐,我来给你想想办法说服奶奶。"然而,这个办法就是一直没想到。

他也劝奶奶把牛迁走了,阿香婆白了他一眼:"你知道什么屎香屁臭的?你们在北京买房不要钱吗?"

乔松一听就不吭声了,他也恨自己父亲的"作"。

杨瑶瑶来了,阿香婆看了她一眼,照样忙自己的,把昨日割的水草晒干,再打好捆子,垒在草垛上,这是为牛群准备过冬的草,其实,草垛已经垒有一间房大小了,小山似的,但这些还不够,还要到附近农村买三船稻草才能让这五十多头牛安稳地过冬。

杨瑶瑶不急说事,蹲下身来帮着阿香婆捆草,她俩总是这样,少话,偶尔也说一两句不咸不淡的家常话。一会儿,杨瑶瑶的绿色防晒服前胸后背让湿漉漉的汗浸湿了,阿香婆的白色发梢已滴下汗水。

乔松喂完鸟回来时,跑进屋大口大口喝茶,他渴坏了。

乔松喝完茶,转身去门后的草场上捆草。

阿香婆说:"你去看书吧。"

乔松没有回话,他笑着对杨瑶瑶点了点头,他看到杨瑶瑶嘴角生出了几个水疱,甚是心疼起来,他觉得这些乡镇干部真不容易,并又对奶奶的固执生起闷气。

杨瑶瑶也对他说:"你去把暑假作业做了,这里有我呢。"

乔松还是没搭话,只是低头忙着捆草。

阿香婆看他干活,也不再说什么,就对杨瑶瑶说:"让他干吧,活不多了,我们进屋七(吃)口茶去。"

杨瑶瑶直起腰,拿出湿纸巾擦了擦额头汗,并把湿纸巾递给阿香婆,阿香婆没接,只是扬扬手里的毛巾,随后阿香婆走进那小茅草屋。

阿香婆给杨瑶瑶倒了一杯茶壶里泡的浓茶,并从锡罐里拿出几朵干菊花、金银花放到杯中:"你这是暑气惹的,要消火。"

"谢谢阿婆!"杨瑶瑶心里有点感动,她不叫阿香婆为"伯母"了,这是阿香婆不让叫了,她说该叫她"阿婆"。

"你说吧,你们又有什么新点子了?"阿香婆放下杯子,平和地望向杨瑶瑶。

在阿香婆面前,杨瑶瑶觉得没有秘密可藏,她只能笑着说:"镇里已联系了宜城肉联厂,准备把你的牛高价收了,你说可好?"

阿香婆没有吱声,她心里盘算着,一头牛就算高价两万元收,五十头也就一百万元,给儿子在北京买房子,远远不够的,儿子租住的只有一个六十平方米的小房子,阿香婆的心愿就是要给儿子在北京买个像样的房子。

"阿婆,你看这样可行?"杨瑶瑶焦急地望着她。

阿香婆抿了一口茶,并对杨瑶瑶说:"你先喝点茶吧!"

杨瑶瑶只得喝了一口飘着菊花香味的茶。望着低头喝茶的杨瑶瑶那衣服上的汗渍,阿香婆有些心软。

"杨干部,这样好是好,但你得给我点时间,让那几头母牛下过崽吧。"阿香婆把茶杯放在八仙桌上,望向门外的大湖,心暗忖,算了,别为难孩子了。

听到阿香婆答应了条件,杨瑶瑶有点欣喜,再听要等到母牛下崽,又有点怀疑阿香婆这是在故意拖延,忙问:"那母牛要什么时候下崽?"

"我看得十一二月吧,年底之前肯定都会生产的。"阿香婆说。

"十一之前可否搬呢?"杨瑶瑶忙问。

阿香婆正准备回答,杨瑶瑶的手机响了,她一看是刚子打来的,生气地按了,并说了句"讨厌"。

"是你那个男朋友打来的吧? 你接吧!"阿香婆笑着点点头。

杨瑶瑶说："不接,我已经一个月没接他的电话了。"杨瑶瑶没说假话,自从这事出现反转之后,杨瑶瑶就不再接他的电话,她认为这一切烦人的事都是他引来的。

"噢,吵架了,小两口就是这样。哎!你让我搬了,你们准备怎么对这岛?"阿香婆边择菜边问。

"镇里准备把这里开发成一个游乐场,开展水上运动,发展旅游产业。"杨瑶瑶说到这里有点兴奋。

"那这岛上的黑松林要砍了吗?"阿香婆停下手里的活,目光定定地望着她。

杨瑶瑶点点头。

"那我不搬了。"阿香婆把菜扔到篮子里,站起身来,走出门去,向黑松林走去。

杨瑶瑶不知道自己说错了什么,她追出了几步,喊着:"阿婆,阿婆……"

乔松从屋后走了过来,对她说:"又谈崩了?"

杨瑶瑶点点头,手机铃声又响了起来,她一看还是刚子,一生气把他拉黑了,她一步步向岛下的码头垂头丧气地走去。

乔松看着她上船,又回望去黑松林的奶奶,他重重地叹了一口气……

六

吃中饭后,阿香婆是一定要睡午觉的,但今天她睡不着,不是天热,是与杨瑶瑶有关,也与乔松中午争嘴有关。

乔松还是劝阿香婆搬到镇上住去,并说镇里高价把牛买了是件大好事。

阿香婆说:"这是大人的事,你别管!"

"你就是财迷,是还想要个大价钱。"乔松顶了她一句,横了她一眼。

一句"财迷",让阿香婆很是生气,她不搬迁,是为了养牛挣钱,可仅是为了这些吗?要知道这一开发,白鹭们可就没地方去了,她想。

"你这个小畜生!"阿香婆站起身来,怒视着顶着满头火焰的孙子。

乔松自顾自地喝着冬瓜汤,没有看已经生气的奶奶。

阿香婆气得没吃饭,折身去了里屋,并砰地关了门躺下。

乔松看到奶奶的背影,和那扇被用力关上的门,才意识到自己言重了。

他没有午睡的习惯,径直到月沼泥塘去看牛,中午时,群牛都喜欢在月沼泥塘里打汪——就是滚塘泥。

他来到塘边的黑松下,看那群牛正在泥塘里撒欢,无论大牛小牛,都在泥塘里卧下,翻滚着,它们用身体滚、用嘴拱、用角挑泥、用尾巴把泥浆涂满全身,让泥浆包裹着,形成一个泥甲胄。

牛是自由的,鸟是自由的,此时乔松觉得自己更是自由的,真的爱这里胜过爱北京的学校。

他不想回北京,只想在这里永远和牛和鸟相守着。学校里有什么好?无休止地上课,无尽头的作业,尤其是学校里的霸凌事件,他就是被学校里几个小混混打过几次,抢了吃饭钱还不算,还要每月交"保护费",他的懦弱,也就是在那时候落下的病根。

这时,他看到一头大肚子牛很奇怪,没有下泥塘,还不断地昂头哞哞地叫着,并来回在塘边踱步,乔松不解这头牛怎么了,他有点好奇地向那头牛走近。

就在他靠近时,他听到"噗"的一声,在牛屁股处,一个黑色的小牛头被胎衣裹着,从牛屁股处露出,一股腥味浓浓地吹过来,乔松知道这牛是生崽了。看了半天,小牛一直卡在产门处,乔松知道这是母牛难产了,他有些紧张害怕,想回去叫奶奶,他怕跑来跑去的时间,这头牛会难产而死,他着急地在母牛身旁来回急走。忽然,他想到向网络求援,立即打开自己的手机查找到给牛接生的视频,他对照视频里的示范,走到牛的屁股处,用一只手慢慢抓着小牛的蹄子,一只手拽着小牛的头,一点点地把小牛从产门拉出来,小牛身上湿漉漉的,老牛向乔松感激似的哞哞地叫了两声,接着低下头用舌头舔着小牛身上的胎衣和液体。

小牛几次站起来几次又跌倒。乔松双手也沾满液体,他俯下身来把小牛扶起。

小牛跌跌撞撞地走向老牛的肚下,寻找到乳头,用头一拱一拱地吃奶。这时,乔松忽然有了一种成就感,"我接生了一条生命",这在北京胡同里是不可能有的事。他来到池塘边洗干净手,拿着手机拍起老牛和小牛,并迅速地在朋友圈里发出去,一会儿点赞就如大湖的浪涌来了。

牛群在头牛的带领下围过去,它们在围观那刚出生的生命,哞哞之声四起。

小牛吃饱奶,乔松抱着小牛赶着母牛向家的方向跑去,身后跟着牛群,他要告诉奶奶"牛生崽了,是我接生的"。

小牛舔着乔松的手臂,大概是流汗的原因,咸味让小牛很喜欢,走在身边的老牛低头走着,尾巴摇着,时不时还叫两声。

阿香婆得知乔松接生了小牛,甚是欢喜,向乔松竖起了大拇指,并说:"我孙子有出息了。"仿佛忘记了中午的不快。

按习惯,阿香婆用脸盆冲了红糖水,并且打了五个生鸡蛋,端给生崽的老牛喝,算是犒劳这有功的"母亲"。乔松饶有兴趣地观看着这一切,他觉得空气里弥漫着一种温馨的感觉,可能这就是家的感觉。

"叮当叮当",手机响了,阿香婆打开手机,一接电话是船老王打来的,让她过来"七(吃)喜酒"。

"好好,我一会儿就过来。"阿香婆连声说。挂了电话,阿香婆问乔松:"晚上我们去镇上七(吃)阿倩的喜酒,可好哉?"

乔松摇摇头:"我不去,我要守着小牛。"

阿香婆说:"你一个人在岛上,不怕?"

"怕什么?得了您哪,您自己去吧。"乔松目光一直停留在小牛身上。

阿香婆叹了口气,就吩咐道:"那锅里有饭菜,你自己热着吃。

记住,晚上在牛棚里烧苦艾草,给牛熏蚊子。"

乔松点点头。

阿香婆进屋里换了一身新的衣服,还是乔松母亲从北京给她买的,真丝绸的紫色套装,又用牛角梳梳了头。

临出门她没忘记带上早准备好的红包和一罐干菊花,匆忙地走向停在码头边的木船。

船如水鸟滑过小岛时,她看到大湖西边的上空有了一层薄薄的乌云在聚拢,她不放心地又查看手机里的天气预报,没有报要下雨。

她安慰自己:这天不会下雨的。

阿香婆还是有点为一个人的小岛担心,更是为一个城里的孩子在小岛上过夜担心,转念一想,让他锻炼一下也好,她早看出这个孙子好像身上缺少血性,长得有点阴柔,不像渔民的后代。

是该让他锻炼一下自己的胆子的时候了!

七

杨瑶瑶回到镇里向白书记汇报了阿香婆的答复。

白书记皱起了眉头:"这事真麻烦,看来,阿香婆是不同意我们在岛上搞开发。"白书记坐在藤椅上,向后靠去,一副中弹牺牲的样子。

杨瑶瑶仿佛做错事的样子坐在白书记的对面。

白书记看了她一眼,安慰道:"你莫急,莫急!"

杨瑶瑶含着泪走出了门。

"只有暂时不开发,等阿香婆搬出岛再说。"白书记暗忖,他狠狠地吸了一口烟。

杨瑶瑶走进自己的办公室,就听到办公桌上的电话铃声不依不饶地响着。现在办公室的电话大多不响,一般都是打手机,办公室的电话响一准是公事。

她接上电话,就听到是刚子的声音,准备放下电话时,但听到他说:"我马上就到镇上来看你,并告诉你一个好消息。"杨瑶瑶没有回应,放下了电话,沮丧落寞的情绪乌云样升了上来。

一个好消息?是什么消息?没好问,刚子也没说。

她走到了里屋,洗了洗,换上了一套藕色的套裙,对着镜子描了一个淡妆,她要去参加王倩的婚礼。

王倩的婚礼在镇里临湖饭店办的,这里婚宴吃的是流水席,早上放过喜炮后,就开吃了。

一般喜船回来后,新郎、新娘就可以去敬酒,只是现在有了改革,要在晚宴上举行一个中西合璧的婚礼,有一套繁复的程序和仪式,这些都是包给婚庆公司去办。有专门的主持人主持,有女方家长领着女儿走T台、把女儿交给新郎、新娘和新郎交换戒指、证婚人证婚等环节,中间还有婚庆公司请来的歌手献歌舞。婚庆主持人会说许多插科打诨、半荤半素的段子,逗大家一乐,仪式时间一般都很长,要延续到一个多小时才开喝。

阿香婆一直在等待着仪式早点结束,等待的过程她心里有些发急。因为,看着大厅外的天在慢慢地阴下来,接着天就下起了小雨,一会儿,天就黑透了,大湖上起了风,湖浪也开始拍岸了,产生了"叭叭哗哗"的声响,她在担心,岛上一个娃、一群牛和一群鸟。

她想走,驾船回岛,又不能拂了船老王、船老漆的面子,她还答应在婚礼上唱渔歌,所有镇上人家孩子结婚的婚礼上,人们都请她唱的,这是婚礼上的大轴子节目,如央视春晚上李谷一的《难忘今宵》。然而仪式的程序要一项项来,她只能焦急地等。

她看到杨瑶瑶进了大厅,坐在嘉宾首席,自己是二席,和她邻桌。杨瑶瑶没事人似的朝阿香婆笑了笑,并过来和阿香婆打招呼:"你来了?"

"来了,来了!"阿香婆也笑着点头,并把菊花茶罐塞给她,"泡着喝,去火。"杨瑶瑶心里一股暖流流过:"谢谢阿婆!"

就在她俩谈话间,阿香婆看到急匆匆走过来的刚子,她认识这个扎着马尾辫的青年,她的脸慢慢沉了下来。

刚子满脸是汗,那件白T恤前胸已湿漉漉印着一大片汗渍,他朝阿香婆笑了笑,阿香婆没理他,挪了一下身子,拾起桌上的方片糕吃了一块。

杨瑶瑶也没理他,转身走向自己桌子。

刚子只得退向门边那桌人少的喜桌坐下,他端起桌上的茶,一仰头喝完了一杯茶水。

婚礼还在继续,终于到了请阿香婆唱祝喜歌了。

追光灯打过来,阿香婆差点被这束光压得站不起来,在主持人的搀扶下,阿香婆走上了婚礼的小舞台,拿着主持人塞给她的手榴弹似的话筒,忐忑地走了两步,举目四望,沉吟了一下,忽然,心脏的跳声让自己有些不知所措,索性她把眼睛闭上,开始唱起。

  张打铁,李打铁
  打一把剪刀送姐姐
  姐留我歇我不歇
  我要气(去)噶(家)打呀(夜)铁呀铁
  夜铁打到正月正
  我要去家游花灯
  花灯游到清明后
  我要去家点黄豆
  ……

  就在阿香婆准备继续唱时,天空突然"轰隆咔嚓"一声打了个炸雷,炸雷还让厅里灯集体灭了一下,门外大雨号啕。
  阿香婆立刻把话筒塞给主持人,在众人的掌声里,跌跌撞撞向门外跑去,她来不及收获那些掌声。
  杨瑶瑶看到阿香婆出了门,自己也跟过来,刚子在门口截住了她俩,有点急促地说:"阿香婆,我有办法了,我的视频引来一位浙江商人,要来岛上投资,给牛建个污水处理场,你就不用搬了。"
  阿香婆没有理他,趔趄着冲进雨幕里,朝码头跑去。
  杨瑶瑶起身去找雨伞。
  刚子看到她俩不理自己,有点失望和茫然,杨瑶瑶打着雨伞冲向雨里时,刚子把脚一跺,也冲到雨幕里。

阿香婆跑上船时,就看到远方的岛上有了火光。

"不好,岛上失火了!"阿香婆手忙脚乱地拉发动机的导绳,几次都没拉响。阿香婆一下瘫坐在船上,她望着雨中的汹浪涌起的大湖和火光闪烁的小岛,哀伤悲恸地喊了一句:"天啊!我的松儿呀——"

杨瑶瑶和刚子上了船,他俩都劝她:"天这么黑,雨这么大,浪这么汹,就不要上岛了。"

阿香婆流着泪:"不,不行,我得去……"

刚子见状,只得拉起发动机的导绳,拉了几下,终于,马达轰轰地响起来。

大雨滂沱的大湖之上,一艘木船在浪里雨里颠簸着前行……

阿香婆把船上的一件救生衣和一个救生圈让刚子和杨瑶瑶分别穿上,刚子不愿穿,阿香婆大声道:"上了我的船,一切得听我的!"斩钉截铁的语气,使他俩听话地穿上。

"船要是翻了,瑶瑶你一定抓紧我的衣服,我会带你上岸的。"阿香婆没有转身,只是丢给杨瑶瑶一句话,有了这句话,杨瑶瑶仿佛抓着一根桅杆,她不再怕这肆虐的大浪了。

八

岛上的火是一个球形闪电落在干草垛上燃起来的。

在这之前,乔松把牛棚门关好,把苦艾草点着,苦艾的烟升腾着,苦艾的清香在驱赶着蚊蝇,牛群在安静地反刍着、享受着。

乔松看着那只小牛犊,见它不时地吮吸老牛的奶头,它头一拱一拱的,像顽皮的孩子在逗自己母亲乐着,乔松用手机录下这段录像,打算明早发出去。

天下起雨,他进了里屋,坐在桌案前,翻开久违的课本慢慢地读起来。

屋外下起大雨,闪电的白光时不时让屋内通亮惨白,他望着窗外那闪电和大雨,竟没有怕意,只觉得雨该再下大点,雷该再大些。

也就在这时,窗外传来牛群"哞哞哞哞"之声,并且见到了通红的光,他跑到门口一看,原来,离牛栏不远的干草垛失火了。

他赶忙把牛栏门打开,并向外赶着牛群,面对这熊熊大火,他知道凭一人之力,是救不了的,只能快速把牛群赶出栏转移到安全地带。

群牛很恐慌,尤其是怕那干草垛的大火,不听乔松的吆喝,四散奔逃。

这时他感到孤独无援,满脸流着雨水和泪水,惊恐地朝着远方的大湖高声地喊着:"奶奶,奶奶!"

大湖喧哗着,大雨落在黑黝黝的湖上,浊浪拍岸……

阿香婆他们三人跑到岛上时,干草垛已经燃尽,大雨切断了火焰奔向小屋的道路。

阿香婆看到屋里没人,就急得扶着门框拍打着门板哭起来:

"阿松啊,阿松啊!"

刚子对阿香婆说:"乔松不在屋里,小屋没烧着,他不会有危险吧?"

"牛也不在!"杨瑶瑶看了牛栏里空荡荡的。

阿香婆急着朝岛上黑松林方向跑去,她听到那里传来"嚯嚯"的口哨声,乔松一准躲到那里去了。

雨中他仨冒雨向黑松林奔去,阿香婆边跑边大声喊着:"阿松别怕,奶奶来了……"

"奶奶,我在这里。"

前方的黑暗中,有一个怯怯的声音传来。

阿香婆朝着那声音奔去。

在浓稠的黑里,阿香婆一把抱着乔松,接着,他俩都大哭起来。

"奶奶,我们搬家吧!"乔松说。

"搬,一定搬,明天就搬,马上就搬!"阿香婆连声道。

望着他俩拥抱在一起,刚子把杨瑶瑶的手握得更紧,杨瑶瑶的热泪流了下来。

"阿香婆!阿香婆!……"

码头处,传来一阵阵人们的呼喊声,有白书记的,有王倩的,有船老王、船老漆等镇上众乡亲熟悉的声音。

他们冒雨顶浪开船来到岛上,码头小道一串串手电和火把之光把小岛照得透亮,仿佛黎明到来。

阿香婆扶着孙子的肩膀在杨瑶瑶的搀扶下才没有瘫倒……

九

十一那天,蓝湖大桥通车了,上仓镇过年似的热闹,小镇张灯结彩,街巷里的行人又稠密起来,大多是从三省六市县开车过来看大桥的。望着人声嘈杂且喧闹的人群,杨瑶瑶想,这就是白书记希望的古镇复兴吧,是的,古镇仿佛被大湖上横插过来的一枚银针——蓝湖大桥扎醒了。

此时,阿香婆送乔松坐上刚子的车,去宿木县高铁站回北京,下了岛的乔松对奶奶说:"我得回京上学去了!"

临行前,阿香婆递给乔松一个牛角弯号:"想奶奶,你就吹吹。"

乔松顽皮地笑着说:"奶奶,我天天吹,让您烦不够的。"说完他真的呜呜地吹响牛角号,吹响它,仿佛是岛上那只头牛在说话了。

车子一滑就过了蓝湖大桥。

望着远去的车影,阿香婆泪水一下漫过眼眶,她抽泣着,杨瑶瑶搀着阿香婆唤了声:"阿婆!"

"没什么,湖风大,我有些风迷眼了。"阿香婆拭擦了一下眼睛。杨瑶瑶点点头。

她们挽着如一对母女,随着看大桥的人流朝古镇慢慢地走去。

此时,大湖浪涌,小岛葱绿,阳光正灿,人声鼎沸,古镇繁荣……

附录

《去老塘》

《去老塘》编辑点评

　　李云的《去老塘》让人想起曾获全国优秀短篇小说奖的《八百米深处》,同样是矿井深处的工人情谊,但在《去老塘》中这种情谊延续到矿工子弟身上,面临生死考验,更突现出主人公杜海泉的承担与牺牲精神。

　　　　　　　　　　——《小说选刊》副主编李云雷

　　在千米深井下的世界,与我们日常生活中对于时间、气味、声音的感知截然不同,因其深邃、昏暗、神秘,每一滴水、每一缕风中都可能藏有危险的讯息。也正因此,侦察兵出身的杜海泉,以其出色的判断能力被工友们称为"窑神"。然而《去老塘》并不着意刻画传奇,而是将一个悲剧英雄式的人物放置在最复杂也最极端的人性场域,去书写他的平凡与不凡,脆弱与坚毅,悲悯与大爱。两位工友的牺牲,成为杜海泉心中沉重的伤痛,也使他在面对工友的儿子方竹笋和石碾时,失却了往日的警惕与果决。最终,当危险再次降临,杜海泉以生命为代价保护了方竹笋和石碾,完成了自我救赎。

　　　　　　　　　　——《小说选刊》编辑欧逸舟

《去老塘》获十三届《小说选刊》年度大奖授奖词

李云的《去老塘》既有从千米深井之下开出的生命之花,也回荡着辽阔的英雄之气,进而迸发出情感世界的复杂和浩瀚。这是一条没有罪却有罚的救赎之路,也是一段上下求索的灵魂之旅,使父子两代人的命运与"窑神"建立起深度关联,还原出人之所以为人的无奈和脆弱,更建构出"窑神"之所以为神的坚毅和高贵。

有鉴于此,特授予李云《去老塘》第十三届"茅台杯"《小说选刊》年度大奖·短篇小说奖。

《去老塘》获十三届《小说选刊》年度大奖授答谢感言

各位领导,各位老师:

很高兴来到"天眷盛京"沈阳,接受《小说选刊》授予我的第十三届"茅台杯"《小说选刊》年度大奖,应该说沈阳是我的福地,这部获奖小说就是沈阳《芒种》首发的,《小说选刊》是加持我文学的圣者。感谢《小说选刊》对我的青睐,感谢沈阳给我的文运。

写小说对于我是可遇不可求的事,所以我写的少,发的也少。我只是在笨拙地默默地在写,写我熟悉的生活和人,《去老塘》写的是我30年前在江南煤矿工作的一段井下经历,我只想把那群和我朝夕相处,工作、生活在井下战友们真实的喜怒哀乐和他们的人性之美,以及他们命运际遇写出来。写他们我很轻松,也很沉重,因为他们中很多人都有了这样那样的不同命运结局,我只想用我的笔告诉人们有一群人在八百米深处的生存真相和这群人与厄运顽强的博弈。小说虽小,关于灵魂的事,再小也是大事,我是这样认为。

我知道从小说的现代性和技法上我的《去老塘》还存在一些不足和缺点,我会在今后的创作中向诸位老师学习,不断改正、校正自己的小说创作,让我的小说进一步完善和完美起来。

在这"奉天承运"之地,我听候《小说选刊》诏曰:在文学创作上奋勉前行,笔耕不辍,写出不负自己,不负《小说选刊》老师希望,不负时代的作品来。最后,再次感谢《小说选刊》!感谢沈阳!

来自地心深处的光亮

苗秀侠

几年前,在下面挂职时,终于实现了人生一大夙愿——下矿井体验生活,触摸地心深处的脉动。在那个千米之下的长长巷道,人的声音是变异的,显得悠长而缭绕。不由得把手放在湿滑的矿井壁上,耳门紧贴上去,地心的律动轰隆有声,而那昂扬锐利的掘进机,那顺着传输带奔涌而出的乌油油煤块,那闪烁跳荡的矿灯,皆组织成密集的光亮,涌出地面,涌向人间。那种来自地心深处的光亮,一直贮存在我的心里,甚至,我私下以为,地层深处人的呼吸、思想、心跳、彷徨,都是和光亮纠结在一起的。此刻,那束扎眼的光亮,再次訇然而出,这是"窑神"杜海泉带来的。

杜海泉是李云的短篇小说《去老塘》里的人物。之所以获得"窑神"的尊冠,是因为他身上有着特别的"本领":在部队当侦察兵的历练,让他准确推算时间时有着"鹰的眼";矿井下操练出来的样样精通的"十八般武艺",赋予他"猎犬的鼻子",能嗅风识瓦斯;那双"猎豹"的耳朵,能从一滴水的响声里捕捉到洪水来临的信号;最折服人的是,他有一颗果敢的大脑,在生死存亡的紧要关头,能瞬间做出撤与进、生与死的抉择。不用说,在井下当窑神的自得自足自豪甚至自傲,让杜海泉的人设超越许多人之上,可是,这个闪闪发光的窑神尊冠,却因为一场事故,碎成矿砟。不仅老工友们对他有看法,连刚刚上班的小矿工也"不尿他",甚至还对他嗤之以鼻:"连自己工友都不敢救的人,就是软蛋。"由英雄而成软蛋,杜海泉自己内心也是认咒、怯弱的。

杜海泉怯弱的对象,是在事故中逝去的两位工友的儿子石碾和竹笋。他处处以负罪之心,关怀着这两个不满二十岁、接替亡父的班来矿上工作的年轻人。杜海泉的内心深处,不能原谅自己在工友生命尚存时,他身上的"十八般武艺",一样也没能用上。不但自己不出手相救,还举着斧子阻止别人救人,他听着工友在老塘边的采煤层由惨烈而微弱的呻吟,直至失去生命体征。如果说能找到唯一不施救的理由,那就是,他阻止了更多人无谓的牺牲。而老塘,从此成了他生命中的结,不能碰的痛。

在工友故去一周年的祭日,一场无声的追念活动,在地层深处展开。小说家的高明之处在于,故事的伏笔一直隐藏在灵动的文字背后,直至老塘出现。那句被大家惯用的名言"人不能两次踏进同一条河流",在此更换成"人能两次遇见相同的灾难"。小说的痛点就此闪现。曾经的窑神、被膜拜的英雄杜海泉,他身上的"鹰眼、猎犬鼻、猎豹耳"并没有消弭,只是被他自己有意雪藏了,而此刻,这些能力被再次激活,那么,他就会明白,面对井下"五大灾难"之一的"透水"事件,他的举动,就是一场赴死。"窑神,我们在这里!"两个故去工友的孩子,顶着如豆的灯光,抱着危在旦夕的岩石,朝他呼救。这时候,英雄不用束手束脚地止步,也不用阻止他人施展拳脚——这是属于他一个人的拯救。打开风门,放掉流水,为他人寻找到生路,而杜海泉则成了一抹消遁在巷道水流深处的微弱灯光……

  小说的写法有许多种,采取哪种方式,完全取决于小说家的思维习惯和审美意趣,当然还有小说本身的主题定位及所要达到的效果。李云无疑把小说家的功力发挥到最佳之境了。《去老塘》的故事情节并不复杂,是什么提高了整篇作品的亮度?其中最主要的因素是,人性的开掘较为生动。那抹来自地层深入的光亮,饱含着主人公的脆弱与坚毅,悲悯和大爱,一点点触痛并照亮了阅读者的心田,也照彻了人间那些丝丝缕缕的柔弱。不同身份、不同背景和不同趣味的读者,会对此小说有着不同的解读。这正是《去老塘》意蕴丰富的真实呈现。

  无疑,那抹来自地层深处的光亮,助力了人间无处不在的自我救赎,并为大善大义赋能。

深井中拾起的人性光辉之石
——读短篇小说《去老塘》有感

查冰钰

引言

李云短篇小说《去老塘》开始于一个千米深的井里,这是一个需要靠人体生物钟把握时间的地方。井里有井里的规矩,也有着井里特有的感情与故事。杜海泉被人们称作窑神,他看看矿灯光线的强弱,或者嗅嗅风筒里传过来的风,就能一口报出精确的时间来,井下十八般武艺样样精通。然而被称作神的他,命运在"九一三"安全事故中遭遇了转折,在极端危险与复杂的情况下,他的抉择也奠定了他悲剧式的结局,然而在他去老塘拜祭的那天,他再次来到了岔路口的面前,这一次,他毅然地选择救下两个孩子的生命。

一、模糊时间下不断坚定的信念

老塘的深井里有着他的行规,下井干活的人都不会把寓意不吉利的钟表带到井里,这井下的时间已不再是表盘上那墨守成规,每一秒走一步的指针,而是人们的生物钟、巷子里馒头肉包子的香味以及风筒里的风。时间并没有被深井隐埋,深井里的时间也没有变得缓慢变得模糊不清,他存在于深井里每一个人的心中,不外乎竹笋和石碾更不外乎杜海泉。

竹笋和石碾一开始下井,其实是带有目的的,从下井的这一天,竹笋和石碾就想着要去老塘祭拜父亲,这是他们自己的心愿,更是他们的娘和整个家族的主张,也与矿井规矩有关。因为在井下死亡的亲人一定要在一周年时去井下拜祭,去为亡者招魂,在这大半年里,他俩一直在商量这件事,包括坚决要留在井下工作,踩点设计祭拜物的秘密携带,或许在他们的心中一分一秒地计算着时间,期待着这天的到来,然而,井下的时间似乎是模糊的,他们带着这份信念在这模糊的时间里迷茫探索。九月十三这天越是临近,两个少年心中的信念就越发的坚定。

对于杜海泉而言,每想到一年前的那场事故,他的眼泪都要溢出来,虽然他深知不让其他的兄弟再冲进去是正确的,可他还是愧疚于两个牺牲的战友的孩子,所以杜海泉十分呵护竹笋和石碾。同样,杜海泉也期待九月十三日这天的到来,那 52 度的高粱酒正是用来祭拜的,或许这一天的到来能够结束令他心悸的噩梦。谁料,在去往老塘的路上,竹笋和石碾发生意外。同一年前的九月十三日一样:撤还是进,这一次摆在杜海泉面前的两条路:是回撤救援还是自己冒险救人。在坚定的信念下,他义无反顾地向孩子走去,他知道自己凶多吉少,但他更加知道,如果回撤救援,两个孩子可能等不到援救的人就被淹死在里面,这不仅仅是一次抉择,更是杜海泉不断坚定的信念。

二、人性矛盾下的放手一搏

纪伯伦曾说道,你的心灵常常是战场。杜海泉这个人物的命运便是这样,一次又一次地在心灵的战场上做抉择。一年前的九月十三日,在那样危急的情况下,同行的人问道:是进还是退,其实这个问题他在心中问了自己一万次,杜海泉也想救下两个兄弟,但他知道冲进去的后果是什么,甚至在旁边兄弟要冲进去救人时,他也必须要进行制止。这也正是人性复杂的一面,在极端的选择题面前不得不给予的抉择。在其他兄弟眼里,杜海泉是神,井下十八般武艺样样精通,然而在竹笋心中,他对这所谓的窑神是不认同的,正是杜海泉让自己没了父亲,认为杜海泉自己懦弱还不让别人救他的父亲是何等的残忍,他恨杜海泉,更不理解为何他们都将这样的一个人奉为神奉为英雄。然而这难道是杜海泉的失败吗?作者告诉我们,并非这样。

在去老塘的这一天,依旧和去年一样发生了悲剧,而杜海泉的再一次抉择用自己牺牲的悲剧替代了悲剧。正如杜海泉对接班的王班长所说:老王,前几天连着下雨,这迎头岩壁上都挂汗了,别是前面有老塘,你们多打探钎,别抢了进度,却透了水。我说的是真话,你别不听,壁上水珠,我试了,有点儿臭味,八成是老塘的。而"透水"正是井下五大灾害之一,石碾和竹笋的爹也正是牺牲于"五大灾害"之一的"冒顶"。这一次,杜海泉选择放手一搏,不顾牺牲,成功救下两个孩子的生命。这既是杜海泉的自我救赎更是这位悲剧式英雄的成功所在。

三、悲剧美学中的希望延伸

布朗尼曾经说过,一个人被剥夺了最宝贵的东西,记忆就是给他的弥补。记忆是大自然给予我们的对残废的补偿。我们无法否定杜海泉最终牺牲这不是一场悲剧,然而他实现了最终的自我的救赎。作者并没有以所谓一个大团圆的结局来完结这篇文章,现实本是如此。杜海泉失去了生命,但他没有失去自己的价值,他用自己牺牲的悲剧挽救了一开始两个孩子可能会酿造的悲剧。一年前的悲剧,站在旁观者的角度,其实杜海泉并没有抉择错,然而每当他想起这场悲剧,他依旧是愧疚自责的。命运一次再一次地转折,最终牺牲,这对于窑神杜海泉本身来说,何尝不是悲剧。悲剧往往能比喜剧更加引起动情。鲁迅先生说悲剧就是把美好的东西毁灭给人看。这句话在现代美学当中做了进一步的延伸和推演,叫作在毁灭当中呈现价值,就是毁灭了一个价值,你感受到心里那悲剧的力量,这力量每加重一分那个被毁灭的价值的地位就越发的鲜明一分,这是悲剧的意义。而在这场悲剧美学中,成功被救下的竹笋和石碾带着杜海泉的信念将希望延伸。

结语

  小说《去老塘》巧妙地运用一场看似是悲剧的结局结尾,引人深思,杜海泉这一生的命运经历了很多次的转折,但他依然不是一个悲剧人物,悲剧人物有一个特点,就是在结束的时候,他是悲观的绝望的,但杜海泉没有,他是毅然决然地坚定地拯救了两个孩子,或许从旁观者角度来说,这是一场悲剧,但就杜海泉本身来说这属于自我救赎。

《大鱼在淮》

一件"难怼"的事

李 云

我这里的"怼"不是普通话里的"怨、恨"之解,而是河南方言中的"干、弄"之意。《大鱼在淮》是我小说创作中最"难弄"的一次经历,写作过程跨时两年,修改十余次,让我几近怀疑自己是否具有能在文学道路上走下去的天资和能力,但一种纠结于心的情感还是让我"怼"下来了。

2017年5月到8月,我和皖籍五十多位作家,从淮河源头河南桐柏走到淮河入海口江苏淮阴,完成了一段"走淮河"的采风之行。那时,正是淮河丰水期,烈日下,麦子金黄,淮水汤汤,呈现出一方大地的苍茫。淮河之"淮",古象形字是"隹",为短尾鸟名——淮河之美如"鸟之短尾"。她与长江、黄河、济水并称"四渎",是中国七大江河之一,所孕育出的文化融会了中原文化和吴楚文化。淮河流域很独特,被北方人视为南方,又被南方人视为北方,她土地丰饶,有着"走千走万,不如淮河两岸"的美誉,但由于黄河数次夺淮,深受大水漫灌之苦。应该说淮河是一条希望而又悲情之河,千百年来哺育着两岸儿女,也给人们带来了苦难。在淮河岸边,我们一个县城、一个村庄地实地走访,感受着淮河文化的斑斓深厚,也在思考着这种文化的日渐衰退和黯然。在对一河两岸的各色人物采访中,我看到了他们的生活境地和精神状态,他们与河相伴,幸福与痛苦同在,欣喜与焦虑同在,豁达和散漫同在,希望与沮丧同在……于是,我写了一组有关淮河的诗《水路》,在诗歌类刊物上发表了,但我总觉得自己没有写好淮河和她的子民,我的心里仍有一种情感在纠缠激荡,那是一条河千年流逝的沧桑,是一群人当下流失的疼痛。我想写出淮河文化的枯涨和当下转型期淮河两岸人们的内在情感和人生际遇真缘,我告诉自己一定要写出一篇有关淮河的小说或者寓言。

当年9月,我裹挟着暑气,有幸来到鲁迅文学院学习。当秋天慢慢靠近京城燕山时,形单影只的我独坐鲁院宿舍里,开始动笔写出《大鱼在淮》初稿,接下来数易其稿,多次陷入手撕稿纸或面对电脑发呆的困境。我遇到写作瓶颈了,而其"难怼"主要是难以把握这篇小说的叙事方式:如果写实地叙述当下淮河岸边的人和事,小说应该具有当下性、写实性,可大河上下给我带来的沧桑之感就不能充分表达出来。而且,此时的我有些厌烦阅读当下近似新闻的"仿真主义"小说文本,想尝试以先锋叙事表达自己想要的"寓言感",可先锋小说写作又被当下文坛认为是"没落"的。我该如何选择自己的叙事,该如何表达……那时,鲁院602室的灯光应该记住了我和它默视而相峙的痛苦目光。

后来在鲁院,我一边聆听老师们讲课,一边重温经典作品,重读了马尔克斯的《百年孤独》、福克纳的《弥留之际》以及莫言、马原的作品。我重新翻阅起涉及淮河的史志旧章,重新梳理"走淮河"

采访笔记,一边让自己在想象中回到大河边,回到淮水两岸的人群中,回到生活的原处,一边选择对我来说有难度的表达,尝试以先锋小说的叙事,来呈现当下的淮水。基于当下的写实性和历史的寓言性,我选择了两个叙述视角:一是"父"——一个淮河边村庄婚姻失败却苦苦挣扎的淮北汉子,这个成人的视角贴近当下生活,叙述的是大河岸边人的希冀与隐痛;一是"子"——一个在乡村长大却在城市里致病的傻子,这个"傻儿"的视角有异于现实目光,叙述的是人与历史、人与自然的依恋与神秘。这一现实—寓言的两个视角分别展开叙事,就较畅快地把我心里的那团情绪表达出来了,那就是:古老文明与现代文明的冲突、农耕文明在商业文明冲击下的溃败、对时代变迁之中淮河人的痛惜、对淮河文化流逝的无奈慨叹,以及由此衍生出的生活之重与人心之痛、历史之重与生命之轻……回想起来,我是既用了普通话(正常的"父"),又用了方言(异常的"子"),才完成了对叙述语言的寻找,才解决了写作的"难怼"。在这篇小说中,我试图描摹的是,时代转型背景下个体艰难、艰辛的生存状态,以及历史与自然的诡异与回归。我还写了一条神奇的鱼,它些许是大河的暗喻,些许是历史的象征——这个问题到现在我还说不清楚,我只是在古息县采风时,看到从河里挖出的具有三千年历史的古独木舟,就决定应该为它写点什么,没想到那"独木舟"会变成小说中一条会说话的鱼。

这篇小说"难怼"得很,当我写完初稿后去请教十多位同人老师时,不少人都持否定意见,有人直接说这篇东西失败了,先锋小说已经落伍了,你还写这样的小说干吗?我无语,心里却还是有些敝帚自珍,不舍得把它流产掉,于是一遍遍地修改它,直到弄成今天这个样子。值得欣慰的是,在写这部小说过程中,我的创作理念和写作方向更加明确和坚定起来,那就是文学创作是要有根的,既要汲取现实生活的滋养,又要写出个性思考来,"写什么"和"如何写"一样重要,而打通历史与当下的通道、找到自己的文学"舌头",应该是小说家要做的吧。

感谢《小说林》杂志,感谢何凯旋先生,让我的拙作能见到六月的骄阳,终于让我把一件"难怼"的事干成了。

夏季又来,遥问淮水安好!

现实批判、乡土特色与志异叙事

——评李云的中篇小说《大鱼在淮》

汪树东

李云的中篇小说《大鱼在淮》好读,有趣,而且发人深思。

该小说的故事发生于当前淮河边的一个名叫刘郢的乡村。男主人公刘淮北已经四十多岁,年轻时曾到南京去打工,结果妻子跟人跑了,儿子宝柱因病变得半痴半傻。他对城市心怀恐惧,回到乡村,守着儿子过活。幸好一个城市商人看中了他捏泥泥狗的祖传手艺,每年出五万元收购两百个泥泥狗,从而让他在村里能够过上不错的生活。不过,城市令人恐惧,乡村也颇多是非。村主任洪武颇为蛮横霸道,他的儿子大杰子也仗势欺人,一次强奸了少女妞儿。妞儿一气之下把大杰子送的手表扔进了淮河古道上的一个深潭中,于是大杰子就强迫宝柱潜入深潭为他搜寻手表。谁知深潭中潜藏着一条大鱼,大鱼教会了宝柱在水中呼吸的本领,还和他玩游戏,又吓走了岸边的大杰子。结果大杰子失魂落魄,村主任洪武夫妇请来道士驱邪,后又把他送去大医院就医,均告无效,大杰子不幸殒命。村主任洪武决定给儿子报仇,就买来很多炸药,要炸死大鱼,但他老婆在家焚香时不慎把剩余的炸药先引爆了,造成了村里房倒屋塌、殃及无辜的重大悲剧。最终,深潭消失,大鱼失踪,村主任洪武患了精神病,刘淮北当了村主任,宝柱重新变得清醒,决定离开村子去寻找远走他乡的亲娘。

如何理解这部无论题材还是叙事艺术都颇为独特的中篇小说?

第一,值得关注的是该小说对当前城市和乡村灰暗现实的双重批判。

该小说把城市推到了叙事背景中,重点呈现的是当前乡村生活的灰暗实录。不过,作为背景的城市,绝不是繁荣富丽、财富遍地的令人艳羡之所,而是民工刘淮北的伤心之地。他曾到南京城去打工,可能干着最苦最累的工作,只能住在低矮潮湿的出租房里,盖着霉斑点点的被子,儿子生病也不敢送到大医院去,结果耽误了治疗时间,落得半痴半傻,就连妻子也不愿意再和他一起忍受艰难困苦、委曲求全的城市打工生活,和浙江小老板私奔了。因此,农村人刘淮北把城市称作狗,把自己的受伤称为被城市这只狗咬伤了。由此可见,刘淮北对城市会感到多么恐惧。无独有偶,刘淮北的形意拳大师兄葛小六虽然在方圆百里的淮南之地名头不小,但是到城市去打工时,从工地的脚手架上摔下,落得个残疾之躯,结果妻子也跟他人私奔,年幼弱女妞儿不得不承担起生活的重担。而即使看似从城市得到益处的刘郢村刘大神家,靠的也是五个女儿齐刷刷地到城市去出卖色相,说到底也是乡村人的生存屈辱。当作者如此呈现刘淮北等乡村人物的黯淡命运时,他对那个欺压乡村弱势人物的强力城市无疑是持批判态度的。

对城市文明的批判,往往会反向催生出关于乡村的理想化、诗意化的文学书写。这种情况在现当代文学中举不胜举。但是在该小说中,作者却没有依循此故道。在作者看来,城市对于像刘淮北、葛小六这样的乡村弱势人物而言不是安居之所,乡村同样非诗意退隐之地。作者清晰地认识到在现代化浪潮的裹挟下,乡村早已经丧失了延续几千年的自足自在,刘淮北、葛小六已经不可能过上自给自足、诗意盎然的乡村生活了。例如刘淮北返乡后,首先发现他们村口那两株长了两三百年的老桂花树居然被村主任洪武给卖到城里去了。他被村人推荐去向村主任讨要说法时,居然被村主任洪武好好地抢白了一顿。可以说,在村主任洪武面前,刘淮北所有做人的底气与尊严都丧失殆尽。乡村基层权力的恶化已经构成了刘淮北这样的乡村弱势人物的基本生存语境,更不要说后来村主任儿子大杰子的仗势欺人了。其实,当大杰子被大鱼吓出魔怔来后,村主任洪武首先去请杀猪师傅来捉鬼驱妖,更可以看出像刘郢这样的乡村的无知与愚昧了。作者对城市和乡村灰暗现实的双重批判无疑让我们能够更清晰地认识当前中国社会的实情。

第二,值得关注的是该小说对传统小说的志异叙事的发扬。

如果说无论城市还是乡村都一片灰暗的话,那么该小说通过傻子宝柱形象和大鱼形象给我们带来了一缕难得的亮光。

傻子宝柱形象的确是该小说的灵魂人物。宝柱原本因打工父母无钱治病在城市里变得半痴半傻,他的命运本来有可能是极为悲惨的。但是作者偏偏没有给他安排催人泪下的悲惨命运,反而让他因祸得福。例如他回到刘郢村后,能够和鸟虫鱼虾说话,甚至能够听懂树的话,无师自通地会游泳,而且还能够下水不沉,在浪里睡觉。傻子宝柱出门时还想着给老鼠留一块红薯,更是体现了其大朴未雕的天性。当他被大杰子逼迫到蛤蟆塘去拾表时,原本完全有可能发生更大的悲剧,但是没有,他偏偏遇到了那条神奇的大鱼,而且大鱼还教会了他在水中呼吸的本领。傻子宝柱看过大鱼,就能够用泥捏出活灵活现的大鱼形象,给泥泥狗涂色,也常常出乎意料地用色,使之栩栩如生。当村主任洪武、村主任老婆及其儿子大杰子等呈现出乡村人物全面的道德溃败、人性沦丧的灰暗现实时,正是傻子宝柱保存着与物同情的天机,展现了乡村文化的最后一点璀璨光芒。至于大杰子只想着强奸妞儿,而傻子宝柱却想着尽其所能地去爱护妞儿,更是体现了傻子宝柱的乡村道德的质朴性。作者在塑造傻子宝柱形象时,有意无意地触摸到了博大精深的道家文化。在道家看来,像村主任洪武这样功利世界中的人恰恰是远离大道、人性失却的假人,而像傻子宝柱这样的人正因其痴傻,退出了功利世界,反而保存了天道,倒成了值得敬佩的真人。老子也曾说:"祸兮福所倚,福兮祸所伏。"傻子宝柱因为痴傻反而与物同情,正是此道理的绝好说明。傻子宝柱形象也令人隐约想起迟子建的《雾月牛栏》中的宝坠形象。

与傻子宝柱形象一样,那个老淮河故道上蛤蟆塘里的大鱼形象也是该小说中的一大亮点。这条鱼原本是小的时候通过一个暗洞从淮河主干道游到蛤蟆塘里来的,等长大后就没有办法通过那个暗洞返回淮河了,于是被困在蛤蟆塘里。当它遇到来找手表的傻子宝柱时,它主动要和宝柱玩耍,性情活如一个小孩。最终因为村主任老婆无意中引爆了炸药,震动了暗洞,蛤蟆塘里的水流尽,大鱼也不见了踪影。

也许在有些读者看来,无论是傻子宝柱形象还是大鱼形象都是不可信的,是作者故弄玄虚。当然,这需要指明的是,作者在刘淮北、村主任洪武、葛小六、大杰子、妞儿等乡村人物较为可信的乡村故事中,插入傻子宝柱和大鱼的故事,延续的是蒲松龄《聊斋志异》式的志异叙事传统。就像名篇《促织》中,成名的儿子魂化为促织本为荒诞之事,却写尽了荒诞世界的真实一样,该小说通过傻子宝柱和大鱼曲终奏雅式的故事,更让我们感受到当前城市和乡村的真实危机。

当然,也许还可以从生态批评角度来解读傻子宝柱和大鱼的故事。傻子宝柱能够与花鸟虫鱼对话,想着给老鼠留下一块红薯免得它们挨饿,当得知村主任要用炸药去炸大鱼时,他就急匆匆去向大鱼报信,甚至有生死与共之志,都显示了正是傻子宝柱这样的弱势人物才能够做到天人合一,才是真正具有生态智慧的人,也才是真正值得现代人效法和尊重的人。而像村主任洪武这样的现代人,却丝毫不尊重自然生命,只想着出卖桂花树谋求私利,想着炸死大鱼为儿子报仇,显现了他恰恰是与大自然为敌的,最终也只能自掘坟墓。该小说最后写傻子宝柱恢复了神志后,在梦中畅想:"在梦里,俺和大鱼一起沿淮河游向洪泽大湖,那里水清浪徐,荷花正艳,水草丰美,帆影片片,俺见到了在岸边洗浣的母亲,她依旧年轻如初,俺见到妞儿在一艘船上笑吟吟看着我和大鱼在水中游弋……"宝柱的梦就是人与自然和谐相处的生态之梦,也是当前文明的真实出路。

第三,该小说还值得关注的是其独特的乡村人物形象和乡土特色。

应该说,一部中篇小说能够塑造出两三个较为鲜活的人物形象就算是成功的了。该小说除了傻子宝柱的独特形象之外,刘淮北、村主任洪武两个形象也可以说较为成功,而且刘淮北、村主任洪武是较为独特的乡村人物。刘淮北是乡村中的弱者,性情也柔弱。他到城市去打工,妻子跟人私奔了,他不敢反抗,不敢去追踪或报复,只是默默地返回乡村照顾傻儿子宝柱。他还害怕别人说他把妻子给卖了,因此急着想洗刷这个莫须有的罪名。在本来是师兄弟关系的村主任洪武面前,他首先就自降一等,处处退让,自打耳光。当然,说他是乡村人物,他身上还残存着乡村人物特有的质朴和善良。例如他有祖传捏泥泥狗的本领,被艺术品商人看中,要他每年捏两百个,还不让他私自出售。他就拍着胸脯说:"俺不干这断子绝孙的事!"他还把这个商人看作恩人。这都体现出了乡村人物的质朴和善良。

与之相对,村主任洪武是乡村人物中的豪横强者。他具有村主任的权力,敢于把村庄的所有物视为己物一般出卖牟利,对待一般村人也都是颐指气使,对儿子大杰子的放纵更是显出其颠顶豪横的一面。至于先是想抽干蛤蟆塘,后又想炸死大鱼,都显出了这个乡村权力人物的蛮横。

非常有意味的是,就像道家所说的,强梁者不得其死,村主任洪武最终结局悲惨,倒是弱者刘淮北时来运转,当上了村主任,似乎再次印证了道家的生存哲学。

此外,该小说的语言也具有浓郁的乡土特色。例如该小说写到刘淮北到村主任洪武家去询问村口的老桂花树一段:"没想到'士别三日,当刮目相看'了。那天,洪武在院里刚练完一趟拳,全身热腾腾升着热气,仿佛刚洗过桑拿,洪武一仰头,喝着一瓷杯苦茶,他听完俺的嗫嚅后一掌拍在桌子上山响,骂道:'狗日的,两棵朽树,人家给十万还嫌少? 六十万? 你以为这树是你家枣,能卖那么多钱呀?'说完一挤身一抬手就把俺扔出门外头了。洪武老婆冲出门,叉个腰指着俺的鼻子骂了句'活该'。"这一段话带有多么浓郁的地方特色,把村主任洪武的蛮横和刘淮北的卑弱写得多么接地气!

整体看来,中篇小说《大鱼在淮》立足当前的现实生活,对城市和乡村灰暗现实做了双重批判,通过傻子宝柱和大鱼形象恢复了富有民间气息的志异叙事,塑造出来了几个鲜活的淮河边的乡土人物,叙事流畅,质地简朴,是一部颇有艺术韵味的好小说。

《一枪毙命》

枪之外,命之中

李 云

枪是暴力,凶器,本命之物的实体象征。

命,即命运,生命的纹理和走向。

在《一枪毙命》中,我表面写的是枪和人的故事,实质是想选取1983年"严打"到当下"打黑除恶"两个节点过程的片段,关注有关人的命运的故事、有关暴力与人性的故事。

我知道"严打"是我国改革开放之初始,对暴力等刑事犯罪的一次打击,对人性欲望走向邪恶的扼制。二十多年后今天的"打黑除恶"更是对黑社会性质组织的重击,促使社会法治进程加快推进,公平公正的阳光会再次拂开人性的阴霾。在我的文学创作中,我很关注信仰、人性、命运等关键词,在诗歌中我会观照人性的积极面,在小说里我会洞察人性的缝隙。在这篇小说中,我想让"枪"成为一种象征和暗喻,对正义之光进行折射,对人性进行剖析。我想让"枪"引动战友三人人生命运的波折,引发战友之间的情感纠葛,更想深掘人物对"暴力"不同的姿态,或忠诚或有阴影或畏惧,显现法律阳光下人性的样态。

生活总是给小说以"种子"。在这篇小说中,"伍皂"原型来自我采风时听一位司机说的战友在"严打"时的真实经历,我做了改编。"伍神"是几个青年的犯罪事件的综合和糅合。"一丈青"也是对几位受黑社会势力迫害的个体户故事的拼贴和复制。其实,生活远比小说更精彩。前几年黑恶势力为抢夺资源和垄断市场而大打出手的刀光剑影,黑恶势力与腐败分子勾结而上演分赃闹剧,我们的文学在这方面无论是量和质上都远没有做到应尽之责。我写《一枪毙命》只是想拉开一角帷幕,探讨欲望和索取对人的支配和驱使。柏拉图曾说:"人类的本性将永远倾向于贪婪与自私,逃避痛苦,追求快乐而无任何理性。"那么,人真的就走不出这个桎梏和陷阱吗?我想,善终会战胜恶,这不会只是一个书生苍白的祈望。

枪慎用,它除了能自卫之外,更多是杀生,一枪毙命应有人性的考量。生命对于每个人只有一次,因而,在正义与人性之间,这一枪是否扣动扳机,如何扣动扳机,正是我小说的犹豫处。我相信:当我们向着阳光前进,理想的光亮和人性的阴影都是小说的起点。

感谢《大家》周明全编辑!感谢《北京文学·中篇小说月报》黑丰编辑!感谢读者!让阳光与我们同在!

《爷要一杆枪》

铿锵诗意爷的枪
——浅评李云《爷要一杆枪》
马书玉

故事梗概

十九世纪初,大别山深处的金家寨,一对恋人廖山虎和表妹辫子在集镇大户漆家铺子买双面镜。辫子的天籁嗓音和清纯貌相让漆家三少痴迷入魔,仰仗自己财大气粗人多势众,光天化日之下调戏女孩,并强行将人抢入漆家大院。

山虎奋起抗争,终因寡不敌众,被漆家荷枪实弹的家丁扔进金家寨的史河水,几乎活活淹死。承受了精神和肉体的欺辱,山虎不幸缩阳成为"二胰子"。

山虎在牢狱认识了有苏共嫌疑的红色人犯胡先生,明白了只有手中有枪,穷人才能挺直腰杆做人,活出人样的道理。在胡先生的掩护下,山虎狱成功,找到了苏维埃红色赤卫队,参加了红军,在著名的立夏节起义中,杀死仇人漆家三少,夺得一支期盼已久的枪。

艺术特色

省作协主席许辉先生阐述作家的写作状态时说,写作有七种境界,其中最高境界是"无我之作"。对比《爷要一杆枪》,作品通篇都是叫人物说话,用场景表达,让情节循序渐进,依故事规律推动,丝丝入扣,毫无枝蔓缠绕和虚幻添加之嫌,堪称"无我之作",作品的时代性、地域性、真实性、逻辑性等优秀小说具有的普遍特性,因之凸显无疑。

此外,个人以为作品还具有如下独特的艺术技巧。

一、见于言外的暗喻韵致

欧阳修在《六一诗话》中提出对诗歌的表达艺术要求——含不尽之意见于言外,这种"弦外有音,言外含意"的表象艺术,实际上就是一种暗示艺术。暗示艺术能让读者产生积极的遐想,从而获取比文学表象本身要多得多的信息,进而收到寓意含蓄,透视深远、耐人寻味的艺术效果。

鲁迅先生的小说《药》,堪称暗示艺术的精品。《爷要一杆枪》,就很好地借鉴了鲁迅先生的暗喻技巧,把言外之意、"韵外之致"运用得酣畅淋漓,精彩纷呈。

1. 字意暗示

小说的标题为何取《爷要一杆枪》?看过小说,品味咀嚼,方知"爷"喻义之妙、"枪"喻义之奇,主题立意之匠心,叙述文本之酣畅,故事情节之跌宕。从头至尾,"爷"不离叙述,"枪"驰骋文本。使纸面之言与言外之意气象万千,扑朔迷离,却又散得开,收得住,而无迷乱入俗之嫌。

纵观全文,《爷要一杆枪》中的"爷",不仅是对长辈男性的称呼,更是对男人的血性、男子的尊严以及战士的刚烈的敬仰。

枪,更是一字多喻,意味深长。爷的枪,有物质的枪,也有精神的枪。即明暗两杆枪。通俗地说,手中握有物质的枪,就是权力,实力,势力;精神上竖起信仰的枪,就有自信、自尊、自立、自强。在乱世,对于男人来说,精神之枪和血性之枪尤为重要。

枪,有作者匠心独运的暗示寓意:苏党为山虎爷树立了"信头",即精神尊严之枪,更是播种了革命者只有唤醒民众,才能掌握推翻黑暗社会、救助民生的理想信仰之枪。"枪杆子里面出政权",反对剥削和压迫不仅需要"枪",也需要"血性"。而没有天下为民的信仰指挥枪杆子,血性男儿可能是占山为王的土匪;手握重器的兵丁,也可能是鱼肉百姓的贪官戾吏,最终可能是助纣为虐祸害社会的、荼毒生灵的屠杀器具。

因此,枪在谁手,被谁指挥,为谁打响,是一个宏大而深远的命题,但作者通过在动荡时代小人物命运的起伏跌宕,以及复杂社会中各色人物思想信仰的纠葛碰撞,完成了哲学和政治学以及社会学才能回答的复杂理论命题。作者由于艺术地运用了"枪"的暗示寓意,表达了极其深刻的题旨,实乃"妙手偶得一字意,气象万千藏乾坤"。

2. 线索暗示

《爷要一杆枪》有明、暗三条线索,暗线主要是通过暗示手法来设置的。

明线写山虎爷从抓阄与一杆木头手枪结缘开始，到其参加革命，为民除害,在战场上缴获一支真枪,实现了自己拥有一支枪的夙愿。与该线索相辅相成的,还有山虎爷不幸沦为有生理残缺的"二胰子"、没有精神尊严的男人,在寻找光明、参军参战中扬眉吐最后生理缺陷得到救治而幸运恢复男儿尊严这一辅助明线。

与两条明线并行渐进的暗线索,是主人公的精神之枪,即红色理想信念萌生、形成、并根植心中的过程——山虎爷逐步形成"红色革命信仰"和懂得"枪杆子里面出政权"等革命道理,最终成长为一个坚强的红军战士。

明行、暗进,二线相辅相成,三线层层递进。在小说高潮之处三线合一,完成了对主题的升华,小说主旨由浅到深缓缓而至,传递给读者。作者三线交错的设计,大大深化了小说的主题。

至此,作为物质之枪的力量,作为生理之枪的男人尊严,以及作为信仰之枪的战士精神,三枪合一,汇集于主人公一身。一个饱尝苦难磨砺、富有壮士阳刚与野性的纯爷们儿,一个经历战火洗礼、具备男人威风与浩气的军人,一位深受革命信仰熏陶愿为天下劳苦大众而抛头颅洒热血赴汤蹈火的英雄,丰满地、真实地、活灵活现地站立起来——一个普通的山里娃成长为一名英勇的红军战士,小说完成了对爷爷平凡而富有传奇一生的叙述。

3. 宿命暗示

恰如其分的宿命暗示,让主人翁身上散发出自然的传奇色彩。作者通过讲述大山深处民众口口相传的甚至有点蒙昧的宿命思想,加上合理的想象,使人物故事充满神秘却不流于离奇怪异,为作品增加了耐咀嚼的可信度。

一是孩子周岁抓阄,整个故事和主、次人物,就在抓阄过程中铺陈和登场,点明了主题中的枪,暗示了人物命运,引出了明、辅、暗三条线索。

二是钟声,漆家那只昭示其实力和势力的西洋钟,是人物悲剧命运的集节点和矛盾爆发的导火索。恰在辫子和山虎到达漆家铺子的时候,它不早不晚不多不少地敲响三声,引出辫子和漆家三少的爱恨情仇,生死纠葛。看似偶然,其实是蕴含深刻寓意的妙笔暗喻——

皖西南有民谣,钟者,终也。山虎打碎的,不仅是地痞恶霸家的西洋钟,也暗示这是为土豪劣绅执政的民国政府敲响了警钟和丧钟:得道多助失道寡助,欺行霸市、恃强凌弱、徇私舞弊的贪官污吏所把持的民国政府,已经到了官逼民反、摇摇欲坠的边缘。

秘鲁作家略萨说,小说的说服力是要"缩短小说和现实之间的距离,在抹去二者界线的同时,努力让读者体验那些谎言,仿佛那些谎言就是永恒的真理,那些幻想就是对现实最坚实、可靠的描写"。可见,宿命与暗示的作用所在,无论虚实,只要符合真实的逻辑规律,人物就能立体、饱满,故事就能令人信以为真且印象深刻。

4. 人物暗示

《枪》中的几组人物之间,相互有着或明或暗的对比衬托。暗示了彼此的命运迥异:山虎与山虎爹,辫子和许队长,山虎舅和胡先生等几组人物的生死阅历,就是那个时代各阶层人民的典型代表。

总之,我们阅读《爷要一杆枪》时,常常发现叙事线索中大量的隐喻现象,它们依附在一些看似平常的情节里或叙事形式中,却巧妙地离散了叙事的直白添加,于无声处构架叙事的重心内核。这些散落在文字中的隐喻,如夜色中独自绽放的冬梅,只有近距离聚焦它,才能感受其清辉中所储藏的生命张力,具有"含不尽之意见于言外"的艺术效果。

二、栖居的诗意和铿锵的音律

1. 诗意栖居的语言。

标题《爷有一杆枪》,语气清冽,寓意豪迈,节律铿锵;男儿的棱角,枪械的冷凝,恢宏的气势等等,跃然眼帘,力透纸背。

"那阳光如几千条小细柳轻轻抽过了全身,痒酥酥的,更像十五条小狗舔过脚心一样。"

"大旺却照样戏闹并领着几个屁大的孩子继续大声喊,唱山歌一样,史河的水被他们一喊,仿佛激荡起来,水流得更欢快,捎着童谣流向远方。"

溪水,童谣,春光,杨柳,恋爱中的青年……诗意栖居于文字,明媚绽放于场景,唐诗宋词里的曼妙在叙述中汨汨流淌。

而后来的一组场景,把人物凄凉悲伤烘托得淋漓尽致:

"只见那后院有一棵蜡梅树和一棵银杏树,银杏树高大,枝叶茂盛挂满了满树青果,对面是个二层楼,窗棂半启,门楣紧闭,石级上生有青苔,院子里落满了树叶,看来辫子很少来这院子"

青苔,落叶,天凉好个秋;闭窗,掩门,物是人非,除却巫山不是云。《诗经》有一句思念情人的场景:"自伯之东,首如飞蓬,岂无膏沐,谁适为容"(《国风·卫风伯兮》)意思是,自从心爱的人走后,我的头发便乱得像飞蓬,不是没有润泽的发油,而是我把头发梳理好了,又给谁看呢?诗词里的哀婉悲凉,隐于小说的字里行间。

"山虎沉醉在枪声里,他嗅到一缕硝烟,那大约就是枪的奇香吧。"硝烟气味应该是呛人的,遍体鳞伤饱经沧桑的底层青年,在找到为穷人撑腰、替百姓鸣叫的红色枪杆,悠远的梦想变成现实,呛人的枪药气味,就诗化成了抚慰心灵的"一缕奇香"。

2. 音像视图的画面感。

用文字勾勒镜头拍摄的景象,用叙述讲述人物在视频图像中的形象,使故事情节在读者脑海里一一凸现,给读者的是立体的鲜活的灵动的音像质感。这可能是作者多年影视传媒职业生涯积淀的、一般作家所难以企及的表达方式。

"村口老槐树下,辫子站在那里好像一株盛开的梅树,挺拔、幽香、美艳。她穿着对襟的桃红色小袄,下身是藏青蓝的棉裤,挽个碎花包斜倚在树干,水灵灵的目光望着大步走来的山虎荡漾着幸福的甜笑。"

短短百余字,有声有色,有动有静,叶嫩花初,青春静好!可谓一身诗意千寻瀑,"斑竹园里无湘女"!

"许队长斜坐在鸡公车上,发髻上插着一朵白兰花,颤颤巍巍地撒着一路清香……她轻声哼起了《劝郎当兵》……"峰回路转,歌声荡漾。让人想起毛主席那首咏梅的画卷:"待到山花烂漫时,她在丛中笑。"飒爽英姿,壮哉美哉,温婉缠绵,豪迈铿锵!

镜头推进,人物渐近,肢体表达,惟妙惟肖。语言,是心的涟漪。画面,是跳动的乐章,作品看似很简单的叙述、对话,却把一处处场景和一个个人物描摹得何其逼真。

是的,作者就是用独属于自己的语言和艺术,镜头地、诗意地撷取了大别山的风土人情,雕塑了金寨沃土上一张张红色英雄的脸谱。

总之,让诗意栖居于时空,让韵致镶嵌于场景,让浩气附着于人物的灵魂,是《爷要一杆枪》的审美内核。作品如一幅民国时期的《清明上河图》,通过大山深处小人物跌宕起伏的命运,再现了那个时期皖西乃至整个中国的社会状况,阐释了"枪杆子里面出政权"、"没有人民的军队便没有人民的一切"等哲学真理,只有以造福广大人民群众为己任的执政党,才能得民心,顺民意,成为中华民族的脊梁,从而说明,以习总书记为首的党中央,惩治腐败,打虎灭蝇,整肃党纪,依法治国,不仅是以史为鉴,更是时代的需要、人民大众的呼唤!

个人以为需要商榷的地方

其一,漆家三少的反面形象设计有待丰满。个人感觉没有立体感,没有逃脱以往反面角色的脸谱模式。一个真实的人应是多面的,比如好人偶尔的使坏,坏人偶尔的善心。成功的人物塑造,一定是符合人性的,是立体饱满的。漆家是集土豪、巨商乃至官吏为一体的山中望族,也是那时的当地名流乡绅,他们有霸道邪恶的一面,却可能不同于流氓痞子。漆家三少的言行举止,若表面斯文甚至儒雅一点,让其笑里藏针的"邪毒"一面含蓄深隐一些,让他假善人伪君子的一面潜伏在文字之下,是否会更丰满更符合人性和形象逻辑?

其二,山虎过堂细节需要考证。故事是民国政府时期,那时的政府官员审理案件不同于明清时期,作为原告的漆家三少,无论其势力如何强大,都不可能高高坐在庭堂之上,与县长平起平坐,公然审讯被告。

其三,山虎母亲的结局值得商榷。山虎的母亲小说中着墨不多,只有两次提到,却很重要:在山虎和辫子去镇上赶集的时候,交代他们去买一面双面镜子,就是这次买双面镜,导致山虎和表妹辫子去漆家店铺并偶遇漆家三少,几个人的命运恰恰纠结缠绕,厄运连环。当山虎家破人亡的时候,作为母亲,她躲进了辫子姐姐家,从此再没有出场。

当丈夫气死、弟弟冤死、儿子生死不明、儿媳被人霸占等等一系列灾难降临到这个普通妇人的身上,她不疯不傻不呆,却没有任何痕迹地消失在亲戚家中,是不符合常理的,尤其是在山虎参加红军,扬眉吐气之后,依然没有任何行踪,一个可塑性很强能为故事加重分量的人物,却很不明晰地缺位,总有一种悬而未决的空落感。契科夫说"你开头若是写了一把枪,后面就得让它打响,要不就没有必要挂在那里"。作家在处理人物机遇、命运掌控时,要顾及他的记忆和积存,生命的细节人物的逻辑,有千丝万缕的联系,一个人可能做什么事,会说什么话,发展到一定程度,会自己站出来,是挡不住的。

其四,辫子是否可以不死。

小说人物不能以读者的意志而生死,但可以由作者的智慧而超然。因为很爱辫子这个姑娘,所以,从普通读者角度,我宁愿辫子腹中的胎儿死掉,却希望她和山虎爷爷,可以举案齐眉,可以琴瑟终老。马尔克斯似乎说过一句话:一个负责的作家,决不会让一个人物轻易死去,总觉得,作品里死亡的人太多,让人感到悲剧的气氛有点浓。

若果辫子不死,是否正好应了开篇中的那句——"爷说:有了肩上的枪,才能保护老婆孩子,才能保护土地庄稼。"

《渔光曲》

《渔光曲》编辑点评

　　人究竟如何才能真正诗意地栖息于大地？一生在水上行舟，将蓝湖与湖心岛视作自己心灵桃源的阿香婆，面对外界的各种劝导与压力，始终不愿离去。为此，乡镇干部们努力多时却总是无功而返。然而，就在阿香婆参加一场渔民式婚礼时，一次意外的大火袭来，让阿香婆不得不放弃曾经的坚持。尽管别离令人感到忧伤，但它呼唤着更美好的明天到来，无论是对于人的生活，还是对于湖心岛的发展保护。李云抒情细腻地描摹了渔民生活的质朴诗意，也肯定了地方政府打造生态文旅产业的积极探索，将这支古老的《渔光曲》写出了引人振奋的时代新声。

——《小说选刊》编辑欧逸舟

　　田园牧歌生活的孤岛上，一直是农人的世外桃源，但现代社会的日益扩张无法阻挡，岛和陆地之间最终修通的大桥，给一直舍不得响应号召搬离湖岛的奶孙俩安闲的渔光曲带来了杂音……

——《北京文学》编辑候磊

《渔光曲》评论家点评

李云的《渔光曲》围绕一对祖孙俩做文章,题目有意味,故事很简单,内涵很丰富。相较于90年前的那部反映旧中国渔民苦痛生活的电影《渔光曲》,李云歌唱的显然是新时代渔民的"渔光曲":渔民上岸,长江禁捕和长江环保,都是功在当代利在千秋的事,这是主旋律;而与此同时,自然保护问题、乡村振兴问题、子女教育问题、干群关系问题、网络传播问题等新问题也层出不穷,每个问题都是当下的大问题,这是多声部。这种写法犹如把葱姜蒜、红辣椒、八角和桂皮与牛肉一起翻炒,然后加水以小火慢烧,大火收汁,端出一盘味透质烂的红烧牛肉。李云自己说:"自然对人一直是一种教化的作用。写这篇小说的目的是,在人与自然的相处中找到一种启发。"那么,这究竟是一种怎样的启发呢?年近七十、孑然一身的阿香婆不愿意搬离上马墩岛,不仅仅是为了养牛挣钱,给儿子减轻负担,更是为了那片湖、那群牛和那些鸟,是它们陪伴和慰藉了她的一生,也是它们让孙子乔松戒掉了游戏瘾,让他体会到在京城难以体会到的自由与快乐,尤其在接生小牛的过程中获得一种成就感。阿香婆与自然之间的这种关系是平等的和谐的,这种情意是朴素的真挚的,也是白书记、杨瑶瑶以及上仓镇的普通妇女们难以理解的。在这里,李云启发我们思考的是,一种新的生态文明时代的人文主义和自然主义相结合的精神——生态人文主义。这是一种既包含人的维度又包含自然维度的新的时代精神,是人与自然的共生共荣,发展与环保的双赢。很显然,这种生态人文主义是对人类中心主义世界观与价值观的根本调整与扭转。当然,作者最后很巧妙地以"天灾"的方式,解决了阿香婆与政府之间的矛盾,同时很巧妙地避开了悬而未决的开发与保护的难题。我们需要思考的是,岛上的黑森林有一天会不会被砍伐,整个岛会不会被开发成一个众声喧哗而白鹭们无处栖息的游乐场?我们能保护长江生态,能不能保护整个自然生态?大开发与大保护如何并行不悖,经济发展与环境保护如何齐头并进?这不是阿香婆的事,也不是小说家的事,但或许是"白书记们"的事。作为小说家,李云为我们勘探了一种存在,也提供了一种启发,也就是说,人与自然和谐共生的生态人文主义值得新时代的"白书记们"好好领悟和真正践行,唯有如此,"大湖浪涌,小岛葱绿,阳光正灿,人声鼎沸,古镇繁荣"的美好景象才不会只是小说的结尾。

——青年评论家江飞

在李云的小说《渔光曲》中,阿香婆是当之无愧的核心人物,所有的人物都围绕她转,所有的故事也都由她而起。镇书记和杨瑶瑶要做通她的思想工作,阿香婆自己又忙着养牛和教育孙子乔松。由挂职干部杨瑶瑶的工作,牵扯出杨瑶瑶的男朋友以及他的拍视屏的故事,由岛上所养的牛又牵扯出环保问题,由阿香婆所占据的上马墩岛而牵扯出黑树林以及候鸟栖息地等故事,由阿香婆的介绍而带出了她的孙子和远在北京的儿子的故事,由阿香婆的不愿意下岛而牵扯出镇政府在环境保护和旅游开发中首鼠两端。正是通过这些复杂的人事关系,李云展现了现代性和田园牧歌的复杂纠缠,政府工作动摇在撤出牛群保护环境和保留岛上牛群建设污水处理厂并进行旅游开发的两难之中;阿香婆也动摇在固守上马墩岛守望田园牧歌和利用上马墩岛养牛发财之间。在有关阿香婆的叙述中,现代化的政府工作方式,新闻传播和工业资本等,非常强悍地主宰着作为传统生活方式符号的阿香婆的命运,她不再是一个自足的存在,而是被作为一个等待处理的"问题",无论她愿意还是不愿意。当小说叙述人杨瑶瑶被镇书记分配工作,专门去做阿香婆工作的时候,就逻辑上决定了阿香婆的被动地位和最终离开她的岛和她的牛群,还有她的生活方式的命运。阿香婆,被动地被一次次"发现",比如她被发现是一个非常了不得的民歌手,比如她的岛被发现是一座适合休闲度假的好去处,比如她的岛被发现是适合教育青少年的教育基地,还比如她的岛被发现是一座候鸟的栖息地。同时,作者也并没有将阿香婆写成一个不食人间烟火的神话中的人,也没有将岛写成知识分子的精神寄托之所,而是将阿香婆和她的牛群放置于现实生活之中,她养牛是为了给儿子在北京买房子,她在与公职人员杨瑶瑶的沟通中也懂得妥协;虽然对刚子拍视屏具有本能的排斥,对刚子的视屏导致的游人如织打破生活宁静心存不满,但也并没有决然拒绝和反抗。她在退让中尽可能多地保留她的领地。小说围绕着阿香婆和她的牛群是否被处理,可以说一波三折,最后的结局竟然是建污水处理厂和留下黑树林。作者通过这样的情节变化,一方面表现了传统的自给自足的生活方式与所谓的现代化生活方式发生了交流和冲撞,另一方面又表现传统的生活方式在与现代化生活方式的交流和协商中被改造、修改。在这样的交流和冲撞中,阿香婆也不是一个尴尬的应对者,而是一个应付裕如的老练的政治家。《渔光曲》是一个大团圆结局,牛群主人阿香婆两次唱歌,更是增添了小说的喜悦气氛。

——著名评论家方维保

后　记

扬雄在《法言·吾子》一文中说:"然,童子雕虫篆刻。俄而曰:壮夫不为也。"写小说在有些人眼里,算是"雕虫小技",我不是"大丈夫",倒是死心地喜欢操持此道,还胡扯了一句"雕虫非小技,壮夫当为之",复用墨书写在宣纸上。记得我去省城作协工作时,临别前,我把它赠予同道安徽铜都小说家朱斌峰君做了个纪念,以此共勉。

写小说肯定不是小技,我是这么看。小说发展在中西方文学史上已有上千年了,有多少智慧超群者在这条道上下跋涉,留下了长城般的皇皇巨著和参天大树般的经典作品,它们的精神内涵和美学价值似阳光、如泉水样滋润着人们心灵,使我们的生活变得有色彩、有意义、有趣味、有希望、有企盼……如果不看小说可以吗?我说,那么你的生活一定是混浊的、单调的、乏味的、僵硬的……

写小说是份苦差。写成小说难,写个好小说难,写出有新意的小说难,写出超越他人的作品更难。难在你文本内核的坚实度,思想的深邃度,技巧的成熟度,表现的新颖度上;难在你的故事、人物、气氛、意义、调性的独特性、排他性、新鲜性上;难在你文本语言的生动性,结构的严密性,逻辑的合理性和技术的特质性上。也就是说,你的作品主题是不是他人没有写到位的?题材是不是他人没有写过的？你塑造的人物和他人写的人物性格有相似的地方吗？你是否在复制别人的作品？你的故事和结构和他人的作品有雷同的地方吗？这些让你写来不轻松，不自信，很焦灼，但这必须要去甄别，要去区分，要拉开与生活或新闻以及他人作品的距离，不然，你会被它们强大的惯性所裹挟，你会被那个看不见的黑洞所吞噬，你会被遮蔽，会消失。为此，我在写小说时，一直在告诫自己这些，警惕这些。

我的小说观点是：一是小说要说故事，又不是在说故事，小说只是说出个体的我对人生、社会，过去、当下和未来三个空间发生过、正在发生和即将发生的事物与人内心之间的秘密和真相；二是小说来源于生活，又不是生活全部的复印，一定是来自作家对生活的哲学性思考后的故事表达；三是小说是假的，又是真的，这种真是作家对事物发展和人性变化认识后的一种曲折、艺术的呈现；四是小说是作家自我的，也是大众的，如果小说有一个读者在读，它就不再属于作家自己，所以作家创作时既要坚持自己主义，又要兼顾他人的阅读感受；五是小说是"小"的也是"大"的，它在万物里小如芥子或蓳花，但它也是强大的——可以影响人的精神生活，触动人的灵魂。是的，它可以鼓动、鼓舞人们振奋，而去思索，而去爱憎，而去悲喜，而去行动。是的，关乎灵魂的事，再小的事都是大事。小说不小！

写小说之我有瘾，但爱上它就无法戒掉。这种瘾是蚀刻在自己颅骨里的花朵，它总是时时在骨缝里开放，让你欲罢不能，这是没有办法的孽缘，可能上辈子和它有什么没还完的债，今世要写出来抵债一般。卡夫卡也说过：只有写作是无助的，不存在于自身之中，它是乐趣和绝望。确实如此，写小说带给我完稿后的乐趣，也有夭折时悲伤和写不出来的绝望。我在我的文字里让一些人活，让一些人死，让一个世界喧嚣起来，有时我认为自己是造物之神，我是自己的世界里的上帝。

有时写小说，如纪昀《阅微草堂笔记》里写到采"塞外雪莲"一般小心翼翼，"凡望见此花，默往探之则获。如指以相告，则缩入雪中，杳无痕迹，即劚雪求之，亦不获"，或如东北汉采参，在赶山客"参把头"带领下翻山越岭，搜寻"参棒槌"，见之用红绳系上，防止其土遁。领我写小说的"参把头"是潘小平先生和许春樵先生，他们一直指导我的创作，点出不足，纠正错误，我的《伏羊咩咩》就是潘小平先生改后，投稿《小说月报》发表的。当然，作家朱斌峰、余同友、李国彬、陈仓、韩新枝、周明全、李佳怡、徐坤、梁彬、师力斌、侯磊、欧逸舟等也给予诸多指教，在此谢谢。

怎么把小说写好？我认为还是在"写"字上用笨力，当然，写之前要学会思考，其实这大千世界有太多东西可供我们去写，博尔赫斯说："诗就埋伏在玫瑰色的街角，随时准备向我们扑来。"诗是如此，小说也应该如此。我想，随着自己事务性工作越来越少，我会更多地迎接小说的"扑来"。

我知道自己的小说写得还不够好，评论家谢有顺曾给"好小说"下过定义，即好的小说，总是游走于纪实与虚构、微观与宏大之间，让自我意义、价值关怀、精神追问等，隐身于细节、经验、语言和结构之中，进而实现某种综合和平衡。而综合、平衡、杂糅、浑然，正是文学精神的核心。我力图让自己的小说在今后创作中向这个目标靠近、融入,以达到渐变,蜕变。已故作家刘恪说"小说是个人灵魂绝不妥协的结果"。"不妥协"是一个人的生命状态,"绝不妥协"应该是一个思想者的精神操守,为此,我愿意在这一条道上走下去,不管是"黑",还是"白"。

  数年前的秋天,我应田湘兄之约去贵州给中国公安作协的作家们上诗歌课时,有幸遇到谢有顺老师,我向他请教写作,他酒后写了一幅墨宝送给我,是"从俗世中来,到灵魂里去"。望着这淋漓墨色,我想自己悟到小说应该怎么写了。

  感谢看官,耽误你的宝贵时间读完这些浅显的文字,老生李云这厢拱手了,祝你六时吉祥。